以喜悦，以由衷的幸福和感激

——现代拉萨爱情故事

格央·著

XZCB 西藏人民出版社

2021 年西藏自治区文艺创作扶持项目

图书在版编目(CIP)数据

以喜悦，以由衷的幸福和感激：现代拉萨爱情故事 / 格央著. —— 拉萨：西藏人民出版社，2022.9

ISBN 978-7-223-07186-4

Ⅰ. ①以… Ⅱ. ①格… Ⅲ. ①中篇小说—小说集—中国—当代②短篇小说—小说集—中国—当代 Ⅳ. ①I247.7

中国国家版本馆 CIP 数据核字(2023)第 045511 号

以喜悦，以由衷的幸福和感激：现代拉萨爱情故事

作　　者	格　央
责任编辑	张慧霞　魏天霞
装帧设计	格　次
出版发行	西藏人民出版社(拉萨市林廓北路 20 号)
印　　刷	拉萨市明鑫印刷有限公司
开　　本	787×960　1/16
印　　张	17.125
字　　数	240 千
版　　次	2023 年 5 月第 1 版
印　　次	2023 年 5 月第 1 次印刷
印　　数	01—1,000
书　　号	ISBN 978-7-223-07186-4
定　　价	48.00 元

序

次仁罗布

很荣幸能为格央的故事集《以喜悦，以由衷的幸福和感激》作序。

格央是上世纪90年代中期出现的一位很有潜力的作家，被西藏文学界寄予了很高的期望。那时西藏文坛上央珍、格央、白玛娜珍光彩熠熠，赓续着西藏文学。这一时期，格央写出了许多令人印象深刻的好作品：小说、散文合集《西藏的女儿》，文化散文集《雪域的女儿》，长篇小说《让爱慢慢永恒》等。其中，《让爱慢慢永恒》成为了她最有影响的作品，得到了广泛的好评。这部作品讲述的是20世纪二三十年代发生在拉萨八廓街里的故事，是关于藏族女性对爱情和生命、自由的求索，其社会背景宏阔，人物形象鲜明，个体命运跌宕起伏，是那个时代的一部优秀作品，它的重要性到现在依然。正因她出色的文笔，精巧的构思，细致入微的描摹，短篇小说《小镇故事》获得了首届“西藏新世纪文学奖”，她本人于1998年获全国少数民族文学创作研究“新人奖”，2003年获全国第二届“春天文学奖”提名奖。

正当我们满心期待格央写出更优秀的文学作品时，她却突然停止了创作，个中原因我们无法揣测，只是觉得非常可惜，对于西藏文坛来讲损失是巨大的。后来听说，格央开始写一些关于西藏妇女的短小文章发表在《西藏妇女》上。2005年底，我被调到了《西藏文学》编辑部，也尝试着取得跟格央的联系，想着跟她约一些稿件。可能是天意，五六年之后才得到了她的电话号码。有一次西藏民族大学文学院的老师到拉萨来，我们编辑部邀请她一同聚餐。那是我们第一次相见，当时我就很诚恳地跟她约稿。记得又过了两年之后，稿件才姗姗而来。但作为编辑，我内心还是很激动，我们尽快把稿件安排在了刊物上。随后，隔个一年半载地能收到格央给《西藏文学》的稿件，我们都会尽早安排，只希望格央笔耕不辍，迎来她的又一个文学高峰，为繁荣西藏文学再增添浓重的一笔。

2022 年 6 月中旬，我刚参加完四川得荣县在瓦卡镇举办的一个文学活动，绕道丽江准备返藏时，在机场候机室看到了格央发给我的微信，问我可否为她的新作写一篇序，我欣然同意了。就像她的书名一样，我也是"以喜悦，以由衷的幸福和感激"应承了下来。这是格央十多年后，再一次出书，我对她充满期待。随后，电子版从微信里发了过来。为了更好地阅读，我又下载到电脑上，这样读起来能更好地进入到作品里。

序的开篇我就没有说是"小说集"，而是用了"故事集"。这是因为我读完集子里的 34 篇作品以后，得到的阅读体会是，它就是一本故事集。这些故事离小说还是有很长的距离。简单举个例子，文字的锤炼，叙事技巧，人物形象的塑造，场景描写等等，在这本书里是有欠缺的。但，作为一本故事集却是极其精彩的，每一篇故事都会打动你的心，让你久久无法平复。特别是对于年轻的读者来讲，这本书能熨烫心灵，消散成长过程中的烦恼，是以情为主打，讲述人世的许多不圆满与无常，每一篇故事都令人动心。格央的故事集聚焦当下年轻人的生存状态，把他们的情感、内心世界呈现得一览无遗，具有很强的时代感和现代感。而且，很多故事里的男主人公就叫"洛"或"洛洛"，女主人公叫"央啦"或"妮啦"，我猜测这样称呼也是作者故意为之的，想以此说明这些人可能就是我们身边的人，是那些最普通最平凡的人，以此拉近读者与故事中的人物间的距离，让我们与故事里的主人公产生亲近感。这方面格央做得很成功，她让我们不自禁地走进故事里，沉湎其中。

《以喜悦，以由衷的幸福和感激》这本书，我当成是格央小说创作中的一次试笔，不久她会给热爱她的读者们带来艺术性思想性更佳的优秀作品，因为她本身就具备这种能力。我们期待格央再次爆发，为西藏文学的繁荣发展，再次贡献她的才华与精力。

目 录

以喜悦，以由衷的幸福和感激

双十一采购的牛奶和酸奶到了，一共11箱，最合算的配置，差不多是平日里的半价，还免邮。理工科的我在付款的那一刻，洋洋得意，真心觉得马云也没有我这个智商，好好挖掘挖掘，说不定我也能做个淘宝出来，不求赚得盆满钵满，一半就行……想到这里，我又开始计算马云收入的一半是多少，好像也是大大的天文数字，不敢太贪心，默默地祈祷：马云的十分之一也行！希望老天爷看在我智商的分上，给我打个折，许我马云的百分之一！

这样想想都很嗨！

于是，那些天，我在76平方米的公寓里夜以继日地等待着……马云的百分之一没等来，11箱货物倒是等来了……我欢快地奔向快递小哥，心中充满着由衷的幸福……整整11箱，一小堆，此刻，我全然忘了马云的百分之一，只觉得自己就像是杂货铺老板的亲生女儿，遗传了强大的生意细胞，这要转卖出去，也能小赚一笔，想想都好嗨！

正欢快着，突然意识到一个很严重很现实的问题，小区大门离我住的6栋还有至少500米的距离，我还要提到7楼，虽说也有电梯，但把11个小箱子运到电梯门口可不是一件很容易的事情。我满脸微笑地转头和快递小哥商量："师傅，您看，我这么多东西，能不能麻烦您用小车送到我的楼下，就后面的6栋。"

"不行，我们一向都只负责送到小区门口。"快递小哥面无表情地拒绝了我。我这下看得仔细，发现他可不是小哥，是大叔，脸上好几道褶子。

"我知道你们只送到小区门口，但您看，我这不是特殊情况嘛，拜托帮帮忙。”我依然满脸赔着笑。

“不行，我还有自己的事呢，这儿还有一些货等着人取。”他不耐烦地说，“你自己想办法。”他的口气很坚决，我知道美人计是行不通了。此刻，即便我笑出一朵花，在他的眼里也就是一根草，况且，出门仓促，我穿着有点掉色的睡衣，顶着鸡窝头，脸也没有洗……

没有办法，我只能发挥老牛拉货的精神，两三箱两三箱地往前挪，虽说有点慢，但终归会到电梯口……吭哧吭哧埋头苦干的时候，突然有辆车停在旁边，探出一张棱角分明的脸，略带京味的口音很有磁性地问：“需要帮忙吗?”

这张俊朗的面孔震到了我，慌乱中我竟然松开了提着牛奶的手，左右三个箱子“砰砰砰”地落地，我全然不顾，急忙用腾出的双手，抚抚乱糟糟的头发，又不由自主地捂了捂脸颊，这时候，突然发现掉色的睡衣还少了一个扣子，简直狼狈不堪……如果知道会有这样的邂逅，我一定提前一个小时起床，换上最漂亮的衣服，至少也是眼下流行的绒毛便服，画个精致的妆，淑女一般地翩翩轻步，决然不会如此狼狈……我很佩服自己，在紧张慌乱的时候，竟然还能想这么多，应该称得上思维敏捷!

“你好，需要帮忙吗?”那张俊朗的面孔再次传出了磁性的声音。

我这才意识到，我敏捷的思维没有用在最该考虑的事情上面，毋庸置疑，我是有点犯花痴了。平日里我可不是这样，我一贯理智且安静。“我还有好几箱呢。”我回答。

“我看出来了，”他略带微笑地说，“前面和后面的那几箱都是你的吧?”

“是的，是的。”我连忙回答。真是善解人意，很绅士。我发现一个很奇怪的规律，越是帅的人，就越是绅士，越是贼眉鼠眼的家伙，就越是道德堪忧!

“你住几栋?”他边问边下车了，打开后备箱，利索地把前前后后整整11个箱子都塞了进去。“你住几栋？我帮你带过去。”

这一刻，我真的很难过自己住在6栋，离这真的很近，当初怎么就没有买最后面的27栋？真是太失算了。我差点脱口而出“27栋”，但话到嘴边收了回去：“我住6栋，就在前面。”我尽量表现出良好的素养，希望稍微弥补一下形象的不足。“太麻烦您了，谢谢！”我说得很诚恳。

“一点都不麻烦，我就住7栋，顺便捎带。”他继续问，“哪个单元？”

“5单元。”

“好的。”话音才落，车子也停了，妥妥的5单元正门口。他又利索地把11个箱子放到了电梯的门口：“你进电梯，我帮你放进去。”

当时订货的时候，我怎么才买了11箱，干吗不买22箱？他怎么不送我上楼？是我颜值不够吧？我这一通胡思乱想，电梯到了7楼，没有人帮忙，我女汉子的能量全面爆发，东西整齐地放好，我倒是一点气都没喘。

那一整天我都没有洗脸。之前看过一个明星保养的片子，说是只要不出门就别洗脸，洗脸后也只用宝宝霜、隔离霜和防晒霜，我看到她肤如凝脂，便决定自己也保养一下，不敢奢望能够像她，主要是看上她的方法简单省钱，我一个女汉子差不多也就得了。

晚餐，我决定用中午的剩饭做个简单的酱油炒饭。养生之道一直都在强调要吃叫花子的晚餐，不在单位吃的时候，我经常遵循这样的养生之道，不是因为注意养生，而是想给自己的简单晚餐找个名正言顺的借口，也确实没有想过长命百岁地活着，只想活着的时候能自己把自己伺候好，若是日子到了，最好一命呜呼，不要没完没了地躺在病床上和世界告别。

可是，此刻，一个严峻的问题摆在了我的面前，酱油就剩个底了，不想用，总觉得有沉淀物。但是，酱油炒饭不能没有酱油吧？我在76平方米的屋里来回踱步，屋子太小，几圈就转得我头晕。好吧，就去门口的小卖部打酱油，权当散步，这也是养生之道，虽说来回最多也就几百步。

我穿着掉色的睡衣，顶着鸡窝头，哼着歌出门了。

刚出单元的门口，我立马后悔得想要找个地缝钻进去！那个早上帮着搬箱子的俊朗男士竟然就在我们单元的门口，他显然也是路过，看到我，友善地问：“出门啊？”磁性的声音确实有很明显的京味儿……如果知道会有这样的邂逅，我一定要洗脸，换上最漂亮的衣服，至少也是眼下流行的绒毛便服，画个精致的妆，淑女一般地翩翩轻步……可是，现实却是，我一整天都没有洗脸，穿着掉色的睡衣，顶着鸡窝头，哼着莫名其妙的歌……真是要多狼狈就有多狼狈！

"我去门口的小卖部。"

"我也是。"

他买了一瓶洗衣液，我拿了一瓶酱油，算账的时候，我发现竟然没有带手机，他付了账，真是太出丑了！

"您告诉我手机号，我一会儿上楼就从微信转给您。"形象不好也就算了，我可不能给他留下一个爱占小便宜的印象，而且我确实也不想占便宜。

"没事的，就几块钱。"

"您一定要告诉我您的手机号，几块钱我也一定要还给您。"

没有纸笔，他说："要不，说一下你的号码，我拨过去，你回家就看到了，我的微信号就是我的手机号。"

也许，这就是缘分，没有刻意去要，老天爷安排我们互换了电话号码。

回到家里，我把酱油撂在小客厅的桌子上，连厨房的门也没进，就冲到了卧室，抓起正在充电的手机，果然，一个未接电话，是他的，连这数字我也觉得很特别很亲切，我知道自己是爱屋及乌的典型。

加了微信，转了钱，特想聊几句，又不知该说什么！毕竟我是个女生，平日里也没有什么口才，最不擅长和陌生人打交道，张口而出的话肯定也没多大的意思，别适得其反，让他觉得突兀。

那天晚上我有点失眠了，不确定是因为白天的邂逅，还是晚饭吃多了，没消化。总之平日里基本一碰枕头就秒睡的我，那天12点过都没有入睡……胡思乱想中，突然想起两句诗：惊觉相思不露，原来只因已入骨！有一种想把这两句发给他的冲动，但我克制住了。我想先攒着，等他开始喜欢我的时候，就说给他听。

第二天早上，我提前一个小时起床，洗了三次脸，涂了两层隔离霜一层防晒霜，换了五身衣服，梳了三次头，虽说还是不太满意，但上班的时间到了，没吃成早饭，抓了一个酸奶就往外面奔。有了昨天的经验，从电梯口一直到小区门口，我都如淑女般翩翩轻步，也没有遇见昨天的那个他。

不过，我不气馁，那天晚上下班一进小区门口，我就继续如淑女般翩翩轻步，没有遇到他……放下包，换了拖鞋，我始终有点心神不宁，于是，便趿着拖鞋出门了。拖鞋很有居家的味道，谁也不会穿着七厘米的高跟鞋在小区里散步，那样太不合理了。我在小区整整转了五圈，也没有看到盼望的那个身影。天也黑了，只能回家。

从那天开始，我整整一个月都打扮得漂漂亮亮的在小区里散步，每天都特别渴望会偶遇喜欢的那个人。有一天我网购的新衣服到了，这种渴望就好几倍地增加，细细想想，这种渴望让我像孩子般天真快乐！

可是，那个某人始终没有出现，好像从来就没有存在过一样。慢慢地，我都有些恍惚了，觉得自己是不是记错了事，记错了人，思维有些错乱了。不论如何，我开始试着换个角度考虑问题，这一次，我从自己不经意减少五斤体重的事实上，体会到了另一种快乐，虽说快乐的程度要低很多，但聊胜于无。生活不可能像你想象的那么好，也不会像你想象的那么糟，人嘛，还是要知足的。

既然，那个某人并不存在，那就没必要每天花太多的时间在穿衣梳头上。晚饭后的散步已经成了习惯，那就继续，趿着拖鞋吹吹风，看看落日，遇见话多的老太太聊几句，顺便买个酱油或冰淇淋……

天气越来越冷，我的睡衣和拖鞋越来越厚实，还是鸡窝头，有时候多戴个口罩，冬季的风还是有些凉的。

这天，我又出门散步了，刚出单元门，突然看到了一个朝思暮想的身影，那个俊朗的某人竟然出现了。他显然也是路过，看到我，友善地问："出门啊?"磁性的声音确实有很明显的京味儿……如果知道会有这样的邂逅，我一定要洗脸，换上最漂亮的衣服，至少也是眼下流行的绒毛便服，画个精致的妆，淑女一般地翩翩轻步……可是，现实却是，我穿着大一号的睡衣，顶着鸡窝头，趿着笨重的拖鞋，一如既往地狼狈着……为什么我每次见到他都是这样狼狈？大概是老天爷不想让他喜欢上我，便总是让我以最丑的样子出现在他的面前。

“我，散步。”

“散步好，特别是晚饭后，”他说，“对身体好。”

“嗯！”我不知道接下来还能聊点啥。这一个多月，好像把我最初的热情消耗掉了一大半，我低头只管自己走路。

“你喜欢吃芒果吗？”他突然问出这样一句。我定睛好好看看他，怕自己会错意。

“你喜欢吃芒果吗？”他又问了一句，显然真的是在问我。

“喜欢，”我说了实话，“很喜欢。”

“那太好了，”他说，竟然是很喜悦的，“我正担心家里的芒果坏了呢。还有一个榴莲，你也吃吗？”

“吃。”我说。

“这下好了，”他说，“你和我一起去我家里拿吧。”

我就这样到了他的房子里，是套大公寓，复层，装修得很雅致，而且特别整洁，连储物间也很干净整齐，他说的芒果和榴莲就放在储物间，一个大纸箱子里。“这些你全拿去。”他说。

“这也太多了。”我暗自高兴。

“我从西双版纳寄过来的，”他说，“本来是带给我姨姨，可谁知他们昨天飞成都了，我对门的老太太一家也去外地了，我又不喜欢吃，放着就浪费了，怪可惜的。”

“那真的全部都给我？”

“你如果喜欢吃，那真是帮我了，要不放着坏了，我还得丢出去。”他说得很诚恳，让我有一种助人为乐的感觉。

“那我就不客气了。”我蹲下身子，想抱起箱子，愣是没抱起来，真的很重。这些水果，在拉萨可要老贵了，满满一大箱子，我可是大大地赚了。窃喜！

“要不，我帮你送回去？”他提议。

“好的，好的。”我在前面带路，他像个雇工一样跟在后面。

进了我的屋子，我突然有些后悔。这屋子真是脏乱差，和他明净的房间形成鲜明的对比。“我这两天加班，没空收拾房间。”我不得不解释一下，多少挽回点面子。

这之后的那些天，我们真的总是遇见，然后一起散步，天南海北地聊。我真的不善于说话，好在他健谈，懂的又多，在拉萨冬季的冷风里，我幸福地听着他讲明朝，讲文艺复兴，讲亚里士多德……他的样子像极了高中时期的历史老师，那个老师，是我最初的暗恋。我真的觉得，他就是我一直等待的某人，以后的日落晚霞就这样一起看吧！

好难得遇见了一眼便入心的人，难得我很认真，难得我不思量，难得我奋不顾身，由衷地喜悦，像孩子般的天真快乐！

真是无缘无故地喜欢，然后，爱！

可这爱，只是我的。他的心思，我没看出来。

突如其来，某一天，武汉突然封城，新冠肺炎疫情就这样子突然出现了，真的有些猝不及防，等我反应过来，奔向药店，放口罩和消毒水的架子已经是空空如也。

此刻，我突然感到有些无助和凄凉，特想远在昌都的母亲。

电话响了，是他的：“你在家吗？”

“在的。”

“那我马上上来，你开门。”

我挂了电话，擦了擦眼泪，刚开门，他已经站在了门口，手里拎着一个塑料袋，打开，里面是两盒口罩，一瓶75%浓度的酒精。“我们两个分，口罩一人一盒，有50个，够用一段时间，酒精只有一瓶，你找个干净的矿泉水瓶来，我们一人一半。”我看着他认真的样子，突然眼睛湿润了，他还在低头拧瓶盖，催我：“快去找瓶子，有吗？”

“有。”我去拿，递给他。

“你们女人应该用得比我多，我多分你一点。”他说，“矿泉水瓶子里的我拿走，这个你留下。”他突然想起了什么，转身就往外走：“我马上回来。”

再进家门的时候，他的手里拿了一个带喷嘴的小瓶，倒了多半瓶酒精，说这样用着更方便。我忍不住眼睛又湿了，人的脆弱有时真的超乎自己的想象。

这一次，他看到了我湿润的眼睛，迟疑着说："我看了你朋友圈的所有内容，几乎都点赞了，你看到我的点赞了吗？"

"嗯！"我点头。

"你知道我点赞的意思了吗？"他急切地问。

"不知道。"我摇头。

"我点赞的意思是，"他还是有些迟疑，"我的意思是你发的东西我很喜欢。好了，我走了。"

"我突然想起书上的一句话。"我说。

"什么话？"

"书上说，别老点赞，喜欢就表白。"

"哪本书上说的？"他问得仔细。

"不记得了。"我回答得含糊。

"好吧，既然书上都这么说了，我就只好表白了。"他说，"我好像有点放不下你。"

"放不下是什么意思？"

"放不下就是喜欢你的意思。"他接下来的一句话，简直把深情的表白全毁了："别不识抬举啊！"

"如果不识抬举的话，"我怯怯地问，"你要做什么？"

"把口罩和酒精拿走。"他威胁我，"以前，劫匪戴着口罩去银行抢钱，现在是大家带着钱去抢口罩，还抢不到。"

识时务者为俊杰！他的话好像挺有道理！

就这样，一箱水果、一盒口罩，外加大半瓶酒精就让我成了他的女朋友。细细思量有点亏，但特殊时期，还是要特殊对待的，我只好以喜悦，以由衷的幸福和感激，相信这是命运的巧妙安排。

拐角，红玫瑰盛开

她希望他有些高冷，成熟稳重，又希望他有些幽默，善谈温和，当然她对他最基本的要求是一定要比穿高跟鞋的自己高，她脱鞋后的高度是一米七二。

一个要相亲的姑娘自然对那个相亲对象会有所期待……

中午上班前，在楼梯间换鞋子，她很自然穿上了高跟鞋。这时电话铃响，姨妈的电话来了，不外乎是再次提醒她下午下班后要记得去那个咖啡厅："7点整啊！别迟到了。"正要挂断电话，姨妈突然想起了什么，又叮嘱着："别穿太高的高跟鞋，你本身那么高，根本不用穿高跟鞋，一个女孩子太高就显得不温柔了！"

"知道了，知道了！"她边回应着，边脱下已经穿上的高跟鞋，犹豫着，换上了一双中跟的鞋子。高跟鞋一直是她的最爱，她穿习惯了，若是换了平底的鞋子，就觉得整个人往后仰，怪难受的……因此中跟鞋是她的底线！而一米七二加上中跟鞋的高度是她对未来人生伴侣身高的底线！

那个下午办公室里特别忙，下班比平时晚。下班高峰期，又打不到车。她虽然记着姨妈的提醒，却还是迟到了，而且还迟到了半个多小时。

好不容易到了咖啡厅门口，她却突然发现自己的手机忘在了办公室里。两人没有见过面，她总不能进了咖啡厅，一看到独坐的男子就上前打招呼吧！

于是，她只好在咖啡厅的门口，借了一个电话，打给姨妈，让她再打给对方的介绍人，问问他坐在几号桌。

如此忙乎，又过了好几分钟，她终于走进了咖啡厅。那个桌子旁边确实坐着一个目光严肃的男子，见她走近，却依然面无表情，不是她喜欢的高冷，是冷漠，极度的冷漠。

很尴尬，可她还是上前打招呼："我是央啦，请问您是……？"

他没有接过话茬，而是直接推过菜单："不知道你的口味，没给你点餐，你先看菜单，这个时间段人比较多，上菜速度慢。"

"不好意思，迟到了，让你久等了！"

"还是先点餐吧！"他的语调和他的表情一样，极度的冷漠！

央啦虽然心里很是不快，可谁让自己迟到了呢。但转念一想，迟到虽然是不礼貌的行为，可自己真的不是故意的，谁知道今天会有这么多事？更何况，大男人没必要这么计较吧！给一个第一次见面的相亲对象甩脸子，他以为自己是谁啊！一个普通的人而已，既非富二代，也不是官二代，颜值普通，从他坐着的高度来看，决然没有韩国欧巴的身高腿长，真是越看越不顺眼，越想越气愤，央啦觉得眼前的这个男人简直不可理喻，小肚鸡肠，脾气不好，气质阴冷，没风度，真是一点可取之处都没有。

其实，在这个世界上，绝大多数的人都是普通人，自己的条件被自己高估，但是别人不会高估你。

有了这样的想法，央啦自然也不想再次表示自己的歉意，她很后悔自己来赴约，姨妈真是给她找麻烦了！

尴尬……不是那种初次见面，有些羞怯的尴尬，而是心有愤懑，不想说话的尴尬……

幸亏上餐的速度还不算太慢，否则央啦就要窒息晕厥了。

低头吃着自己点的盖浇饭，真是索然无味！所以吃什么不是最重要的，重要的是，和谁在一起吃。央啦想，如果我就和这样的男人在一起吃一辈子的饭，那还不如现在就饿死算了。越这样想，眼前的盖浇饭就越是难以下咽！

而他大概有些饿了，吃得很快，狼吞虎咽，一大盘炒面，一扫而光。看他放下了筷子，央啦也放下了筷子。

"你吃好了吗？"他问。

"吃好了。"

没有多余的话,他立刻招呼买单。这是要离开的表示,央啦虽然很不快,但也如释重负。

出了咖啡厅,他的表情温和了一些:"你开车吗?"

"不,不开车。"

"我送你?"

"不,我正好要在楼下的超市买些东西,你先走吧!"央啦可不想再和这个人待在一起了,为了避免和他一起走,便找借口说自己要买东西。两人在咖啡厅的门口道别分手,看着他匆匆赶电梯下楼的背影,央啦发现他竟然有一些驼背,张嘉益的驼背有成熟男人的风度,而于他,这就意味着缺少锻炼和颓废苍老。姨妈怎么能把这样的人介绍给自己,央啦透过商店的橱窗看了看自己,婀娜苗条,面庞娇媚,水灵灵的,完全看不出快奔三的年龄……自信心溢满喷涌,哼着小曲,央啦左扭右扭地回家了。

是啊!你买了一双不合适的鞋子你都不愿意穿,更何况找的是一个人呢!一辈子的时间想想还是很长的。

那天回到家里,躺在床上,央啦想起今天的相亲,就忍不住笑出声来。说实话,她竟然真的不太记得他的长相了,只记得他冷酷无情的眼神,还有一件黑衣服,若是他在电影里拍杀手角色,根本就不用化妆,本色出演就可以了。可惜的是,他的身高好像不适合演杀手老大,就是演小喽啰的命,出名成大腕就别做梦了!央啦幸灾乐祸地开心着,仿佛那个讨厌的男人真的就是演杀手的小喽啰,卖命地工作,却永远没有出头之日!

这就是相亲失败女人最隐秘的内心,巴不得对方一无是处,千万处不好,并且是永远不好,便自然无可惜之处。哈哈!

这样自己找乐的心态,让央啦好不愉快。她很快就忘记了这个事情,就好像从来没有发生过。

这是央啦第一次相亲,简直就是自找没趣,她相信自己以后再也不会干这样的傻事了。

可现实是,央啦真的要奔三了,她不着急,家人急啊!于是,她又经历了三次相亲，这三个男人颜值一个比一个低，别说有韩国欧巴的大长腿了，最后的这一个，竟然比自己还要低半个头。介绍人难道眼神不好，硬是把一个不到一米七的人看成一米八？

“这什么眼神啊？”央啦在电话里跟姨妈抱怨，“比我低半个头呢！”

“低一点有什么呀？”姨妈是个快嘴，“人家工作单位多好，人家海归博士，人家已经高职了，家里还就这么一个孩子，光房子就好几套呢！你怎么这么挑剔？光身高有什么用啊，可以买房，还是可以买车啊？”

央啦知道自己绝对说不过姨妈，说白了，她也是为自己好。可问题是，央啦自己有稳定的收入，她真的没有必要仅仅因为经济的原因在这个事情上委屈自己。

一辈子的时间想想还是很长的，比起和自己不喜欢的人天天在一起吃山珍海味，央啦倒宁愿和自己爱的人在一起粗茶淡饭，这样浪漫的情怀在这个时代里，恐怕已经少而又少了，但保持自己对爱情婚姻的洁净心灵，央啦觉得是很美好的事情。更何况在心底，央啦相信自己和自己未来的那一位有能力创造更好的生活。

在这之前，央啦也曾经有过一个男朋友，大学的同学，一个足足一米八五的大男孩。最初的最质朴最羞涩的动心，她放在心底了，他却没忍住，班级聚会，她迷迷糊糊地被他拽到了校园里的老树下，他和她表白，然后他们自然而然就在一起了。

那是一个江南的老校园，他们在一起整整三年，有感动，有幸福，有委屈，自然也有争吵……毕业的前夕，他要放弃出国的机会，和她回拉萨，她心疼他，知道于他而言，这个机会是他整整四年辛苦学习的回报，更是他父母的期盼。所以，她拒绝了他，说了很多很多不好的话，那段时间的争吵和以往的每一次都不同，终于，一个再也横跨不过去的裂痕狠狠地将他们分开……她最终回到了拉萨，而他去了遥远的异国……他觉得被伤害，她觉得好无奈……几年之后，央啦又回了一次老校园，那棵当年的老树，这么多年还在开着花，只是物是人非，他们早已经各奔东西，在各自的城市里忙碌奔波，音信全无。偶尔清闲，躺在沙发上面的时候，她也会想一下他，想他此刻在干什么……也许，上天给他们的缘分，就是仅此而已了……

可是，她还是会想起他，温暖地想起，希望他过得好，幸福，并且健康。

这是她唯一的一次爱情，后来，这些年，她竟然再也没有遇见过让她心动的人。她希望是最质朴的心动，和经济条件无关。

就这样，她竟然要奔三了，日子过得真快啊！

这不，转眼之间，第二年的春天到了！春暖花开！

这天，拉萨的各个微信群里有一条求救的消息引起了大家的关注，一个藏大的学生患了关节病，全身疼痛，萎缩，生活完全不能自理，急需去内地的大医院治疗。可他是个农村的孩子，家境贫寒，根本就出不起这么高昂的治疗费，只能住在二医院里，如此下来，恐怕就要耽误治疗了，弄不好会毁了一生。于是，有好心人把他的情况发在了微信圈里，希望"众人拾柴火焰高"。

央啦是个热心肠的人，她先打了电话，确定情况属实后，就呼吁单位的同事捐款救助，一个上午就筹集到 5650 元。利用中午的时间，她和另一个同事去医院送捐款。

病房很好找，生病的大学生已经骨瘦如柴，治疗迫在眉睫。除了病人的父母，房里还有另外两个人，其中一个正在打电话，明显是和某人就医疗费进行交涉。央啦觉得他有些面熟，却又想不起来在哪里见过，便友好地点头打招呼。

几分钟以后，电话打完了，他开始介绍情况。原来他们俩也是看微信过来的，发现仅有一些捐助还远远不能使病人得到好的治疗，因此就开始找西藏大学及学生的家乡——错那县协调沟通，希望两边能分别承担一半的医疗费。经过几天的沟通，终于，西藏大学同意承担一半的费用，而错那县那边也有进展……

在那个人滔滔不绝说话的时候，央啦突然想起他就是那个相亲对象，自己迟到，他还摆脸色呢。

而那个人显然也想起了央啦，一丝奇怪的表情从脸上掠过。

把钱交给生病学生的父母，拍了照，以便在群里发给大家，算是做个交代。这时突然有电话打来，原来还有同事想要捐款，说是下午凑好了再交给央啦。

央啦自言："可是今明两天我没有时间送啊！"

"没关系，你把钱收好，我每天都要路过你们单位，我顺路取，再交给病人的父母，"他接过了话茬，"你放心，我也拍个照发给你，你也好交代。"

"那好吧，我把电话留给你。"央啦说。

"不用，你的电话我存着呢。"

出了病房，一起来的同事扯了扯央啦的衣襟，表情怪异地问："什么情况？你们认识啊？"

"不算认识，就是见过面。"

"知道你的单位，知道你的电话号码，怎么不算认识呢？我就觉得他看你的眼神不对，你的眼神也不对。"

"我看你的眼神才不对呢！"

那天下午快下班的时候，央啦果然接到了他的电话，他在单位门口等。把捐款交给他，正要离开，他竟然提出一起出去坐坐，吃个饭。

央啦几乎不敢相信自己的耳朵，他竟然会请自己吃饭。大概疑问面露，他说："怎么这样奇怪的表情？"

"没有啊！只是我今天正好还有别的事，抱歉啊！"

"没关系，那就改天了。"他挥手走了。

改天？改天再去看你的脸色？我可不再奉陪！

而他真的在改天之后联系她了，发来了病人父亲收捐款的照片，并随后附着一句："这个星期哪天有空，一起吃饭啊！一个星期七天，相信你总有一天是有空的！"

央啦总不好说整个星期都没有空，于是便应承着周五去。

"老地方见啊！"

"老地方？"央啦知道他指的是那个咖啡厅，但还是明知故问。

"就是那个咖啡厅了，那天走得匆忙，本来想吃披萨的。"

还吃披萨？那天你尽忙着甩脸色发脾气了！央啦没有回微信。

星期五，央啦上班是什么样，下班就直接去了。

这次他迟到了，而且是半个小时。“不好意思，迟到了，让你久等了！”

“算是扯平了！”她的语调和他之前的一样，极度地冷漠，“还是先点餐吧！”

“披萨和一杯拿铁！”他接着说，“今天我真的突然有点事。”

“是呀，谁也不会无缘无故就迟到哦！”

“其实那天我也突然有事，急着赶回单位，并不是气你迟到，真的。”他说话的语气倒是蛮真诚。

这之后的半个小时，他就忙着接打电话了，断断续续听下来，大概是安排一个爱犬微团队的活动，大家分头去购买糌粑、火腿肠等食物，明天10点准时出发去郊区的养狗场喂狗。

“郊区的养狗场缺少狗粮，明天正好周末，我们计划去送狗粮。”他边吃着披萨，边解释着。

央啦想，眼前的这个人，虽然和自己心目中的另一半相距千万里，但他是个好人，热心，仁慈。绝对的好人，但仅此而已。

没有刻意寻找话题，天南海北，两人聊得兴致盎然，这一刻央啦突然觉得他虽然没有韩国欧巴的身高腿长，不过也还顺眼。

晚餐之后，他们又一起去看了电影，既是因为电影院就在楼上，也是因为看电影不用说话，时间好过一些。

然后他们互道再见，各自回家。再然后，她就频繁收到他的微信，他热情得有些过头了，央啦并没想要接着这份热情，她对爱情有更浪漫的期盼。

她始终觉得自己会遇到一个人，第一眼就心动，像另一个自己，相同却又不同，因为爱情，他们可以互相包容，互相倾诉，聊天直到深夜，挂念直到醒来，她总是在等，等那一份心动。

可现实的生活真的是另一个样子，第一眼就心动，然后义无反顾地拥抱爱情，这样的情节好像只有电视剧里有。

即便央啦很少回复，他还是执着地发着各种微信，她因此慢慢开始了解他，知道了他的忙碌，体会着他的快乐和抱怨……

而在这个过程中，她对他有了新的认识，虽然他不懂浪漫，不会哄人，但起码他善良，安稳，又能担当。

在他们几乎把咖啡厅的食物都吃了一遍以后，她突然觉得，也许自己该结婚了！

就像在公园里瞎逛，没有特别的期盼，却走着走着，一个拐角，盛开的红玫瑰扑面而来！

那份悄然而至的爱情，乍看，毫无火花，波澜不惊，但也许深似湖潭，悠长如笛箫，清香如玫瑰！

一辈子的时间很长，慢慢走，慢慢领悟吧！

简爱小姐姐

“简爱。”班主任点名。这是新生入学班里的第一堂班课，桌椅摆成一圈，班主任逐个点名，要大家介绍自己，怎么介绍都行，主要是给大家留个最深刻最有特点的印象。念到这个名字之后，气质儒雅的班主任环视一圈，说：“有这个名字的人都不用自我介绍了，大家一定会印象深刻的。”可是竟然没有人站起来应和。“怎么，简爱没有来吗？”班主任又加了一句，“她是去桑菲尔德庄园找罗切斯特先生了吗？”

这时，一个坐在角落的小姑娘站了起来，轻声说：“老师，我叫简啦，我不确定您是否叫的就是我。”

全班的目光齐刷刷地就闪到了小姑娘的身上，大家似乎都急切地想看看她的样子。夏洛蒂·勃朗特似乎从来没有赞美过简·爱的外表，描述的都是她不起眼的外表下的倔强、坚强和深情，可是电影里的女主角实际上却是极耐看的，浑身都散发着典雅知性的气质，特别是2011年英国版的那个电影，女主角真是漂亮，明晃晃的大眼睛闪烁着洞察人心的光芒，脸部棱角分明，似雕刻般优美的线条，妩媚中透着一股坚毅，而男主角也全然没有中年油腻大叔的样子，浑身都散发着雄性荷尔蒙，如果不是剧情的安排，两个人一定会一见钟情，毫不犹豫踢开所有羁绊，热烈拥吻，爱情至上……

“简啦？”老师再一次看看手中的花名册，“真是抱歉，我念错了，一看到‘简’，我就很自然地读出了‘简爱’。”老师幽默地说：“不过，这位女同学真有点像简·爱的样子，你都不用介绍自己了，大家都记住你了。”他继续说：“下次如果我脱口而出叫你简爱，请你一定应允，下个月有中秋联欢，我觉得我们班可以排一个小的舞台剧，简·爱的人选已经有了，等会儿若是有位男同学叫罗切斯特，那一切就很完美了。”

从那以后，所有的同学和老师都叫她简爱，她被叫习惯了，有一次考试，竟然在考卷的名字一栏里填了个“简爱”，幸亏不是大考，否则可就没分数了。

上大学那年，她18岁，小女子初长成，眉眼清亮，额头微微凸着，别的小姑娘都是青春的马尾辫，唯独她喜欢中分扎个髻，性格又有些内向，从不咋呼，胸前总是抱着几本书，坐在阶梯教室的角落，安静地学习，真有几分电影里简·爱的样子。

大家看到的只是单纯的外表，其实，这些年她的经历也似乎和简·爱有几分相似。她很小的时候父亲就因公去世了，母亲本是一个目不识丁的家庭主妇，单位照顾她让她去食堂工作。工作很辛苦，但一份月月都有的收入，加上食堂也常有些剩下的怕过期腐坏的食物可以带回家，她们一家三口倒也没饿着，加上单位还提供了一个小房间，倒也没流落街头，没冻着。

穷人家的孩子早当家，这个话可是有一定道理的。她和妹妹都是班里最勤奋最听话的孩子，功课年年都是拔尖，且性格温和，老师同学都甚是喜欢。生活虽是拮据，但还算安稳，这样的日子，她们母女三人是满足的。可是两年前，母亲竟然病倒了，医院确诊是乳腺癌，需要一大笔治疗费用。也没有什么亲戚可以依靠，好在单位倒是挺有人情味，组织捐款，又找医院联系沟通，减免了大半的费用。单位还说若是简啦不想继续学业，可以给她安排一份合同制的工作，这次不是餐厅，而是后勤。简啦动心了，但母亲不愿意，她知道自己的女儿一定可以考上好的大学，这几年熬熬，便会有完全不一样的人生。拗不过母亲，简啦就报了师范专业，虽说不是心目中最理想的专业，但却是此刻最合适的专业，不用交学费，还有生活补助。金钱于她，也是最急需的。

很多人也许会觉得谈钱是很俗气的事情，那是因为他们并没有穷困潦倒，没有被过分拮据的日子弄得疲惫不堪，没有遇到拿不出医药费和学费的崩溃……无米之炊的悲哀其实真的能让七尺的大男人折腰，更何况遇到这样情况的人是一个身患绝症的女人和两个懵懂无力的少女。

父亲单位的领导确实是个讲良心的好人，一直记着父亲的因公逝世，所以也是尽力照顾。看到她们三个都没有贷款的能力，也找不到人担保，就想办法特批借给她们五万块钱。送来钱的那天，看着躺在床上的虚弱的母亲，看着家徒四壁的房子，看着还没有长大的两个少女，一个大男人竟然也眼角湿润了，他从自己的包里拿出一千块钱塞进母亲的手里，便拉着简啦的手告辞。

简啦走到楼下，不知该说什么，只是鞠了一个大大的躬。

"孩子，我知道你们很难，这笔钱是单位特批借给你们的，是一定要还的，我没有办法，只能把这个压力压到你的身上了。你就是这个家的顶梁柱，我相信你一定可以做到，而且你要相信，最坏的日子已经在慢慢过去了，然后，生活会一天天好起来。"他继续说，"其实，每个人都会遇到倒霉事，会有一段时间很倒霉，然后，就像一个波的波谷，到了最低处，便会慢慢回升，所以，现在你一定要坚强，你坚强了，母亲和妹妹才能看到希望。"

这段话深深地刻在了简啦的心里，那一刻，她突然觉得自己充满力量，她相信这个压力自己可以扛起来，也相信最坏的日子已经开始慢慢过去了……

那个快退休的领导，尽了自己所有的力量来帮助这个不幸的家庭，他求的是一份心安，希望自己能够坦然面对已经逝去很多年的那个老同事——简啦的父亲。其实，人生也许并没有太多的幸运和偶然，这个帮助不过是对简啦父亲曾经的付出和善良的回报，因此，每个人都应该相信，心田播下善良的种子，总有一天，会开花结果。

善良是会厚积薄发的！

简啦的前面虽然只有一条羊肠小道，但总比走投无路好很多。她心怀感恩，带着熬过难关的信心，和好日子慢慢到来的憧憬，背着五万块钱的债务，来到了大学的校园。她申请了最高额度的助学金，可这笔钱不能用在她的日常开销上，这笔钱是母亲和妹妹的生活费，是药费，而她自己开始找兼职，希望还可以再给家里多寄一点。学校知道了她的情况，安排她在图书馆兼职，她又找了份家教工作，价格比别人低，她又总是早十几分钟到，晚十几分钟走，备课很认真，学生学习的效果不错，家长很满意，便又介绍了两份家教工作。除了上课的时间，她几乎所有的时间都在赚钱。

一个青春初至的小女生，不打扮，不逛街，不网购，不吃零食，不恋爱，没有任何的休闲，天天都穿着最便宜的衣服，骑着破旧的自行车，风里雨里穿梭在赚钱的路上，自然是会让很多人背后嘀咕的，说她爱钱如命，又说她是葛朗台转世，一个总拼命赚钱，却不舍得花钱的守财奴……这样的话，简啦没空介意，也不想介意，她知道没有人会和她真正地感同身受。像她这样扛着全家人的生活重担，还要为自己渺茫至极的前途拼命的人，哪有时间和心情介意别人不够中肯的评价。现在的她，唯有努力奔跑，再难也不能回头……

一个在苦难中长大的女子，并没有活成祥林嫂的样子，而是继续顽强、倔强、好好地活着，积极面对，不敷衍自己，为家人担当，这是一件多么需要勇气和毅力的事情，她一个弱小的女子做到了。

虽然几乎没有时间复习，但第一个学期的期末考试，简啦竟然拿了全系的第一名。她自然很高兴，但更高兴的是，她拿到了最高的奖学金，还有一个助学基金的奖励，加起来整整五千块钱。拿到奖金之后，简啦甚至都没有时间把钱放回宿舍，而是蹬上那个嘎吱嘎吱响不停的自行车，火急火燎地奔向做家教的小区。到的时候，时间刚刚好，但简啦有些愧疚，她一向是早些到的，便在课时结束后，又多讲了半个小时。临走时，家长硬是塞给她一包玫瑰茶和一大袋红枣："这也是别人给我们的，分一些你拿回宿舍泡着喝，养气色。"

那天回到学校后，简啦没有直接回宿舍，而是在一个小路边找了个椅子坐了下来。刚才太忙了，她顾不上高兴，现在没事了，她就特兴奋，那个放着五千块钱的信封，被她紧紧地攥着，胸前的小心脏扑腾扑腾地飞快跳跃，她竟然忍不住笑了起来，那种发自内心的喜悦，那种慢慢看到希望的喜悦，那种付出终有回报的喜悦……真是藏也藏不住，怦然而出，她的笑声真的有些大……

笑声还未落，耳边传来一个男性的声音："什么开心的事情，让你笑得这么爽朗？我都没见过你这么笑。"说话的是他们的班主任。

"我今天拿到了奖学金，特别高兴。"简啦说了实话。

"这么几个小时过去了，你还在高兴？"

"我刚才去做家教了，没有时间高兴。"

班主任看到了旁边的红枣，说："犒劳自己，买了红枣？"

"不是我买的，是学生家长给的，还有一袋玫瑰茶。"一种幸福的感觉洋溢在简啦的脸上。"我那几个学生的家长都对我很好，他们总是送我一些小礼物。"

"那是因为你教得好。"

"我是应该好好教的，他们付给我工资，我很感激他们。"简啦说，"这笔钱帮了我和我的家人，我觉得很幸福很开心！"

简啦兴高采烈的样子，让班主任想起自己正在看的史铁生书中的一句话：微笑着，去唱生活的歌。

眼前的这个小姑娘和现在大多数的小姑娘不同，她不矫揉造作，朴实无华，光滑的脸上没有任何化妆品，衣服也是极简单，没有任何的装饰，但看着很舒服。她的情况班主任还是知道一些的，就不免会有些许怜悯，也就理解了钱带给她的那种喜悦。

"微笑着，去唱生活的歌。"班主任不由脱口而出。

这句话让简啦微微一诧，虽没有太理解，但还是心生喜欢。她再一次开心地笑了起来，笑出了一朵花……

"同学们都在收拾行李，你也快回宿舍收拾吧。"班主任说。

"我不回去了，我还要继续去做家教。"简啦说，"我想尽量多攒些钱，我的家里需要钱。"

"那，正好系里有个项目，需要整理录入一些数据，有劳务费，时间也很自由，你有兴趣做吗？"班主任想尽自己的力量帮帮这个孩子。

"真的，那太好了，我一定会做好的。"简啦感激地鞠了一躬，"谢谢您！"

看着简啦乐不可支的样子，班主任突然觉得心有些疼，这个单薄的孩子是多需要钱啊！他的心里不由得重复着她说的那些话，没有虚伪，没有娇柔，很单纯质朴的表达，却在不经意间赢得了他的好感。

假期的校园显得很空荡，连昔日里吵吵嚷嚷的操场也安静得像个沉思中的孩子。简啦上午的家教课已经结束了，她想趁着中午的空当，在安静的操场边台上背点英语单词，为下学期的英语四级考试做点准备。这个边台上面有伸出的檐，既遮挡太阳，也可以躲避拉萨午后突如其来的雨，真是一举两得。

而她不知道，就在她专心背书的时候，有一双眼睛正在看着她，班主任偶尔路过，远远看到她的身影，便不由自主地走近，想要看得清楚些。这真的是一个很奇怪的心态，若一个人在你的心中无足轻重，你会有兴趣在大大的太阳底下专门拐过去看一眼吗？况且此刻大门口等你取快递的小哥又来了一次电话催促。但班主任没有考虑这么多，此刻，他只觉得她来回踱步，一心只读圣贤书的样子，让他不由得生出一种怜爱之心。

那个暑假简啦过得特别繁忙，她又多接了一份家教，除了晚上基本就不能在宿舍待着了。而那年的夏天，拉萨的雨水特别多，动不动就下雨，而且是瓢泼大雨。遇到天气不好，简啦自然是舍不得打车的，便时常被雨淋着，倒也没有感冒，只是湿了衣裤，反正都是些便宜货，即便泡了水，大不了洗洗晾干，还是照样可以穿，不必心疼。

这天，又下雨了，浑身湿漉漉的简啦骑着破旧的自行车急匆匆地回学校，在图书馆的拐角差点撞上迎面而来的班主任。简啦摔在了路边，老师倒是敏捷，躲闪着，最终还是稳稳地站住了。

班主任把车子扶起来，嘱咐她快些回宿舍，临了，又加了句："换完衣服，你到我宿舍来吧？我想吃火锅，一个人又没多大意思，你过来，正好聊聊天。"

简啦不知该应承，还是说不，但老师已经转身离开，再叫住，又显得不懂情没礼貌。而此刻，转身离开的班主任突然想起电影《简·爱》中的一个画面，罗切斯特先生骑马和简·爱在山路上相遇，他们弄得人仰马翻，不太友好，但最终却成了彼此心尖上的爱人。缘分真是个很玄的东西！连班主任自己也好像没有意识到，其实在他的心底似乎希望自己和简啦的这场雨中相撞也预示着某种缘分……

那晚，简啦她还是来到了班主任的宿舍，火锅已经滚滚地开着，闻着就很诱人。“怕你不能吃辣，我在锅里只放了一点红油，”班主任说，“如果你觉得不够辣，就放点小米辣，已经剁碎了，在那边的小碟里，你帮我拿过来吧。”

结果那一小盘小米辣刚刚够两人吃。“我以为自己很能吃辣了，你好像比我还厉害啊。”班主任说。

“我妈妈的火锅也做得特别好吃，我和妹妹从小就吃辣，随她。”简啦继续说，“不过，现在家里不大做火锅了。”

“为什么？”

“我妈妈身体不好，不能吃辣的食物。”

“什么病？”

“乳腺癌。”简啦轻声说。

沉默了一会儿，班主任安慰说：“这个病比别的癌还好些，我就认识一个人，手术都十年了，还好好的，跟健康人没两样。”

“真的？”简啦似乎在他的话中看到了希望，问的时候，连眉角都似乎往上翘了起来。

“当然是真的！”

那顿火锅他们竟然吃了两个多小时，彼此都有话说。班主任不由得想起前几天在杂志上翻到的一句话：爱情就是两个人可以一起说很多很多的废话，而不觉得尴尬。

这突然冒到脑海里的话，猛地让班主任意识到了什么，他端详着眼前这个小姑娘，面庞清新，额头微凸，眉目有些幽怨谦卑，大概和家里糟糕的条件有关，但也显得知性质朴，柔和中透着坚强，与现在大多数矫揉造作的女生决然不同。他对眼前的这个姑娘有了非比寻常的好感，确切地说，是一种喜欢……他真的很想拥抱眼前这个努力拼搏，从不认输，坚韧，却质朴简单的女孩子……他真的很想这么做!

班主任心里一紧,他知道自己不应该有如此的念想,这是不对的,自己有妻子,也有孩子。虽然异地多年,但彼此也是牵挂和思念的。

就此打住!班主任不由得提醒自己。他的自律倒也管用,此后他们两人便真是路归路,桥归桥,没有任何后续的故事了。

人生的路太长,每个人都会在生活的路上碰到几个让自己怦然心动的人,喜欢不是一定要占为己有,有些时候,离得远些,善意的欣赏,自律和克制,会让彼此都更舒适和安心。

大学四年,简啦就在上课和兼职中度过了。她依然不打扮,不逛街,不网购,不吃零食,没有任何的休闲,天天都穿着最便宜的衣服,骑着破旧的自行车,风里雨里穿梭在赚钱的路上。但唯一有些变化的是,她深沉地爱上了一个人,那是一个学生的父亲,他的妻子很早就去世了,她给孩子当了整整三年的家教,也目睹了他深刻的父爱,先是被感动,然后,就好像慢慢有些心疼了,再然后,她爱上了他,尽管他有过婚姻,有孩子,而且还大自己 12 岁……他好像也是爱她的,可是,他又很严肃,说话严谨,对简啦的种种藏不住的暗示视而不见。

于是,他们之间终于有了一段开诚布公的对话。

“我今天早上读了一句诗:我爱你,与你无关。”简啦说,“可是我还是想,让我的爱和你有关。”

“我从不读诗,那是年轻人的玩意儿,我比你大很多,又有孩子,我不想这么幼稚。”那个男人想要打消简啦幼稚的想法。

“那又如何,这些我都知道。”

“你还太小,也许思考问题不够理智。”

“我想,先生,光凭您年龄比我大,或者见的世面比我多,您是没有权利来命令我的。”简啦脱口而出的话,是电影《简·爱》里的一句台词。总是被人唤作“简爱”,连她自己也觉得自己就是简·爱了。

“可是,我还是觉得不妥,”他坚持说,“对你不妥。”

“罗切斯特先生,您以为我穷,低微,不漂亮,我就没有灵魂,没有心吗？您想错了，我和您一样有灵魂，有一颗完整的心，要是上帝赐予我一点美貌和财富，我会使您难以离开我，就像我现在难以离开您一样。”简啦说，“虽然上帝没有这么安排，但我们的精神是平等的，就像我们终究会走进坟墓，平等地站在上帝的面前。”

“我承认我们的精神是平等的，但我不会走进坟墓，也不想站在上帝的面前。”他回答说，“我一直觉得上帝是西方的东西，我不想去那么远的地方，说实话，我更喜欢天葬！”

“罗切斯特先生，现在我们讨论的重点是精神。”简啦很严肃地提醒他。

“我不叫罗切斯特。”他嚷嚷着，“我不想做那个瞎了眼睛，左手还残疾的罗切斯特。”

“您是前面的那个健康的罗切斯特，性格阴晴不定，有点傲慢，还有点粗暴的罗切斯特。”

“这样一个不好的人，是不会让你幸福的。”

“但是我想让您幸福，您可以试着接受，即便我没有您预期的那么好，您也不损失什么，您说是不是这个道理？”简啦诚恳地说着，好像是在推销某种东西。一个女子深情地爱着的时候，好像真的可以低微到尘埃里，然后在尘埃里开出花。

“好像是这么个道理啊！”他好像在琢磨着，但实际上是被打动了。“可是，你好像会有损失。”

“我是否有损失，是我自己的事情。”简啦说，“从现在开始，您就是罗切斯特先生，当我这样叫您的时候，您一定要答应。”

“如果我不答应呢？”

“那我就再叫一遍，”简啦执拗地说，“我要叫您一辈子。”

“好吧，如果你这么坚持，那就只好如此了，亲爱的简爱小姐姐。”

“您叫我什么？”

“亲爱的简爱小姐姐。”他问，“有什么不妥吗？”

“很妥当，罗切斯特先生。”

表　白

这是一个困倦、无聊、乏善可陈的夏日午后，已经下了几天的雨，此刻虽然停了，但依然阴沉潮湿，连同呼吸都带着腐朽的味道！

培训学院在八一镇的郊外，承担着全系统人员的各类培训任务，当时的领导真是好眼光，占了一大块地方，学员楼和教室在大院的一角，另一角是漂亮的教师宿舍，教师应该不多，大部分课程都是从外面请老师。而院子的大部分地方都覆盖着茵茵绿草，上面是星星点点的各色野花，当然更多的是专门种的月季、玫瑰、蔷薇和学名波斯菊的“张大人”，这样油油的绿色，清润的花瓣，在干燥的拉萨可不是经常可以看到的，也就因为如此，洛和他的同事们觉得似乎太过湿润，很不习惯，有些阴沉，缺少明明朗朗的欢快。

他们今天早上就已经在培训学院报到了。这里真的很郊区，本来报到完之后，他们是想去八一镇消磨下午时光的，可在院门口站了半天也没有看到一辆的士，旁边倒是有一个小茶馆，茶和面的味道让拉萨人挑剔的口味满满地嫌弃，索性回到宿舍，躺着也毫无睡意，便凑着一起，在楼道拐角的大阳台上聊天。

参加培训的学员陆陆续续都来报到了，洛和同事们在阳台上看着越来越热闹的宿舍楼，突然觉得好像回到了学生时代，假期结束的时候，楼道里就是这样的情形，行李箱的轱辘声始终贯穿其中，喧哗的叫声是伴唱……

这时候，疲惫的、拖着两个行李箱的妮啦出现在了他们的视野里。她背着一个小双肩包，左手拉着一个小的行李箱，上面还放着一个鼓鼓囊囊的购物袋，另一个偌大的行李箱大概是轱辘出了问题，被半提半拉着，她憋得满脸通红，显然很是吃力。

“瞧瞧，这位可是把半个家都搬来了。”

“何止半个家，”另一个人说，“这位是要在这里安家了吧。各位，有兴趣可以趁这机会好好搞定啊！”

“最讨厌这样矫揉造作的小姑娘，10 天培训，带了 20 套衣服，还以为是自己的时装秀。”洛说，“真是好看的皮囊千篇一律，有趣的灵魂就少之又少了。”

这时候妮啦已经到了阳台的下面，洛的声音又显然没控制好音量，一个字都没少，妮啦听了个全乎。本来就累得气喘吁吁，有点莫名的火气，听到这话，真是白磷遇到了燃点，也不知哪里来的力气，她竟然一鼓作气就爬到了二楼的楼道里，放下行李，大步迈到阳台，对着洛就嚷嚷起来：“我带多少行李，是我自己的事情，跟你一点关系也没有，我倒是觉得好看的皮囊和有趣的灵魂，你一样都没有。而你最缺少的，应该是自知之明。好好反省，不要盲目自大。”

说完话，妮啦扭头就走了，洛被呛得一时没有回过劲来，待到同事们哈哈大笑，妮啦已经到了三楼自己的宿舍，而洛也只好自嘲地笑笑。

其实，那一刻，洛确实有些后悔，对一个完全陌生的小姑娘，真没必要说这样的话，显得自己如此尖酸刻薄，一点大男人的度量都没有。要是自己是另一种表现，比如，主动说“需要帮忙吗”，那么一个高大温暖的形象就会树立起来了，更何况都是自己系统内的同事，说不定哪天就会碰上，那要多尴尬啊！

“都是你们，开这样的头，结果被数落的就我一个。”洛埋怨同事。

“这小姑娘，走到近处看，其实蛮漂亮的，我们也想被这样的姑娘数落，可她偏偏就喜欢冲着你，你别得便宜还卖乖啊！”

“这是得便宜啊？就你们这些臭嘴惹祸，”洛说，“还什么漂亮姑娘，尖酸刻薄，好看的皮囊和有趣的灵魂都没有，真是要多讨厌就多讨厌。”

话音还未落，妮啦却又突然出现在了他们的面前，原来她找不到自己的身份证了。下了车，付车费的时候，明明还放在外衣的口袋里，此刻却怎么也找不见，就顺着走过的道一路寻着，着急，便也顾不上刚才的争吵，硬着头皮到了阳台。没想，洛的话她又听了个一字不落，这可真是火上浇油了！

本来妮啦就很着急，前面的事情火也还没消，没想却又听到这样的话，自然免不了又要嚷嚷了："你还是大男人吗？尽在背后说坏话。我好像之前没有见过你，更别说得罪你了。"妮啦越说越气愤："你才尖酸刻薄，你才既没有好看的皮囊，也没有有趣的灵魂，你才真是要多讨厌就多讨厌！"妮啦一向口齿伶俐，生气的时候，语速就更快了，像机关枪开火一样，洛中了好几发子弹，遍体鳞伤，好不可怜！

"可是，我……"洛想开口，却不知道该怎么说才能让这个愤怒的小姑娘消消气。

"我一句话都不想和你这样的人说。"妮啦转身就走，她被气糊涂了，竟然忘了自己来这里的原因。如果此刻她能够冷静下来，往地面上看看，她就会看到自己的身份证正在自己的脚下躺着呢。

而此刻，看着妮啦气冲冲的背影，洛也只好耸耸肩，无奈地嘟嘟嘴。谁让自己没管好自己的嘴巴呢，一再说错话，活该自己被骂。

"还是别站在这阳台了，尽招事！"洛说着就要回宿舍，却无意看到了地上有一个身份证，捡起来一看，是刚才脾气暴躁的小姑娘的。"原来叫妮啦，真是个难听的名字！"

"我劝你还是别再说那个小姑娘了，我们怎么觉得你说的任何关于她的话，她都会听到。"同事们逗洛。

"这话说得真没错，你们说什么都可以，唯独我，说一句，被听到一句，说两句，被听到两句，真够倒霉的，被骂得狗血喷头。"洛说，"这个身份证你们去还给她吧，我可怕死她了。"

"这可不行，你还是拿着这个去赎罪吧。"大伙一哄而散。身份证还在洛的手上，人生第一次，他切身体会到"烫手山芋"的感觉。

硬着头皮，洛寻到了妮啦的宿舍，门半掩，敲了两下，没有回应，他轻轻推开了门。此刻，妮啦也正转过头来，床上一片狼藉地堆着各色物品，小行李箱空空地放在桌子上，而她的脸色还是红通通的，头发散乱地披着，甚是狼狈！

“干什么？到我们宿舍来吵架啊？你还讲不讲道理？”一看到洛，妮啦就忍不住嚷嚷了起来。

“我可不是来找你吵架的，我也吵不过你，甘拜下风！”

“那是因为道理在我这里，真没见过你这样的男人，无缘无故在背后说别人的坏话，而且还是一个从未见过面的人的坏话，你这是有多无聊啊！”

“我说不过你，我躲你。”洛也有些气糊涂了，忘了自己来这里的初衷，转身就走。刚往外迈步，却发现自己踩在了一条丝巾上。

妮啦也看到了丝巾，大声嚷嚷起来：“你干吗踩我的丝巾？真是讨厌。”

“我根本就没有看到什么丝巾，又不是故意的。”

“换了别人也许不是故意，可像你这样的人就说不定了。”

“我可没这么无聊，跑到你的宿舍来踩你的丝巾。”这一刻洛记起来了，这丝巾刚才还歪歪扭扭地挂在妮啦的头发上，定是没注意的时候脱落了，怪不得她披头散发的。洛突然有些幸灾乐祸的感觉，这个感觉在这一刻真好！

他确实不想和这个暴躁的女人理论了，便继续往外走，走到楼梯口的时候，才发现身份证还拽在自己的手中。要是无关紧要的东西，洛也就随手丢了，可这身份证，对出差在外的人来说，却是很重要的。尽管有些心理斗争，洛还是回头向妮啦的宿舍走去。

门还是半掩着，披着的头发已经被丝巾绑了起来，脸还是有些微红，眼眶里有泪珠打转，没忍住，掉了下来，只好抬手擦拭……这一幕，正好被站在门口的洛看得一清二楚，刚才的幸灾乐祸感突然就没了，生出一点怜悯，毕竟还是女孩子家，刚才那么强势，此刻却真的泪水涟涟。

妮啦也看到了洛，她可不想让这个世上最讨厌的男人看到自己掉眼泪的样子:“你又来干什么?”

“我,我来送你的身份证。”洛说,“你掉到下面的阳台上了,正好被我捡到。”

妮啦接过身份证,有些勉强地说了一声:“谢谢!”语气也许还是有些冷漠,但其实她的心已经软了。对面这个好几次出言不逊的人,也许并不是十恶不赦,他也有好的一面。

这一天的几次吵闹似乎就预示了他们俩之后那一堆说不清道不明的糊涂账。

培训的十天很快结束了,洛发现其实妮啦也就换了两套衣服,并没有展示时装秀的意思,那他不免有些困惑,这点东西真没必要装两个行李箱。洛的估计是对的,其实小的行李箱才是妮啦本人的,大的那个是同事托她带给在八一农牧学院上学的儿子的,而购物袋里也是别人托着带过来的东西,她实在无法拒绝,便只好为难一下自己,硬是连拖带拽地给带过来了。

培训结束,洛回到拉萨,恰逢周末。回去上班的第一天,竟然在电梯里就看到了妮啦。“你来这里办事啊?”洛主动打招呼。

“我是来报到的,我的调令在培训之前就下了。”

“那真要恭喜你了,这调动的事情可是越来越难办。”

“谢谢!这次我是小幸运。”妮啦说,“塞翁失马焉知非福嘛,我接到调令,高兴得不亦乐乎,结果培训的第一天,就被你骂了好几次。细细想,也许就是老天爷让你骂的,让我别乐过了头。”

“这可真不能全赖我,大家不过是看你行李多,随口说的,没承想,你只听到了我说的话。”洛终于有了解释的机会,自然是要辩解几句的。

“你的意思是他们几个说了更不好听的话?”妮啦说,“我调过来了,就有机会找他们算算账了。”显然,这是一句玩笑。

“我可没这么说,我们大家都没特别的恶意,只是针对你的行李,没针对你这个人。”

妮啦被分配到办公室,和洛所在的业务部虽然隔着整栋的大楼,但毕竟在一个院子里，彼此也真心相处得不错。两人性格其实蛮搭，怪不得吵架的时候也吵得特别顺溜。

在这个大院里，妮啦没什么认识的人，所以曾经吵得天昏地暗的洛竟然成了她联系最多的人，洛本就是热心肠，自然充当起雷锋哥哥的角色。

两人越来越熟络，无话不谈了。

这天，洛和妮啦在单位门口碰上，都没吃早餐，便跑到马路对面去喝豆浆。洛说："今天我决定做一件事情，你猜猜吧！"

"我肯定一猜就准，"妮啦说，"不就是想约一下你心目中的那个女神吗？说了好几次，也没见你约到。"

"昨天我们在微信里聊了很久，我觉得她对我的感觉应该也是不错的吧。"洛说，"我就喜欢她那样子的，特别淑女，声音也特好听，长长的辫子特别有女人味。"

"我已经听你形容过很多次了，每次都是这些词，一点新意都没有。"

"干吗要那么多有新意的词？我喜欢的样子她都有，这就够了！"洛说，"你还没有猜出来我今天决定做什么事情呢。"

"你要做的事情也没有什么新意，不过是想请别人喝咖啡。"

"猜对了一半，我已经约好了她，"洛开心地说，"今晚我要表白了。"

"表白？太快了，别吓着你的女神。"

"有你这样的朋友吗？总是拆我的台，好像巴不得我找不到女朋友。"

妮啦呵呵一笑，拢了拢头发，说道："我预感你会失败的。"

洛看着妮啦笑咧了的嘴角，真想一拳打上去。好在，他最终还是控制住了，这个妮啦如此耿直，他无言以对，只好眨眨眼睛："那如果我成功，明天我们三个就一起吃饭喝酒，全部你请客；如果不成功，那就我俩吃饭喝酒，也全部你请客。"

"凭什么怎样都是我请客？"

"我恋爱了，欣喜若狂，你应该请客；我失恋了，伤心欲绝，自然你也应该请客。"

"好吧，希望明天晚上你哭得稀里哗啦地过来，我陪你借酒消愁。"

洛心目中的女神，妮啦没有见过，但仅就他的描述来看，应该是个漂亮的姑娘，她记得自己有一次想要知道得更多，洛便不耐烦地说："总之，和你完全不一样，截然相反！"他这话也许真是无意说的，可是却烙在了妮啦的心底，她感觉到自己的心"咯噔"一下。今天早上，在早餐店，她的心也同样"咯噔"了，而且是好几下，在办公室也"咯噔咯噔"了，弄得她这一整天都心神不宁！

好不容易熬到了下班，她故意发了个微信：回家吗？求顺风车！

回复：没空，要喝咖啡，要表白！

真是个典型见色忘友的小人！妮啦边收拾包边嘟囔着。办公室的小姐姐看着她，笑了："今天你是怎么了？从早上到现在就很奇怪的样子，这会儿又开始自言自语，是恋爱了，还是失恋了？"

"是希望朋友失恋。"

"那就是在吃醋了？"

"根本不是，我朋友喜欢的那个人，特差劲，人丑，脾气暴躁，鼻子上长满雀斑，头发枯黄，声音还特难听，真不知道是朋友瞎眼了，还是对方穿上了障目的水晶鞋，整个人变得面目全非。可水晶鞋也还是要脱下来的，总不能永远穿着吧。"妮啦也不知道为什么会这样形容洛心中的女神，可说这话的时候，她很畅快，仿佛这样说了，女神就真的会变成这个样子。此刻，她竟然有些阴暗的窃喜！

"我倒是觉得你这个样子，很有吃醋的嫌疑。"办公室的小姐姐撂下这句话，下班走了。妮啦一个人呆呆地坐着，心里左右翻滚着刚才的那句话。真是可笑，这怎么是吃醋呢？不过是希望朋友别陷得太深，又不是大龄剩男，干吗这么紧赶着，对方好像不是太热情啊！想到这一点，妮啦竟然有些开心，女神冷淡就说明一个问题，洛不过是单方面的相思，这表白八成不会成功，不，不止八成，九成不会成功。又是一阵奇怪的阴暗的窃喜！

虽然总是惦记着洛的表白，但妮啦忍住没有给他去电话。

第二天早上，妮啦很早就到了办公室，从窗户里看着进出大门的车子。快上班的节骨眼上，洛的车子才开进来，妮啦赶紧抱起一沓文件，以百米冲刺的速度从4楼往下奔。洛停好车，俩人便在办公楼前偶遇了！

“今天怎么这么晚？你们处长已经进去好一会儿了。”妮啦装着漫不经心地说。

“起得晚了一点。”洛一副要赶紧上楼的样子，无暇和妮啦唠叨。

“站住，你还没有说昨天晚上成功与否了呢。”妮啦见状，只好自己主动问了。

“晚上你请客就行了。”洛说，“我着急上班，不想看处长的脸色。”

“啥情况啊，就要我请客。”

“说好了的，啥情况都是你请客。”洛边说边一溜烟走了。妮啦只好又抱着这沓文件回办公室。刚才下楼的时候，没感觉，这会儿上楼，才发现文件拿得太厚，真是重死了……可见，人在着急的时候，智商确实坠崖式地跌落。

为了那天晚上的吃饭，妮啦特意中午回去换了一身衣服，淡蓝色棉麻的宽松上衣，白色棉麻细脚的裤子，平日里的马尾细心地辫了起来，竟然也成了又粗又长的辫子，包里是洛最喜欢的罐装咖啡。看着镜子中的自己，妮啦突然觉得与洛的女神有几分雷同，单就他描述的样子来看，是有几分像的。可是，那又如何，一个截然相反的人怎样装扮也不会完全变另一个样子的。

可即便像极了，那又如何？也许今晚吃饭的是三个人呢！

确实，那天晚上是三个人一起吃的饭，妮啦，洛，洛的女神。所谓的女神，在妮啦的眼里不过是个极为普通的女子，个不高，不算漂亮，也称不上性感，眉毛画得很厚重，擦的口红又太红，包上还挂着大大的卡通饰品……真不知她是穿上了可以障目的水晶鞋，还是洛的眼神真不好。

趁着女神离开去洗手间的工夫，洛问：“漂亮吧？”

“说实话？”

“当然说实话，不要因为嫉妒心故意说假话。”

“我觉得这是个比较普通的女神。”

“你眼神不好。”

“你才眼神不好呢。”

正说着女神就回来了，妮啦细细一看，原来是借去洗手间的工夫，补了妆，眉毛更厚重了，口红更红了！

再然后，女神突然接到单位的电话，急着回去加班了。“你怎么不去送啊？”妮啦暗自开心，“你放心她一个人打车走啊？”

“我送她了，你怎么办？”

“我总是自己回去的。”

“只要我在，就总是送你的，你别这么没有良心好不好？”

妮啦想想，好像洛说得也没错，只要他在，就总是会送自己的。

餐厅里一直放着阿肆的歌，现在放的是《有女朋友别忘了请我吃饭》。妮啦说：“听听，歌里唱的是有女朋友别忘了请我吃饭，而不是有女朋友就要哥们儿请吃饭。”

“谁说我有女朋友了？”

“这么说表白没有成功啊？”妮啦窃喜。

“我根本就没有表白。”

“怎么，连这个勇气也没有啊？还准备暗恋到什么时候？”

“你不是说，就是个普通的女神吗？那我干吗还表白啊！”

“普通是我说的，你自己看着好就行。”

“可是我现在觉得，你好像更好。”

洛的话让妮啦突然有些糊涂了，她愣了一会儿，便把话接了下去：“同事的好，和恋人的好是完全不一样的。你不但眼神不好，这酒量也不好啊！”

其实妮啦不知道，女神不过是洛试着喜欢别的女孩子的一种尝试，可这种尝试他实在无法坚持下去了，便打定主意在今晚做一个了断。女神接的电话是洛让自己好朋友打的，正好也是女神的小上级，找个借口把她叫去加班。

洛的心里早就有个女子，却因为太熟，若是谈到爱情，便会觉得是对友谊的亵渎，他几乎可以确定这个女子对两人感情的定义也一定是友谊，所以他一直犹豫着，特怕遭到拒绝，那便连最普通的朋友也做不成了。

还是阿肆的歌：“或许在某个大雨的夜晚，路过你身边不打伞，也许你会因为不忍心看我淋湿，而与我为伴。或许在你最常出没的咖啡馆，喝一个下午的蓝山，直到你出现，假装我没带钱，然后只好让你买单……已经习惯放弃对缘分的期盼，指靠老天不如自己勇敢找出答案，苦思冥想地盘算，怎样才最自然最恰到好处地安排……”

此刻，阿肆的歌唱出了洛的心声，也似乎为他的表白壮了胆：“我觉得你的好就是恋人的那种好。”

“这是在夸我吗？”

“是在夸你，只是夸得不明显。”

“那你来一个夸得明显的。”

“我想想，”洛说，“还真没想出你有什么具体的好。”

“好好想想，”妮啦鼓励他，“我一定有具体的好。”

“你的声音还算好听！”

无论如何，妮啦已经很知足，因为仅仅十几分钟之前，她还以为自己眼前的男人已经是别人的男友了。此刻，她的内心对老天爷充满感恩之情。

终于有个名正言顺的男友，这样的感觉真好！

良缘自来

她是一个单亲妈妈。

七年之前的那个秋季，她终于想通了，决定为自己换个活法，从一个被粗暴对待、被冷落，心灵和身体都千疮百孔的卑微女子，变成了肩有重担、心里惶恐、咬牙坚持的单亲妈妈。尽管有决心，也有足够的心理准备，但那个秋季，眼泪和恐惧几乎和她形影不离，她给自己打气，安慰和鼓励自己……在她一点一点恢复过来的时候，她竟然发现了一个让她很恐惧的事情，自己怀孕了，已经有四个月了。其实这段时间她的身体一直都有反应，但她觉得这都是心理压力太大、情绪不稳定的缘故，慢慢就会好起来……

可是，屋漏偏逢连夜雨，祸不单行，上天没有垂怜她！这一刻她很想高声地问问老天爷，是不是真的以为她是铁铸的，可以经受住这么多的磨难！

她觉得自己要被打倒压垮了，怀孕就是压倒自己的最后一根稻草！崩溃的边缘，她觉得人生毫无希望，漆黑一片，一点光亮都看不到。当她沉浸在自己绝望的情绪中的时候，她突然看到了只有七岁大的女儿，此刻，正用超乎年龄的恐惧和担忧的眼神看着自己，这眼神让她心里强烈一震，仿佛给她打了一剂强心针，于是，她掩饰着悲哀，竭力保持着一个合格母亲在女儿面前的冷静："妈妈这两天身体不舒服，不过，妈妈在吃药，现在感觉好多了，你不用为妈妈担心。"

"妈妈，我每次生病的时候，你都让我多喝水，现在你也要多喝水。"女儿把水杯递过来，脸上呈现出一种天使般圣洁的表情，让她体会到生命的温和柔顺，也给了她面对残酷现实的勇气，她突然知道了一个命运不济的女人该怎样面对人生的阴暗和悲凉了。

她把杯子里的水一饮而尽，内心的搏斗也终见分晓。浑浑噩噩地躺了两天之后，她终于挣扎着起来了，洗脸梳头，换好衣服，收拾好女儿的用品，去了妈妈家，说自己要出差几天，托付妈妈照顾女儿。老母亲显然不是很相信她的话，满脸的担忧："你的脸色很不好，还是搬回来住几天，把身体调养好，再去上班。给领导解释一下，找个人替你出差，我想你们领导会理解的。"

"出差怎么能让别人代替？我不过是最近几天睡眠不好，也许到了内地，睡得好，吃得香，比在拉萨强多了，你根本不用担心，我很好，而且会越来越好，我不会拿别人的错误惩罚自己的。"也许语言真的有暗示作用，在这样说的时候，她真的相信自己可以平安顺利地越过这个坎儿，然后越来越好……绝望和悲观的情绪一点一点散开，既然现实就是这么冷酷无情，那她只好把心一横，兵来将挡，水来土掩，一种壮烈勇敢的情怀悄然滋生……她给单位打电话请假，一个人去了医院，做了人流，麻药过后剧烈地疼痛，她竟然一滴眼泪也没有流，活脱脱一个坚韧壮烈的女汉子！

人啊，只要你能迈开腿，换个方向走，人生怎么也是路！

几天以后，她去接女儿，特意抹了粉，涂了口红，穿上自己最喜欢的毛衣，精神抖擞地去了母亲的家里。这里有这个世界上最爱她的两个人，她要让她们俩安心。在她的生活里，那个很渣的男人，那段混乱、悲观、委屈的日子彻底地翻过去了，蛮横地挡住她头顶上阳光的那只手终于被推开，她吸吮着新鲜的空气，那个满是创伤的灵魂终于得到了医治的机会……她慢慢重生了！

"你的脸色好多了。"老母亲很开心地说，"还是内地养人，下次有出差的机会，还是要多去。"

"是啊！到了内地，我睡得好，吃得香，比在拉萨强多了。"

又过了很长的日子，她终于可以客观而冷静地回想一下自己的过去。她曾经真的是一朵很漂亮的花，朴素、娴雅、安静，有点严肃，受过良好的教育，有着聪颖的灵魂、妩媚的笑容，以及对生活美好的憧憬。最美好的时光里，她遇上了一个人，本以为是良缘，却不料，从此，她开始了战战兢兢、委曲求全的生活，一个暴躁且无能的男人就这样毁了她的生活……在最难过的日子里，她试图安慰自己，都说世上的事情是因果报应，也许自己上辈子是欠了他的，这辈子终究要还，欠债还钱，欠义还情，天经地义！于是，她祈祷老天爷仁慈宽容，明察秋毫，仔细计算清楚她的欠账，她不想多还，也不敢少还……离婚的那一天她有一种无债一身轻、如释重负的感觉。

可是，无论如何，这段让人窒息的九年婚姻已经折磨得她体无完肤，她这朵曾经娇艳的花儿终归是萎谢了！

然而，时间是最好的良药！她慢慢恢复过来，哼着小曲儿洗衣服，有心情买书，带女儿去德克士吃冰淇淋，回家的时候顺道买把鲜花，睡前敷个面膜……这些简单的快乐，她以前好像很少感受到。在经历了如此巨大的磨难之后，她很高兴自己终于能迈出轻盈的步子，感受到生活的快乐和温暖了。

她的快乐是由衷的！也许在很多人眼里她是被同情的对象，一个被现实生活处处刁难的单亲妈妈。可是，她切实的感受却完全相反，因为身边少了一个暴躁且没有责任感的男人，她少生一点气，少伺候一个人，少洗一盆衣服，少受一份委屈，漫漫长夜她少担一份心，不用担心酒驾出事，不用恐惧酗酒动手，也不用纠结外面的闲言碎语……她一身的疲惫和沉重，就这样因为离开了某个人忽然卸落了，这一刻她真的感觉到久违的轻松和安心。

她渐渐又变回了之前的样子，整洁、清爽，而且面带微笑。

这天，她网购的面膜到了，快递小哥如往常一般放在了小区门口的商店里。她下班的时候顺道就拿回了家，因为赶着做饭，也就没有打开，直接放到了小间的架子上。

好几天之后，她去小区的商店买肥皂，不经意间瞟了一眼墙角的快递包裹堆，突然看到一个包裹上是自己的名字，翻过来一看，手机尾号也是自己的。她不记得最近自己买了什么东西，也不记得接过快递小哥的电话，可是这个包裹确实是自己的，决然没有错，于是，她买了肥皂拿着包裹回家了。因为好奇，立刻打开，竟然是自己买的面膜，她大吃一惊，难道前几天她拿回的包裹是别人的？果然不出所料，那个放在小间的包裹上赫然写着一个男人的名字。当时自己明明核对过，怎么就会拿错？难道上帝当时伸出手蒙住了自己的眼睛？

眼下，最重要的是怎样把别人的包裹还回去。她决定立刻、马上送回商店里。拿着那个包裹，她几乎小跑着奔向商店，刚进门就喊："老板，抱歉，我前几天拿错了一个包裹，今天才发现。"

她的话让整理货架的老板和店里买东西的一个男人同时回过头，而且几乎同时说："包裹上的名字是什么？"

"洛松次仁。"

接下来他们俩的回答虽然不一致，但说的却完全是一个意思。老板说："终于找到这个包裹了。"那个男人说："我的包裹。"原来，包裹的主人刚好也在小店里买东西。于是，一场皆大欢喜、物归原主的场面喜呵呵地上演了。

她连连说了几声"抱歉"，对方接茬回应的却是："你不记得我了？"

"您是？"

"我是昌都地中毕业的，有一个表妹叫卓玉。"他加了一句，"现在，想起我是谁了吗？"

"您是卓玉的班长表哥吧？那时候在她的家里见到过的，比我们早毕业。"她笑着说，"这么多年过去了，没想到在这里会碰到您。"

"我已经在小区里看到你好几次了，想打个招呼，又见你冷若冰霜、拒人千里的样子，就没好意思开口。"

"什么冷若冰霜，我是真没有认出来。"她解释着。

"我是立刻就认出了你，十几年过去了，你变化不大。"

对方的话自然是标准的客套寒暄，她不会当真的。这么多年，她变了很多，不止是容貌的变化，更是心灵的沧桑，她深刻地明白，不论自己如何试图遗忘，曾经有过的痛楚、屈辱和爱都已经刻在了她的生命里，根本无法消逝！

在同一个小区里有一个相识的人其实是有好处的，这个好处仅仅在重逢的第二天就让她体会到了。第二天早上，她急着送女儿上学，可车竟然就发动不了，没办法，她一手拉着女儿，一手提着书包往小区门口跑，希望能打个车，可这时间段，太不容易打到车了。突然，一个车停在了自己的身边，按了喇叭，摇下车窗，探出个脑袋："送孩子上学吗？"

"是啊，我的车打不着了。"

"我帮你送，哪个学校？"

"不会耽误您上班吗？"

"不会的。"他说，"上车吧！哪个学校？"

"实验小学。"看着他的车离开，她才意识到自己竟然连一句"谢谢"都没有来得及说。

折腾了大半天，车终于被拖到了修理厂，说最快也要后天才能取。看样子今天下班要和女儿一起挤公交回家了，下课的高峰期，打个车子几乎是天方夜谭，司机也不愿意凑这个热闹。正琢磨着这个事情，她突然收到了一个陌生的短信：车子没有修好吧？我今天正好没有什么事情，我去接孩子，已经约好，放心！

作为回报，她在单位买了十个肉饼送给他，这个肉饼可是小有名气，味道不错的。"谢谢啊！这下晚餐有着落了。"他开心地说，"明天的早餐也有着落了。"

睡前，她的手机又接到了他的短信："明早8点我在楼下等孩子，你的车没有修好之前，我负责送她上学。特别谢谢你的肉饼子，很合我胃口。"

第二天早上晚上都是他帮忙接送的孩子。她特意买了蛋糕，礼尚往来，送给他。"冒昧，我想问一下。"他说。

"您问吧，没什么冒昧的。"

"你手提的这个袋子里是不是肉饼子，和昨天一样的？"

"是肉饼子。"她连忙伸手递过去，"我想到您昨天才吃过，今天会没有胃口，所以特意去买的蛋糕。”

“我这人嗅觉好，特别是对自己感兴趣的食物，”他说，“我拿蛋糕换肉饼，可以吗？”

“不用换，蛋糕我买的是双份。”

“那我就不客气了。”他倒是直爽，拿着肉饼回家了。这肉饼本来是她准备的晚餐，烧个西红柿紫菜蛋汤，简单，也有营养。这下好了，她得另做打算，好在家里还有之前做好的冻水饺，也可以配西红柿紫菜蛋汤啊！

安排女儿做作业，她开始洗西红柿，有人敲门，打开，他捧着一个汤锅站在门外，不容她疑惑，已经听到他的吩咐了：“快点，接一下，袋子！”

她这才注意到刚才的肉饼袋子也被他提着，汤锅显然有点烫，他端着的时候，显得小心翼翼。

“我想着不能独占你们的晚餐，所以就烧了个汤，今天我们就共进晚餐吧，我还带了最拿手的肉圆汤。”说着，他已经看到了还拿在她手里的西红柿，“把西红柿也放进去，味道会更好。还有别的菜吗？绿叶菜。”

“没有，”她反应过来了，“还有大白菜，不是绿叶的。”

“也行啊，”他像个主人一样吩咐，“赶紧洗几片白菜，再开火烧几分钟，我们就可以用餐了。”他继续说：“酱油，把酱油瓶给我。”他俨然一个大厨的风范，而她是个跟班的徒弟，打下手，被使唤得团团转。不过，他做的肉圆汤确实很不错，女儿吃了两大碗。

虽然在骨子里她是个不太容易和人建立亲密关系的人，但他的性格中却有一种非凡的亲近能力，让人不由自主地感到亲切，觉得他值得信任。于是，他们之间慢慢有了理解，有了沟通，有了默契，一种美好的情愫在最平凡、最日常的生活中默默滋生。

这天，她又买了双份的肉饼，发短信叫他过来拿。

他以最快的速度出现，手里还拿着满满的一个袋子，一进屋就往厨房里走：“灶上做的什么？”边问，他边打开了锅盖：“粉丝汤啊，不错，我也留下来吃饭。”

“我也是这个意思，要不然肉饼我就让女儿送过去了。”她说，“袋子里的是什么？这么一大袋。”

“单位发的扶贫产品，都是绿色食品，明天还要发鸡蛋和辣椒，我给你送过来。”他突然想起什么，“喔，对了，这里还有几张电影票和一个健身卡，你拿去用吧。”

“这个也是扶贫产品？”她疑惑了。

“电影票是工会发的，健身卡是朋友给的。”

“我很胖吗？”

“太瘦了，锻炼一下，也许可以健康一点，我觉得你感冒的次数有点多。”她没有去接他的话茬，而是转身进了厨房，她一贯干涩的眼睛湿润了……她已经不习惯被别人温柔地对待，哪怕这种温柔极其细微……她已经把生活中某种美好的东西否定掉了。

他没有注意到她情绪的变化，而是继续说：“你瘦瘦的，有些忧郁的样子，和我记忆中的差不多，只是没有我喜欢的长发了。”

“妈妈因为掉头发，就把头发剪短了，我也觉得妈妈长发更好看。”幸好女儿接了这个话茬，否则她就更尴尬了。

她有太多的苦闷和挣扎，她不敢奢望温情脉脉的时刻，尽管她心里有很多的渴望。所以，从那天开始，她刻意减少和他的相处。

他似乎意识到了什么，便发短信，请她过来帮忙熨衣服。“就一件衬衣吗？您再看看还有没有需要熨的东西。”她说。

“我可以给你提个建议吗？”

“当然可以。”她说，“我洗耳恭听！”

“能把‘您’换成‘你’吗？”他说，“刻意要和我生分。”

“没有啊，我可是一直都这么说的。”

“刚开始没有关系，但现在能不说‘您’吗？”他说，“我希望我们不要生分，要更亲近一些。”他的声音里有一点东西使她的心跳快起来，脸也烫烫的，尽管有些模棱两可，隐隐约约的，不甚清楚，但她还是几乎可以确定，这是他爱的一种表达。

她不知道自己该怎样回答，就低下头继续熨烫衬衣，尽管这衬衣已经被熨得很平很平了。

“我没有表达清楚吗？那我换个说法表达，”他说，“我希望以后我所有的衣服你都帮我熨烫，可以吗？”停顿了一下，他加重语气继续说：“你一定要听清楚，我说的是以后所有的岁月。”

她不知道该怎样回答，所以只能默不作声。

“不回答，我就当是默认了。”他执拗地说。

“可是我熨衣服不是很拿手。”

“我这个人不挑剔，只要不太皱，可以穿得出去就行了。”

“那好吧，我愿意尽力而为。”

“说实话，我第一次见到你，瘦瘦的，长长的辫子，有些忧郁的样子，我就觉得……”他只说了半截话，她便忍不住问：“觉得什么？”

“觉得你应该很会熨衣服。”

“真可惜你的眼光不太好。”

“这眼光好不好，你说了不算，我说了也不算。”

“那谁说了算？”

“这件衬衣说了算。”他说，“跟新买的一样。”

老天眷顾，良缘自来！

春暖花开

卓玉真的记不起自己和他第一次见面的情形,但她清楚地记得他叫自己“小姑娘”,在他的面前自己确实是个小姑娘,前脚才踏入社会大门,后脚还不情愿迈出校门,自是天真烂漫;而自己称他“老师”,在自己的面前,他确实是前辈,四十出头,轮廓刚毅,项目点评恰入重点,话语中透着稳重和城府。

“老师!”项目一审完毕,卓玉恭恭敬敬地立在一旁,递上签到册,等着老师签字。他大笔一挥,签上大名,可惜手中的笔不太听使唤,缺墨了,深一笔浅一笔的。

“这样恐怕不行吧?”他说,“不过字倒是可以看清楚。”

“老师,请您在上面再描一下。”卓玉恭恭敬敬地递上了笔。

“好的。”虽说二次描多少对字体有些影响,但总的说来,他确实写得一手好字,刚劲有力,挺拔雄浑,一看,便觉得是个成熟的大男人写的。

卓玉记住了这个老师的名字:洛旦。她记住这个名字是因为作为项目课题的联系人,以后恐怕要经常往他这里跑,刚才他提出的那几点建议,一一做了修改完善之后,是要做情况说明的。想到之后还有这么多的事情,卓玉就有些头疼,她刚刚工作,很多东西都是一头雾水,她便只能时刻提醒自己,要多问、要谦虚、要恭敬、要满脸笑容……好在,她真的是个很喜欢微笑的人,亲和温柔——这是大学时同学和老师对她一致的评价。

她原本以为自己要过一两个月才要再去拜会这些专家,可没想到,第二天就又要和这些专家见面了。这一次,是向这些专家要身份证的复印件。发放咨询费的要求越来越严格了,手续也烦琐,昨天大家忙得有些乱了手脚，这些琐碎的事情都给忘了。

第一次进专家老师的办公室，发现和她想象中的一点也不一样，虽说简单的两个书架上满是书，但也摆放得整齐，办公桌上很干净，除了必需的电脑和电话之外，几乎就没有放任何东西，茶杯在茶几上，旁边还有一个糖盒，窗户前放着几盆花，打理得很好，舒展绽放，有一股淡淡的清香，恍惚间会觉得更像是一个女人的房间，而且还是一个很爱干净爱美的女人。

想到这些，卓玉不禁想去看看书架上都是些什么书。会有张爱玲和简·奥斯丁的书吗？她不由撇过头往书架上看，却突然听到专家老师的声音："你对我的书架有兴趣？"

"我就是瞎看。"卓玉有些尴尬。

"那至少说明你还是喜欢读书。"老师接着说，"现在读书的年轻人越来越少了，大家都忙着玩电脑和手机。"

"我也总是玩手机。"被专家夸奖，卓玉觉得有些羞愧。

"这些咨询费，你们项目有预算吗？如果没有，或是不方便，我那份就不用给了。"

"老师，我们的专家咨询费都是很合理的，您不用担心，就是财务上审核相对严一些，要身份证的复印件，还需要您名下的银行卡号。"卓玉之前去找的两位专家也对咨询费有一些疑问，现在经费使用管理很严格，难怪专家们有顾虑。

"老师，钱打卡里的时候，我发短信告诉您。"卓玉已经走到门口，却被老师叫住："小姑娘，过来，我这有一套有关西藏的文化丛书，多余的，送给你，也许你有兴趣看。"

"这样太不好意思了。"卓玉腼腆地一笑。

"这有什么不好意思的，我有相同的两套，真是多余的。"老师边说边打开书架，取出书。"放在书架上纯粹就是浪费，写书的人辛辛苦苦，就是希望有人看，我也不乱送人，就是觉得你会看，所以才送给你。"

抱着满怀的书，卓玉甚是欢喜，她真是喜欢看书的，总觉得纸质的文字，看着比屏幕上的舒服，心中踏实，甚至连看书时的感情和感悟也是有区别的，纸上的文字让她倍感稳当！

这之后的两年，因为项目的原因，卓玉去找过老师很多次，在所有的专家里，她觉得他说话最有条理，提出的建议最中肯，也很和蔼，并不拘小节……总之，她觉得他好，很好，值得敬仰。

最后一次去送验收文件，卓玉特地带了一盆小小的多肉，这是现在最流行的盆栽。老师特别地喜欢："这种植物好养吗？早就听说过，说是拉萨的郊区有一个净土的花圃，里面就有很多不同种类的多肉，你拿来的这盆真的很可爱。"

"我养了好几盆多肉，根据自己的经验，多肉要放在阳光充足的地方，室内窗前的温度应该刚刚好，大冬天的自然不能放在外面，浇水时间最好是阳光充足的时候，喷雾浇水效果会比较理想，拉萨比较干燥，需要注意多浇水，我基本上一天浇一次，量不是很多，总之很好养的！"卓玉一口气说了一长串话，说完才觉得有些唐突，便连忙又加了一句："其实，这些也都是别人教我的。"

"你养了很多盆？"老师说，"那你送我的这个是你最喜欢的？还是最不喜欢的？"

老师的这个问题确实让她觉得很突然，也很奇怪，她说了实话："不是我最喜欢的，也不是我最不喜欢的，我只是挑了一盆觉得老师会喜欢的。"

"小姑娘真会说话。"

"这真的是大实话。"

"为了感谢你的多肉，今天请你吃饭吧？"老师说，"小姑娘可以赏光吗？"

"应该是我请老师，这个项目幸亏老师帮忙，总算是顺利结束了。"

"行，就你请客，"老师说，"但单我来买，我一个大男人，这点面子还是不能丢的。"

之前两人只是项目上的交往，但那天以后，项目结束，他们却开始聊天了，聊电视剧、名著、气候变化、新餐厅……全都和项目无关，这也许就是人与人之间真正的交往，不牵扯任何利益关系，反倒很舒服惬意。虽然他依旧叫她“小姑娘”，而她也依然叫他“老师”，但在心灵上，他们绝对是平等的，没有任何高度差。

微信自然是最顺畅和流行的聊天方式。渐渐地他俩竟然习惯天天在微信里聊天了，分享着新闻、养生常识、历史秘闻、笑话……渐渐每日问候，开始分享老照片。

他的年龄大，自然老照片更多，那些曾经青春的时光一一摆在她的面前，她便觉得原来他也这样年轻过，也曾经是个毛头小伙，也曾经很幼稚，愣头愣脑的，那深邃的目光和成熟的气质并不是与生俱来的……如此一想，她便觉得他更加亲近了。

虽然不是常常见面，但微信里，他们每天总是要聊几句，渐渐习惯了，不聊聊就觉得好像少做了一件事情，心里空落落的。而于她而言，碰到了不明白的、想不通的、棘手的事情，甚至连身体的一些不舒服，她也总会不由自主地想要问他，而他也总是会给出很合理可行的解决方式，会建议她吃某一种药，名字拗口的中药他都知道，真让卓玉万分佩服。

这一来二去，她渐渐很是依赖他，觉得和他在一起有一种四平八稳的感觉，特别踏实；而他，也习惯为这个小姑娘担当了，觉得理所当然，义不容辞。

即便如此，他们之间却真的严守着“三八”线，从没有越过雷池半步，不是刻意地回避，是很自然地就没有这样的想法，相处得光明磊落。

可是某一天，卓玉发了好几条微信，老师都没有回复，她当他是在开会，也没有特别在意，但这样的情况竟然持续了好几天，卓玉不免就有些疑惑了，恰好出去办事，路过他的单位，跑到办公室一瞧，才知道他陪着母亲去内地看病了，病发突然，他也走得匆匆，也许正忙着，根本无暇关注微信的消息，或是没有心情关注。

卓玉好几次想拨他的电话，但最终还是克制住了自己，毕竟，重病之人是有忌讳的，不能被外人打搅，唯恐病情有反复。那些日子，卓玉真的觉得度日如年，每时每刻都把手机放在旁边，就担心自己错过了老师的电话，还疑神疑鬼地担心声音被调在静音上，甚至还自己拨自己的电话，看看电话是否是通的。

这一天，卓玉竟然梦到了老师，梦中的他显得有些疲惫，坐在自己的对面喝着咖啡，却没有说话。从梦中醒来，卓玉觉得自己心跳得又快又重，仿佛是要从胸口蹦出来，而且全身大汗淋淋，甚是难受。惊醒的那一刻，她看了旁边的手机，是半夜2点57分，从那一刻开始，她一晚上都没有闭眼，眼睁睁地熬到了天亮，这几个小时，她一直因一个可怕的问题而挣扎着，她恐惧地发现自己对老师的感情似乎已经超出了正常的范围，明显超越了应有底线。

其实，这种恐惧一直以来都隐藏在她的心底，她总是试着忽略它，自欺欺人地安慰自己，但那个梦却将事实赤裸裸地摆在了自己的面前，她已经无法视而不见。

老师四十出头，事业有成，成熟稳重，一定是有妻子的，应该还有孩子，所以仅凭这一点，自己如此的感情就定是错误和卑鄙的。卓玉万分苦恼！

好在，老天有眼，这次老师陪母亲治病，一时断了联系，也许就是为了给他们俩提个醒，好自为之，让平静的生活继续，别有冲动鲁莽之举。

那段时间，虽说很难熬，但想到摆在眼前的事实，卓玉便鼓励自己，坚持，再坚持，别打电话，别胡思乱想……虽然做不到心如止水，但她控制住自己的冲动和渴望，已经算是个理性严肃的姑娘了。

可是，这个晚上，她却突然收到了他的微信：一切可好？挂念！

卓玉已经写了回复：很好，你呢？她却又删除了，打定主意不再和他有任何的联系。

几个问号，接着几个感叹号，又接着几个问号……纵有强烈的冲动，但她还是控制住自己的情绪，没有任何回复。

终于，他的电话打过来，她接了，不只心跳，连手好像也在颤抖。

“方便说话吗？”他的语调很平稳，应该是一个很有城府的男人的正常情绪。

“方便。”

“一直没回微信，我很担心。”可这样的话又好像不应该是他说出来的。

“抱歉，没看到。”卓玉说，“我这里一切都很好。”

彼此都沉默了一会儿。

“前阵子，老母亲身体很不好，没空和你联系，今天开始已经转到普通病房了，所以就给你打电话，”他说，“就是想知道你是否一切都好。”

“我一切都是老样子，很好的。”

“可你说话的语气和平时完全不一样。”

“是吗？也许是因为有点困了。”卓玉说，“老师，您也早点休息吧。”

“过了最困难的日子，我最想的就是你了。”老师突然冒出的话让卓玉心里既慌张又有些甜蜜。他终于说出了这样的话，即便有悖道德的规范，让心灵受到敲打，但她还是不由自主地微微幸福了一下。

可这幸福还是没能战胜她的罪恶感。转瞬之间，卓玉还是挂了电话。

没有再打过来，毕竟他本质上是个成熟又有城府的大男人。

这之后，整整一年的时间，彼此真的杳无音信。

卓玉不免感叹，原来人生也有这样的遭遇，原本和谐亲近的两个人，会变得如此遥远，即便是在同一个城市里，也再没有一丁点的联系，仿佛这个人从来就没有出现过。时间长了，竟然变得越来越缥缈，好像只是一个梦境，或是想象中的一个情节，不真实，越来越不真实……

可是，有一天，却突然峰回路转了。人来人往的大街上，不左不右，不前不后，刚刚好，俩人竟然迎面相遇了。彼此看到时，已经近在咫尺，根本无法躲避。

卓玉本就是个小女子，她只觉得自己突然就全身发烫，血往上冲，双颊红红的。而他，自然要平静得多，面不改色，打招呼的声调甚是平稳：“很久不见。”

卓玉“嗯”了一下，算是回复，她实在说不出话来。

“难得一见，去附近坐坐吧？”老师说，“我知道不远就有一个咖啡厅，里面的薯条味道不错,你之前一直很喜欢的。”

除了点头,卓玉还是说不出话。好在也不用她说什么,只要跟着走就行了。咖啡厅确实很近,环境很好,沙发也很舒适,这确实很适合他的风格,给人稳重踏实的感觉。至于薯条的味道,卓玉根本就失去了味觉,嚼之如蜡。

“小姑娘的气色不错。”

“谢谢。”

“没有我这个老头子打扰,气色自然越来越好,对不对?”

“我没有这个意思。”

“那为什么不再和我联系了?”他紧追着问。

“我是怕自己打扰老师,”卓玉迟疑了一下说,“怕让老师的家人不愉快。”

“家人?”老师问,“你指的是我的母亲?”

“我主要是怕打扰老师的妻子,”卓玉停顿了一下,“当然还有老师的孩子。”

“就这些吗?”

“就这些。”

坐在对面的老师突然笑了起来:“如果我说,你介意的人根本就不存在,你相信吗?”

卓玉不免疑惑地看着他。

“我的意思是,我没有妻子和孩子。”原来老师的妻子很早就去世了,这十多年他也没有再娶,并不是刻意回避,却真是没有遇到心灵相通的人。好不容易见到了卓玉,可年龄的差距也曾让他顾虑重重,但这次见到,他便有一种一定要倾诉的冲动,不论结果如何,他打定主意要有话直说。

“还有别的顾虑吗?”老师很认真地问。

“什么意思?”卓玉反问。

“比如说年龄,我大你整整 15 岁。”

“做普通的朋友，还有年龄的限制吗?”卓玉再次反问，脸上却是掩饰不住的幸福笑容。

“你知道我说的意思。”

“你不说我怎么知道?”

“小姑娘，你比我想象中的要笨很多。”

“老师，你也比我想象中的要有城府很多。”

话虽这么说，但卓玉还是伸出手放在他的掌心上，被紧紧握住的那一刻她真的觉得特踏实特稳当。

也许这就是缘分，纵然有误会，有差距，有分离……但最终还是跨过了棱棱沟壑，走在一起!

有缘纵是千里也能相会的!

一杯奶茶的情谊

正式熄灯前的提示，宿舍的灯闪了三下，然后再过 10 分钟，整 11 点，宿管老太会毫不犹豫地熄灯，关楼门，然后任凭谁去敲门，都不会开半个门缝，从这里再想回房间，真是半点指望也不要有。连老鼠大概也不敢有这样的奢望。

可是，就在这灯闪了三下的时候，央啦突然想起自己把移动硬盘放在了阶梯教室的桌子里，这里面可是存着她花费了大量精力和时间的翻译稿，交稿的时间已经近在咫尺，若是搞丢了，那就完蛋了。没有办法，央啦连睡衣拖鞋也没有换就往外面冲。“哎，你这是干什么去呀?”同宿舍的尼啦嚷着，“马上关灯了。”

“我去阶梯教室拿移动硬盘。”央啦边应着边往外跑。

“那我陪你。”

“不用。”说的时候，央啦已经到了一楼的门厅。宿管老太横眉冷对地瞅着匆忙外奔的央啦，没好气地说：“大半夜的，还往外跑，熄灯了，概不开门。”

央啦可没时间回应她，顾不了这么多了，先拿到移动硬盘，再想办法回宿舍。

阶梯教室一晚上都开着灯，是学校专门提供给学生复习的，快考试的时候也时常有人在这里通宵看书，平日里也要早早占位，但宿舍熄灯之前，大多数学生都会离开。此刻，当央啦冲进教室的时候，整个教室一个人都没有，央啦几乎是以标准的跨栏动作跃到了自己刚才坐的桌子边，硬盘就在原处，她抓在手上，然后如脱缰的野马般往外面奔……楼道的灯光很暗，突然央啦听到一个声音，可太晚了，还没有反应过来，她就被拐角的东西撞了个满怀，硬盘丢在了地上，而她自己则被狠狠地摔倒在另一边……碰撞的同时，她惊叫起来，声音尖利，回荡在阴暗的楼道里，极好地诠释了恐怖片真正的意境……对方显然也是一个人，被推到了墙边，好在手脚灵敏，撑了一下，没有摔倒，但也“嗷”地叫了一声，随后很快镇静下来，应着：“别叫，是人，不是鬼。”

“你想干什么？”央啦还是声嘶力竭地吼着，这样大声大概也是为了给自己壮壮胆。

“我没想干什么！”对方制止她，“你别叫好不好啊？这声音怪吓人的。”

“那你干什么大晚上的跑到这里来吓人？走路还没有声音，真像鬼一样。”

“我来取自己落下的东西，”他说，“倒是你，穿着睡衣，披着头发，你才是来吓人的。告诉你，吓死人也是要负责任的。”

“一个大男人，就这点胆子？”央啦恢复了状态，鄙夷地说，“吓死你，我负责。”

“你负得了责吗？”

“你若真的死，我一定会负责的。”

就在俩人争得不可开交的时候，央啦突然反应过来，哎呀！宿舍门要关了。“我好女不跟你斗，”央啦推开他，拿起地上的硬盘，“记得，我是英语专业17级的央啦，你若死了，找我来负责。”

央啦跑得快，她听到后面有声音传来，但不太清楚，回宿舍要紧，可没空和这垃圾人纠缠。“垃圾人”这个词，让央啦很满意，仿佛这样一来，刚才那个讨厌的家伙就真的成了一堆垃圾。这样想想，央啦都觉得很解气。

千赶万赶，宿舍门还是关了。央啦对那个全身重量一半都在嘴唇上的宿管老太可不敢有任何指望……走投无路中，她突然想起今天中午在洗衣房听到的一段话，说一楼卫生间的某个窗户护栏是松的，取下两个，偏瘦的人就可以钻进去。

不管怎样，只能试试了！果不其然，央啦运气好，刚试了几个，就真找到了松动口，一共取下两个护栏，她的身子勉强钻了进去……这件事情充分地说明了几个道理：上有政策，下有对策；高手在民间；民间的消息往往是真的；瘦除了好看，还有别的意想不到的好处；车到山前必有路！

这一刻，央啦不由得赞叹自己思维敏捷，手脚灵敏，处事不惊，攀岩走壁，简直就是女版007。她全然忘了，刚才在阶梯教室的楼道里自己怎样被一个男生吓得"嗷嗷"大叫。

这个得意洋洋的状态，央啦一直持续到第二天中午。她想趁着午休再把翻译稿做最后的修改，然后下午就交给班主任，如此，大功就告成了！剩下的就是坐等劳务费打卡了……她已经想好了这笔钱如何花，购物和美食的快感此刻已经沸腾在她身上的每一个细胞里……可是，就在硬盘被打开的瞬间，她突然傻眼了，一大堆乱七八糟的东西，根本就不是自己的那个，她只觉得身上每一个细胞都冻住了，全身寒凉。《琅琊榜》中林殊所中的火寒之毒大概也就如此了吧！

那一刻，她觉得自己都要崩溃了，翻译稿可是花了自己整整三个月的心血，要交稿了，竟然出现这样的事情。临门一脚，射中，狂喜，然后却发现这是"乌龙球"，于是，只能狂悲……

哭，解决不了问题。央啦开始细细回忆，寻找蛛丝马迹，查找差错发生的环节……取硬盘的那个位置绝对没错，自己吃完的饼干袋也一起在桌子里，然后，和那个"男鬼"相撞，这也是整个过程中硬盘唯一离开自己手中的环节。那个"男鬼"不是也去取东西吗？就是自己匆忙中把硬盘捡起来的时候，出了差错。唯一值得庆幸的是，因为两人争执了好一会儿，剑拔弩张，尽管灯光昏暗，但央啦很清楚地记得他的长相……

推理结束，结果也很明了！可现在的问题是：那个"男鬼"在哪里啊？之前和之后都没有见过他，难道真是碰上鬼了！央啦一阵呼吸急促，此刻，她倒不是惊恐，而是极度担心，碰上的若真是鬼，自己的硬盘到哪里去拿呀！真想哭天抢地地发泄一下，可条件不允许，教室里有好多人在专心地学习，墙上贴的图片里，红亮亮的大字写着：时刻注意自己的言行，不要喧闹，不要打搅别人！

眼泪只能往自己的肚子里吞了！但教室也不适合吞眼泪，还是回宿舍吧，哭的时候有纸巾，哭完有洗脸水和擦脸油。

宿舍门没关，央啦推门进去，想要好好哭诉一下，正准备号啕，却突然被一个陌生男子的面容惊呆了，似曾相识，央啦突然反应过来，冲上前，大叫："你就是那个'男鬼'，我的硬盘在哪里？"

"怪不得，有点面熟，你就是那个'女鬼'。"

"什么'男鬼''女鬼'的，"同宿舍的尼啦站起来，"这是我的老乡，学长哥哥，今天过来送老家的东西。"她继续说："这是……"她想要介绍一下央啦。

她还没有说完，"男鬼"不屑地插进话："英语专业 17 级的央啦。"

"你们认识？"尼啦问。

"什么认识，领教过了。""男鬼"说，"告辞了，这些零食你先吃着，过段时间，家里还会寄来，我不太喜欢，就继续请你代劳了。放着都坏了，挺浪费的。"

"谢谢学长哥哥。"尼啦一副花痴的表情。

"等等，你可不能就这么走了，我的硬盘呢？"央啦拦住了他。

"我借过你的硬盘吗？"他说，"还是我偷了你的硬盘？"

"是我拿错了。"

"既然是自己错了，那就态度好一些。"

"你既然知道硬盘拿错了，那你干吗不来换啊？"央啦说，"你这样可不太磊落啊！"

"我可不敢来找你，那天先被吓个半死，后又被吵个半死，我还想好好活着呢，没空和你瞎折腾。"

"我也不想和你瞎折腾。"央啦说，"半个小时以后，我在图书馆门口等，把各自的硬盘换回去，然后就一辈子也不要见到。"

可问题是半个小时以后，那个可恶的"男鬼"竟然没有出现，40 分钟过去了，还是不见他的影子……幸好自己出门的时候问尼啦要了他的电话，拨过去，急着嚷嚷："不是说好半个小时吗？现在一个小时都快过去了，你还有没有时间观念呀？"

"是你自己说的半个小时以后，我又没答应。"他傲慢地回复，"我现在忙，明天也忙，这个星期都忙，没空去送硬盘。"

"可是，我着急用硬盘。"

"那是你的事，我没空来迁就你，也没这个必要。"

"你在哪里？我过去取。"

"我在外面，不方便告诉别人。"他还是漫不经心的腔调，"不要给我打电话了，我不方便接。"然后，电话就挂了，再然后，竟然就是无法接通了。

央啦只好回宿舍，叫尼啦带着自己去堵"男鬼"的宿舍门。"你误会他了，他不是这样的人，你不觉得他长得有点像吴彦祖吗？"

"我觉得他就是一个男鬼，面目狰狞。"央啦说，"你这破眼神，就这还像吴彦祖？别犯花痴啊！"

这个时候，尼啦可不想招惹这个怒气冲冲的女友。两人到了男生宿舍楼，那个"男鬼"的房间是7楼的17号，门半掩着，推开，没人。怎么办？

没别的办法，只能再拨电话，可这一拨，桌上的一个电话响了起来，央啦拿起一看，电话号码标注的是：女鬼！气得央啦直挠头，恨不得一把把这手机摔得碎烂，但想到他这人难缠，定会要赔偿，也就只好手下留情，但也忍不住嚷嚷："谁是'女鬼'啊？"

说这话的时候，"男鬼"竟然进来了，他明白了情况，一个箭步上前，夺回了手机："你干吗呀？看别人的手机，你还有没有一点礼貌啊？"

"我不是'女鬼'吗？我可不知道什么是礼貌。"央啦说，"我来拿自己的硬盘，没空和你瞎扯。"

"硬盘不在宿舍，在教室里。"

"你耍我啊！你明明知道我很着急的。"

"我没空了解你的心情。"他的眼神和语调都是冷冰冰的，带着无理的挑衅，"拜托以后别再到男生宿舍来了，你会弄得我们大家不方便的。"

"你怎么说话的？好像我是狐狸精一样的。"央啦也是有些气糊涂了，她不明白自己干吗总是在非人类的圈子里转悠，这狐狸精一词可是自己说的，想收回去，已经来不及了。

央啦显然用词失误，他好开心，瞅准时机，反攻："现在的女人，可人人都想当狐狸精，狐狸精需要青春年少，娇柔妩媚，琴棋书画样样精通，还得声音温柔，舞态婀娜，这其中，除了年龄不算太大，你可哪点都配不着。"

这是人说的话吗？央啦没忍住，还是摔了手机，自己的，幸好没太用力，只磕破了膜。

这一通折腾，央啦最终还是拿回了自己的硬盘。奇怪，也没有失而复得的喜悦，大概是被他气坏了吧！

这之前，他们俩真的没见过，可这之后，他们却总是见到，在图书馆，在饭堂，在阶梯教室，在操场，在小卖部……竟然在校外的公交车上也能见到，真是遇上鬼了！

而这次，又是在公交车上，央啦没有零钱，只好拿着一张十元的，等着有人换开。停站，走进来的竟然是他，看到央啦的样子，明白了什么情况，便拿出一张一元的投了进去，冷冷地说："你的一元，我投了。"

"回学校我还给你。"

"不必了，就一元钱。"

"我和你又不熟，"央啦说，"连一元的交情也没有。"

"好吧，随你。"

这之后，他们见面的次数陡然增加。尼啦一直在犯花痴，坚信那个"男鬼"长得像吴彦祖，便痴痴入迷，喜欢得不行不行的，时常把他拽到宿舍，甜蜜腻歪得像一块芝士蛋糕。不过，明眼人都看得出来，这甜蜜腻歪是单方面的，她把自己置身在这样一个令人可笑可悲的境地，无力自拔！

央啦依然对这个"男鬼"横眉冷对，她真担心他会被尼啦感动，然后真的就在一起，那自己该如何和这个女友的男朋友相处呢？她们之间友谊的小船可不能因为一个可恶至极的"男鬼"说翻就翻了！央啦暗自祈祷：尼啦的这份爱如浮光掠影般短暂！

老天爷好像听到了央啦的祈祷，他没有被尼啦的低微的深情感动，相反，这个“男鬼”最终下定了决心，不再模棱两可地处下去，把话说开了。尼啦痛苦得不行，天天找央啦倾诉……

这不，刚被尼啦倒了半天相思的苦水，好不容易去图书馆看会儿书，刚坐下，一瞧，“男鬼”就坐在旁边。央啦心里有点火，便忍不住瞪了他一眼，他全当没瞧见。

大概一个小时以后，一杯奶茶被放到了前面，央啦抬头看，是他推过来的。央啦没说话，只是推了过去，可是，他又推了过来……如此往复，最终央啦说了一声“谢谢”。长久以来的敌对，似乎在这一刻暂时化为乌有，他们成了临时的朋友，确切地说，是临时的学友。

于是，他们之间有了一杯奶茶的交情，比之前一元钱的交情多了好几倍……再然后，就是好几杯奶茶的交情，当然不是一次就有的，而是频繁地在阶梯教室相遇，然后央啦被奶茶诱惑，有一次还有一包巧克力，央啦吃了，吃完了才想起那天是阴历的情人节。但央啦想，也许只是巧合，自己敏感了！

可是巧合多了，央啦还是觉得有些怪怪的。

那天，先是在图书馆遇到，然后又在图书馆门口见到。央啦喝别人的嘴短，只好点点头算是打了招呼。

“我在等你呢。”这句话着实有些突兀。

“有事吗?”央啦问。

“想请你去喝杯冷饮。”

“我刚喝了一杯奶茶。”央啦说，“你给我的。现在，我什么都不想喝。”

“那，我们去吃饭吧?”

“我们不熟，”央啦说，“连奶茶都不应该喝。”

“你总不能为那点小事一辈子都生我的气吧?”他说。

“也许不能，但我想试一下。”

央啦的话没有让他更生气，反而缓和了气氛，他微笑着说：“没想到你这人挺记仇的。”

“尼啦很不记仇。”央啦说，“她还是说你好。”

“那你呢?”他问,“是不是觉得我很不好?”

“没想过这事。”

“那现在想想。”他坚持说,“你一定要想想。”

“为什么?”

“因为,”他停顿了一下,“因为我总是想你。”

他的话让央啦一惊,她自然没有回答,而是低头走了。

他看着她的背影,心里突然觉得有些轻松,一直以来纠结在心里的疙瘩,好像突然小了很多,不管她是否接受,想说的话已经说了,就挺好!真的,挺好!

央啦头也不回地走着,胸前小鹿撞怀,砰砰作响,这声音她自己听得是清清楚楚,可她还是试着努力调整着呼吸和步伐,使自己走得稳当些……往前走,往前看,有人在招手,是尼啦!

花开花落新一年

坐了一天的车，转过一圈圈盘山的弯道，绿树越来越少，连绿色的草地也越来越单薄，终于，裸露在干燥土地上的一个小村落出现在了眼前，这就是洛洛一行此次的目的地，一个海拔 4217 米、被称作“嘎龙”的小村子。

小村落比想象中的还要小，近处只有十几户人家，隔着大小不一的、干燥的小田块，远处还有一些零星的小房子……几乎没有见到什么人，但可以听到远处有孩子们的嬉闹声，间或也有狗叫的声音，不知道是孩子们惊到了它，还是少有的汽鸣声惊到了它。

总之，狗一直这么叫着，直到停车。最近一间小土房的院门开了，一个小姑娘推开剥落着油漆的门探出了头。

这是一张洛洛似曾见过的脸。他真的见过，却又实在想不起来。

而那个小姑娘也抬起探出的头，快速地扫视了一遍这难得来的陌生人，目光最终停留在洛洛的身上，恍然中有一些诧异，好似惊喜，随即平复，缓和地看着他们，似乎并没有要打招呼的意思。

洛洛挥着手先打了招呼：“请问，这是嘎龙村吗？”

“是的。”小姑娘走了过来，看着洛洛，有些惊喜地说，“我在学校见过你的。”

“我也觉得在哪里见过你，”洛洛想了想，“是藏大的吧？”

“对啊，”小姑娘很开心地说，“我进校的时候，你是学生会的主席，我见你在台上演讲过，一年以后你就毕业了。”

“没想到在这里还能碰见校友。”

“藏大的校友，我们村、附近的村子也都有。”小姑娘说着已经走到了跟前，顺手提过了洛洛手中的包。“先进屋歇歇吧，这么长的山路，够你们受的。”

这房子从外面看着是一间挺有年头的土坯房，进到里面，却整齐干净，别有洞天。整个房间被蓝色小碎花的布帘隔成两个空间，外面的部分有床，有电视，还有小布沙发，应该是客厅兼卧室了。里面的部分虽然有布帘隔着，但应该就是小厨房吧，毕竟住在哪里都是要食人间烟火的。

这间客厅兼卧室其实只有很小的空间，墙面的一大半钉着和帘子一样的蓝色小碎花的布，木质的小床上还是同色的床单和被褥，而另一半用报纸糊着，上面挂着镶着镜框的岗仁波齐神山和一个今年的山水挂历，布沙发的对面是一个放着小电视的小桌子，正播放着最流行的连续剧《伪装者》，一瓶塑料花放在床头的小桌子上，桌布也是那种蓝色小碎花的布。

坐了整整一天的车，在这样一个偏远干燥的小村落里，竟然有这样一间小屋子，清凉的色彩、简单的温馨、自然朴素的情调……洛洛突然觉得好享受，那种蓝色的温馨此刻就是对朴素生活最美好的感悟。

小姑娘给客人倒了淡淡的清茶，拿出了几包饼干热情地招呼着他们：“如果你们再早来几天，我还有从拉萨带来的苹果和梨子，这会儿只有请你们吃饼干了。”

她消失了几分钟，再次出现的时候，手里拎着一个大大的塑料袋，变魔术似的从里面拿出各色饮料，红黄蓝绿，好不艳丽……这样的色彩缤纷，好似小姑娘自己身上穿着的衣服，也是红黄蓝绿的碎花衬衫，配着粗粗长长的辫子，真是一副村姑的样子。

这条粗粗长长的辫子突然让洛洛想起这个似曾相识的小姑娘。啊！原来是她呀！

那是多年之前，他还是学校学生会的主席，俊朗阳光，自然初生牛犊不怕虎，有一次因为学校食堂的问题跑到了学工处，慷慨激昂地论道了一番，从办公室出来的时候，门边站着一个垂着两条大辫子、穿着碎花衬衣的小姑娘，应该是站着听了很久的。见他出来，小姑娘竟然鞠了个躬：“主席哥哥，你说得太好了，你是我的偶像。”

主席哥哥？这个称呼可真是有些奇怪，还从来没有人这样叫过他，虽然由衷觉得可笑，但他还是云淡风轻地说了一声“谢谢”，随即转身离开。

后来，他又见过她，听说她是新生里的娇花一朵。

娇花一朵？应该是娇花一篮！可不是嘛，天天穿着碎花的衬衣，从远处看，就像长着两条细长腿的花篮子在到处地走。这样的形容自然有着嘲弄的意思，但配上两条粗粗长长的辫子，却着实让人赏心悦目。

这之后他们再无交集，也就没有人叫他“主席哥哥”了。

如今这个当年新生里的“娇花一朵”落在了这偏远干燥的小村落里，洛洛有些感慨！好在，她还是粗粗长长的辫子，还是碎花的衬衣，当然，最好的还是她脸上的微笑和说话间的自然，她也许已经慢慢开始适应这里了。

当她听说洛洛他们不是路过，而是因为一个水渠的项目专程而来时，显得有些惊讶：“那我去把村主任叫来。”

村主任显然早就知道洛洛他们要来，村办公室里已经准备了煮好的牛肉和土豆，放了野菜的辣椒是村主任的最爱，当然还有好几箱拉萨啤酒，这也是村主任的最爱。

洛洛他们真是有点饿了，大家都没有推让客气，拌着辣椒抓起牛肉就吃，好不爽快。吃饱了，大家想起应该喝点什么，于是一个一个超大的酒杯被斟满，被端起，被一饮而尽，又被斟满……

“工作先别谈，现在谈的可是感情。”村主任是个大嗓门的人，这个水渠项目是村里极需要的，他也多次提过，没想到突然就有了一些眉目，心中自然很欢喜。“今天一定要喝痛快啊，你们就住在隔壁，我昨天让人打扫干净了，当然比不上城里，你们就凑合着住几天吧！”

真是人逢喜事精神爽啊！村主任连饮好几杯，说出的话也比平日里顺溜。他招呼着：“央啦，别在一边坐着，快站起来，给我们的客人多敬几杯。”

这一刻，洛洛才知道小姑娘的名字叫“央啦”。她是村完小的老师，村主任对这个项目可是很看重的，为了把事情办稳妥，他特意把村完小的两个老师都叫来了。

央啦站了起来，端起杯子："敬各位！"她豪气地将杯中的酒一饮而尽。

"央啦，尊敬的客人，一定要一个一个地敬，"村主任说，"这个不算，重新来。"

央啦回看村主任一眼，又给自己斟满了酒："行，我重新敬大家。"洛洛看着眼前的央啦，突然觉得她的眉宇间蕴含着一种说不出的东西，他记忆里那个天真、质朴、羞涩、飘逸若离的小姑娘不见了，此刻站在眼前的是个豪气狂饮、嘴角总是带着复杂笑容的女子，他觉得好陌生。

这也许就是最真实的生活。不食人间烟火的、象牙塔里的小姑娘在真实琐碎的现实里会慢慢变成另一个女子，在摸索与徘徊中成熟长大，带着一身的失落与无奈，懂得人情世故……可是在无人看见的时候，她的灵魂也依然会随着音乐翩翩起舞，渴望美好，渴望理解，渴望救赎……这样的生活，冷暖自知！

另一个被叫来的完小老师年龄也不算大，大概三十出头，普通的外表，可一开口唱就是一鸣惊人了，一副难得的女高音的嗓子，歌声不仅高昂飘远，还有一种滑润的温婉，听着特别舒服。这样的声音放在偏僻的完小当老师，简直就是大材小用，太屈才了。"你的声音真好，在完小教什么？"洛洛问。

"我们完小只有四个老师，每个老师至少要教好两门功课，要是有老师请假休假，别的老师就要顶上去。"村主任抢着回答，"我们这里的老师，可是全才，其实，乡下的老师都一样，都得是全才。"村主任露出得意的神态："别看我们就是一个小村子，也是有人才喔。"

"你是学音乐的吗？"洛洛身旁的同事接过了话题继续问。

"我是学音乐的，藏大毕业。"完小老师回答。虽然她说话的语气低缓，脸上也没有什么表情，但洛洛他们看着，却觉得此刻的她心情一定五味杂陈。

大家继续喝酒。村主任虎背熊腰，脸庞红亮，看着是个大酒量的家伙，可实际上似乎并不是海量，也许是喝得太急，此刻的他已经有些飘飘然了。

央啦被他硬拉着站起来唱歌，他还趁势坐在了央啦的身边。不经意间，洛洛发现村主任的手已经不听使唤地揽住了央啦的腰，央啦撇开了好几次，村主任还是执着地又揽了上来。突然央啦站了起来："我敬酒。"她将杯中的酒一饮而尽，眉宇之间突然闪过一丝不易察觉的复杂表情，拿起杯子想要离开。

洛洛知道她这么做实际上是想要躲开村主任。可事与愿违，她没能躲开，村主任抓住了她的手："央啦，你还没有和我碰杯呢。"

"好啊，我敬你。"央啦豪饮而尽，再次拿起杯子想要离开，但还是被村主任拽住了，趁势又揽住了腰。这一次，央啦没有再忍，她半转过身，伸出手，"啪"地一下打在村主任的手臂上："把你的手拿回去。"

她突如其来的举动让所有在座的人一惊，欢闹的场面戛然而止，整个房间一下子变得异常安静。

大家好不尴尬！

为了缓和场面，洛洛举起了杯子。"来，该我敬大家了，"他说，"我从左边开始敬，央啦，第一个敬你。"

央啦并没有举杯，她挑着好看的眉，傲然回答："我做事，通常看心情的。今天，我没心情！"

随即，央啦转身离开，房门重重摔在身后，再然后，又传来重重的摔开院门的声音。这突兀的两声惊动了四周无聊的狗，于是，在此起彼伏的狗吠声中，村主任解嘲地说道："这个暴脾气的小姑娘，今天又吃错药了！"

"别管小姑娘，我们继续啊！"有人打了圆场，大家有些尴尬地又继续着欢笑的场面，但气氛已经完全变了。这样的场面撑了没多久，有人提醒天色已晚，于是互道晚安，说再见。

回到自己的小屋中，央啦褪去高跟鞋的束缚，冲了一包咖啡，坐在小小的沙发上，静静地看着电视机里无聊的节目……她知道有泪水在眼眶里打转，但她不想搞得自己泪流满面，这样的情形、这样的悲哀、这样的痛苦，于她已经不是第一次，自然也不会是最后一次……她所能做的就是自己安抚自己，尽管悲鸣，尽管绝望至心，尽管撕心裂肺，尽管心情低落到了冰点……但她没有退路，没有回头的权利，没有放弃的勇气，所以，她只能忍耐和坚持。

当撕心裂肺的痛苦和耻辱铺天盖地而来的时候，她才恍然，斯地已经三年。

仅仅三年的时间，央啦就知道自己已经过了做梦的年纪，不能再像小孩一样幻想……她没有优越的家庭背景，没有土豪的父亲，也没有万里挑一的才华和美貌，所以她需要自食其力的工作，需要稳定的收入，需要帮家里分担生活的担子，所以她一次一次忍受下来，最多就是这样发发脾气，第二天，她还是没心没肺地照样上课生活……

而这一切归根结底，是因为央啦知道自己没有资格做任何任性的决定！她不能逃跑，因为背后没人撑着，又或者，心底会有些许的幻想，也许在某一天，会有不期而遇的温暖……

人生有两条路：一条需要用心走，叫作梦想；一条需要用脚走，叫作现实。现实不会如偶像剧那样，在你无助、悲哀、痛苦和绝望的时候，好运突然降临，一双美丽的水晶鞋出现在面前，你瞬间从一个围着破围裙的灰姑娘变成了倾国倾城的公主，英俊的王子不但富有，还很痴情，你本一无所有，却突然拥有了整个世界……这样的剧情在现实生活中永远不会出现！

所以第二天，洛洛他们从准备挖水渠的半坡回到村子的时候，正好在停车的小坝子上又见到了下课回家的央啦，几个人目光对视，她没有躲避，镇静若一汪深不见底的湖水，泰然迈步。

“去看水渠了？”她主动打了招呼，嫣然一笑，像阳光一样明媚。

“对啊，”洛洛说，“基本确定在原来的水渠上扩建。”

“我已经让村里准备晚饭了，你也过来一起吃吧！”村主任笑呵呵地接过了话，“水渠要建得更长一些，你也一起提提建议，加长的水渠建在哪一段。”

于是，他们又在昨天的房间里一起吃了晚饭，一切都很和谐，冰释前嫌！只是这一次，村主任没有坐在央啦的旁边，他好像有些刻意地坐在了桌子的对面。昨天那些冒昧的举动，是酒精在作祟。

虽是和谐的氛围，但洛洛还是感觉到央啦的周身散发着凉薄的气场，夹杂着让人心疼的倔强，总让人在些许的距离外，无法靠近……可是在心灵的深处，对这个曾经的学妹，他却有一种想要护她周全的冲动，想要给她一个拥抱，一个可以喘息的肩膀……免她苦，免她受惊，免她无助流离。

这样的冲动和男女之间的爱情无关，他是个大男人，自然有着怜香惜玉的情怀。他看到过央啦曾经的娇嫩清爽和纯真，如今虽还是满脸的笑容，但却透着隐隐的倔强和刚强，可见这些年她遇到了很多很多的事情，沟沟坎坎，一路走来，自然颇为艰辛。

人，只有走出学校走进社会的时候，才开始慢慢体会到人情的冷暖，世态的炎凉，现实与梦想的差距……他比她接触得早，体会得早，比她知道得多，又因为性别和运气的原因，比她承受得少，也比她悲哀得少。

几杯酒下肚，气氛又活跃了起来，他们聊得开心，洛洛也想和央啦说几句话，可是不知如何开口，他便举起了酒杯："我们也碰一下，在这里遇见也是缘分。"

"是啊，"央啦说，"如果不是要修这么个水渠，你也许一辈子也不会到这么偏僻的小村庄里来的。"

"这几年，你的变化不大，几乎和学校的时候一样，"洛洛说，"我之前见过别的校友，也在村子里，有些人变得很多，可你好像还是原来的样子。"

央啦举着杯子，含笑地看着他，没有言语。这样小小的表情，让洛洛心情愉悦。"其实，刚工作的时候，我也遇到许多不如意，只能一一挺过来，真的，所以我想说，你也可以的，"洛洛停顿了一下，"我的意思，你懂的。"

原来，个性傲然如他，才华横溢如他，也曾经有一一挺过来的时候……他的坦诚让央啦有些感动："谢谢你，你的意思，我懂了。"

轻轻碰杯，此时无言！

放下酒杯，央啦站起来，转身离开。对面热闹的几个人突然安静，疑惑地看着洛洛。

“小姑娘说头疼，回去了。”洛洛说，“我们继续吧！”

……

不久之后，水渠开工了……几个月后，水渠建好了……再然后，洛洛娶了央啦，最初怜香惜玉的情怀在不知不觉中变成深切的爱恋，无法抗拒，他只能娶了她……

有些温暖是会不期而遇的……

无论如何，花开花落，新的一年来了！

素笺，或是微信

好几年之前就少有人写信了，素笺淡墨，那些悠远婉转的思绪，已经是少之又少的表达。

可她却藏着一大盒翻了又翻的素笺，大多是白底的纸张，上面是俊朗的字体，文字自然是淡雅婉转的……每每翻看着，她都感觉到爱怜和温暖。

那是很多年前，他寄给她的信。其实，那时的他们都在拉萨城里，虽说一个东一个西，但实际上隔不上太远的距离，十几分钟也就到了。他是个开朗的青年，满怀的热情藏也藏不住，几乎天天从城西往城东跑，就为了和她见一面，说说话，时间宽裕时也去吃饭，喝冷饮。他们俩在一起时，他总是滔滔不绝地说，而她耐心地听着，听得幸福漫溢。其实，他说的大多都是他的工作，少有爱怜的话语，但她还是好喜欢好喜欢。

纵是天天见面，他也一个星期给她写一封信，素笺淡墨，字里行间的文字是他平日里不好意思说出的心里话，她一遍又一遍地看着，感觉到他满怀的温情，仿佛那含情脉脉的眼神就在自己的身边。

于是，在那段日子里，等待着信件的到来，是她每个星期中最幸福，又最煎熬的事情……终于拿到信了，她却舍不得立刻拆开，而是在手中抚摸好久，再小心翼翼地用剪刀剪开，小心翼翼地把素笺拿出来，就像捧起一个易碎的瓷器。在翻开素笺的那一刻，她的心总是扑腾扑腾地跳，连手也止不住地颤抖，好一会儿才会平静下来，而这一刻她才真正看到素笺上的文字，会感动，流泪之处，才发现自己满怀深情，那是两个年轻人人生最初的爱情，自然散发着清幽的香气。

那种一周一封情书的爱情走过了两年多的时光，他们都大了两岁，彼此还都爱着，但爱中却有了一丝丝的变化。他不再天天穿过半个拉萨城来看她，因为他的工作越来越多，应酬也越来越多，素笺淡墨，于他而言，似乎已经无暇顾及。

他的聪慧勤奋终于获得了丰厚的回报，一个难得的公派留学机会摆在了他的面前，他将在一所美国的名校里深造三年。他好兴奋，而她有些伤感。三年，是一段很漫长的时光，她怕三年后，自己还是自己，但他一定不是现在的他了，他们之间的距离不仅仅有宽广浩瀚的太平洋，还有很多看不到摸不着的东西，这些东西让她心生恐惧，连想的时候，也觉得胆战心惊。

但她没有挽留他，没有拦着他，她已经享受了他两年的时光，她在他的身边，被他爱着宠着，已经弥足珍贵。她心存感激，不想，也不能阻拦他奔前程的步伐……

独自留在拉萨城里，她突然觉得无所适从。原来习惯了一个人对自己好，习惯了有人陪伴，一旦这个人不在了，是这样的难受，心里空荡荡的，即便是上一秒想通了，下一秒却总在一首歌、一句话、一个瞬间就沦陷了，泪雨滂沱……而有的时候，又觉得自己胸前那颗小小的心被什么东西挤压着，挤压得重了，便一阵抽搐地疼，挤压得轻了，便有点痒痒的，有点麻麻的，整个人便无精打采，六神无主……

而她所能做的，就是打起精神，更努力地好好生活，做自己喜欢做的事情，在一天一天的日子里慢慢充盈自己，让自己变成他喜欢和期待的模样，让自己离他的梦想更近一些，让自己离自己的幸福更近一些。

可是……她真的无法确定，自己现在的样子，自己努力变化的样子，真的就是他喜欢的样子吗？

那些日子里，她偶尔也可以收到他的信，依旧是素笺，依旧有俊朗的字体，却似乎少了温情，她看到的是一个为梦想打拼的年轻人的激情，但是爱呢？似乎少了爱啊！

再后来，似乎就没有爱了。

可是，不论如何，她从来没有怀疑过两人最初的爱情，那依然是她眼中最美好的爱情。当初那些爱一定是真的，只是后来太多的意外，谁也想不到。

山盟虽在，却锦书难托啊！

她真的是一个通情达理的女子，即便在自己的心已经破碎，碎得满地的时候，她依然还是理解他的。

她想起徐志摩的诗句：走着走着，就散了，回忆都淡了；看着看着，就累了，星光也暗了；听着听着，就醒了，开始埋怨了；回头发现，你不见了，突然我乱了。

那些"郎骑竹马来，绕床弄青梅"的日子也许真的已经没有了！

有些话，他不说，她便觉得该由自己说了。于是，在那封最后的素笺里，她心灵颤抖地写下这样的话：远隔千里，我知道自己对你的爱是越来越少了，而你也是忙碌的，自然无暇顾及我，以后漫长的岁月里，希望你健康、快乐和幸福。

他没有回信，大概是生气了，觉得自己被辜负，又或者，觉得心中已经没有爱恋，无所谓了。他看到的也许只是那些冷冰冰的文字，却没有想过，在那些没有温情的文字里，有一个女子最深刻、最真挚、最刻骨铭心的爱情，她的心已经碎了一地，未来的日子里，无论如何修复，都已经无法回到最初的样子了。

这之后很长时间里，她在拉萨城东的一个小房间里，没日没夜地思念着那个隔着茫茫太平洋的他，想象着他每天的生活，课堂、餐厅、宿舍、图书馆、街角的咖啡屋……她记得很清楚，曾经在一封素笺里，那个街角的咖啡屋被他称作"温暖的咖啡屋"，刚收到素笺的她，莫名地有些不安，她想知道为什么咖啡屋是温暖的，是因为阳光、暖气，还是因为某个人？

如今，她希望那个咖啡屋依然还温暖着他，不论是因为阳光、暖气，还是因为某个人。她希望自己曾经很爱很爱的那个男人，在遥远遥远的那个城市里，不孤独、不寂寞、不寒冷，最重要的是，一定要健健康康，平平安安！

掐指一算，那时的她，还是很美好的年华，自然藏也藏不住地水灵着，但心底的忧郁哀怨也是藏也藏不住的呀！

于是，在那段心灰意冷的日子里，她总会寻找那些温暖的记忆，温暖自己；于是，他便时常出现在她的心里，恍惚中，她甚至觉得他从来就没有离开过，隔着半个拉萨城，他在西，自己在东。

只是，从此，她再也没有见过他，但她爱上的人都很像他。

再然后，结婚生子，有欢乐，也有悲哀，再艰苦的道路她也是走过的。她庆幸地发现，自己比想象中要更坚强。于是，私下里，她叫自己“女汉子”！

第一次看到“女汉子”这个词，是在一篇微信文章里，短短数十字，字字都写进她的心坎里了。于是，她换了最新的智能手机，喜欢上了微信，阅读和沟通的习惯在不经意中就慢慢改变了。

她不善谈，但微信里的新朋友也还是有一些的。

她真的想不起，从什么时候，她多了一个“微友”，这是眼下挺时髦的词语，不用清楚对方是谁，不用了解“他”的今生前世，但你可以分享他的感悟、快乐，也许还有悲伤。有时候他发的图片，会成为她去吃饭和旅游的指南；有时候他发的视频，会让她捧腹大笑，乐不可支；有时候他不经意间的一点点指点，会让她豁然开朗；而他发的那些文章，真的很对她的胃口，都是她喜欢的，阅读中，她发现自己又多了知识的积累……

对这个“微友”，她确实有一种很奇怪的、说不出的感觉……总之，和别人有些不一样。

也许这样的感觉，是因为“他”的微信昵称——“花老虎”。这个称呼曾经日夜出现在她的心坎里，也署在那封封的素笺上。他是属老虎的，两人第一次相见，在一条繁花似锦的小道里，她便叫他“花老虎”，他叫她“花姑娘”。

如今，当年那个漂亮明媚的“花姑娘”已经人近中年，花容淡落了。

一个周末的晚上，她终于忙完，可以躺在沙发上看看电视了。好巧，一条新的微信信息来了，是那个既陌生又有些熟悉的“花老虎”：中央6频道,《安娜·卡列尼娜》!

她转到6频道,1968年苏联版的《安娜·卡列尼娜》,是她最喜欢的电影之一,大学时她曾经买过蓝黑色硬壳的老版书,翻了好几遍,越看越是喜欢。后来,她又看了嘉宝版和费雯·丽版,但始终觉得还是1968年苏联拍得最好,最接近她心目中安娜的样子。

第一次看《安娜·卡列尼娜》的时候,她还在上大学,正是如梦般的年纪,却喜欢上了安娜的神秘冷傲,自然也喜欢渥伦斯基的英气俊朗。

后来工作了,在拉萨城东有了自己的小房子,便特意买了一大堆倾慕已久的影碟,等着他有空,从城西到城东来,蜷缩在地毯上,吃着爆米花,喝着煮咖啡,看着时而卡住停顿的影碟,心中满满的温暖。

看影碟的时候,他们好像少有交流,可回去后,他却总会寄一封素笺,谈谈观后的感悟,也谈谈他的思恋。

在那段时间里,他们就这样看了《安娜·卡列尼娜》《简·爱》《名利场》《傲慢与偏见》《飘》《茶花女》《红字》……

此时此刻,虽然已经过了十多年的岁月,但看着《安娜·卡列尼娜》,她却不由自主地想起他,如今的他,人到中年,该是事业有成,家有贤妻,儿女成双吧?那些过往的岁月在今天想起,他是否也会有温暖的感觉?

正在出神,一条新的微信来了,是"花老虎"的:美貌的安娜只需一瞥便攫取了渥伦斯基的心,让他昼思夜想,不能放下。而安娜也动了心弦,无力阻挡,两人到底共浴爱河。

紧接着,又来了一条:爱没有理由地出现,安娜逃脱不了,她义无反顾地朝着渥伦斯基的爱而去,把未来想象得无限美好,可她理想中的爱情最终还是被敲打成了碎片,四处散落,化为灰烬。

这样的话,好像似曾相识啊!她突然有些恍惚了,新的微信又来了:安娜真的不幸福啊,最终陨落在爱恨开始的铁轨上!这就是命吗?

她回复:安娜真的不幸福,吉提倒是一个幸福的女人,有一个真心爱她的丈夫,享受着平静的家庭生活。幸亏渥伦斯基没爱上她,这也成全了她简单的幸福。

……这样有一句没一句地聊着，屏幕上的《安娜·卡列尼娜》结束了，他也发了一个“晚安”的表情，可她的心却怎么也平静不下来，连身体也似乎有些抽搐了。

终于，她慢慢挪动身子，打开了锁上的柜子，拿出一个小木盒，里面有一沓素笺，那是她曾经最宝贵的爱情的回忆，不论何时再读，都有沁入心田的美好。

可此时，她的手真的是颤抖的，那些素笺似乎还有温度，恍惚中，她真的觉得自己还是那个盼着来信、盼着回信的“花姑娘”，那个很爱很爱的“花老虎”还住在拉萨的城西……

终于，她找到了看过《安娜·卡列尼娜》之后，第二天他写的素笺，里面的文字简直就是刚才微信的翻版……

她知道，“花老虎”回来了！

可是，那又如何？过去的岁月已经回不去了！

那个人，那些事，真的只能是午后宁静时刻的煮咖啡！

我的"都教授"

一直不喜欢看韩剧,总觉得太长太慢太啰唆,却喜欢上了一个韩星做的广告,关于巧克力的,雨天、伞下、巧克力、吉他、女生、男生……后来才知道这个男生就是大名鼎鼎的"都教授"。眼下,他的名字真是如雷贯耳,可我,连"都教授"是哪个韩剧里的角色都不知道,如此看来,我 out 的可不是一点点了。

奇怪的是,我从没有想要看看那个韩剧的冲动,连这样的想法也没有,也从没有刻意想要去看那个巧克力的广告,但"都教授"微翘着嘴角的样子却明亮清晰,可见,最深刻的印象是刻在心底的。

想起"都教授"的样子,我就会不由自主地想起席慕蓉的《青春》:……遂翻开那发黄的扉页/命运将它装订得极为拙劣/含着泪 我一读再读/却不得不承认/青春是一本太仓促的书。在那些字里行间,我总能看到一个穿着白衬衫的男孩穿过悠长的岁月,在阳光里,跨在自行车上,冲我微笑,车前的挂篮里装着席慕蓉的诗集。

而那时的我,垂着长长的辫子,胸前也是满满一怀的书,听着你叫我的名字,停了半晌才敢转过身,你的笑容接住了我的笑容,好长一会儿,你的嘴角还是微微上翘的,一如"都教授"的样子。

其实,我喜欢"都教授"是因为,在他的笑里看到了青春年少时的你,还有初遇你时的我。

初遇,是在一个倾盆大雨的午后。大雨突至,我没有带伞,却不得不赶到另一个教学楼,糟糕的是,那个楼在校园的另一头。

站在楼梯口的廊檐下,我左顾右盼,犹豫着……最终却只能咬咬牙,无奈地往外冲……这一刻，有人拽住了我的胳膊，回过头，一个穿着白衬衫、翘着嘴角的男孩子站在我的身后："雨太大了，你要去哪里？"

"南楼。"

"正好，我也去那里，我们可以共用一把伞。"

我不太习惯和陌生人说话，此刻，我顿了一下，他却已经撑开了伞，一只手拽住我，说："我们最好跑着去，尽量少淋点雨。"我还没有反应过来，就已经被他拽着在雨中奔跑了。雨好大，噼里啪啦的，他原本拽着我的那只手，此刻搂着我的上臂，我别扭地躲闪着，他却使上了劲……终于到了南楼，我几乎从伞下跳了出来，趺趺撞撞，差点摔了一跤，他幸灾乐祸地笑出了声。

我抬头看他，只见他从头到脚几乎都湿透了，发梢滴着水，白衬衫裹着身，裤腿像是刚从水里拎出来……而这一刻，我才发现自己身上大部分是干的。

"你都湿透了。"我抱歉地说。

"不湿透才怪呢，我本来想两个人一起打伞，你却一个劲地挣扎，没办法，我只好把伞尽着你一个人用。"

"可是，我，真的很抱歉。"

"别抱歉，谁让你是女生，我总是怜香惜玉的。"他说着，嘴角又翘了起来。

"这下，你得先回寝室换衣服了。"我提醒他。

"是啊，我得先回寝室换衣服了，"他翘着嘴角说，"可是，我这个人最不喜欢洗衣服了。"

"那……"我迟疑着。

"你怎么不说帮我洗啊？女生也讨厌洗衣服啊？"

"不是，我是怕你不方便。"我有些尴尬。

"说谎了吧？有人帮我洗衣服，我高兴还来不及呢。"他说，"就这么说定了，这几件衣服你就帮我洗了。我得赶忙换衣服去了。"他转身往外冲，已经到了瓢泼的大雨中，却又突然回头，大叫着："我连你是哪个班的都不知道，我怎么找你洗衣服啊？”

“我是98级的。”

“知道了，98级新闻班的尼啦吧！”他看着有些奇怪的我，翘着嘴笑，转身飞奔，如帘的大雨让他的背影朦朦胧胧，我的心也好像朦朦胧胧的。

花季雨季，我真的是初遇他；而他，知道我的名字，就一定不是初遇了！

倾盆大雨的校园，寥落空寂，我的心里却开满了大片的花。也许朦胧的爱情就在那一刻翩然起舞了。

那天的黄昏，大雨变成了小雨，他竟然撑着伞把脏衣服送到了我的寝室里。全寝室哗然，什么情况？大家奇了怪，但不能怪大家，连我自己也糊涂了！什么情况？

奇了怪！那个夏季，拉萨城以往干燥的空气中一直都弥漫着潮湿的味道，我也总是忘记了带伞，而他总是在雨天里出现，撑着伞，穿着白衬衫，翘着嘴角笑……

雨季终于过去了。奇了怪！他第一次真正约我是在一个阳光灿烂的午后，在学校操场的看台上，可是他还是撑着那把伞，阳光好热烈，正如他看我的眼神。

我内心自然是欢喜，却故作镇定地找个位置安静地坐下。他撑起伞遮着阳，一阵凉爽沐浴心灵。趁着他看着远方，我悄悄抬起头看了看他，阳光下他的侧脸，明朗的轮廓很好看……

其实，他应该知道我在悄悄看他，因为此刻他的嘴角又不由自主地翘了起来。

那个午后阳光下的约会，这个傻乎乎的决定，是他许许多多的思恋点点滴滴积累出来的吗？他憋了一肚子的话想要和我说吗？他一直沉默，是不知如何说，还是胆怯，萌生了退意？又或者，他根本就什么都没有打算说，只是想享受一下久违的阳光。

而我坐在他的旁边，坐在他的伞下，感受着他的呼吸和心跳……此刻，他什么也不说，我只能希望这个下午的时光会因为我默默的祈祷而变长……阳光火辣辣的午后,学校操场的水泥看台上,两个青涩的、情窦初开的少男少女,默默地,撑着伞,不自然透露出不胜自喜的眼神,羞涩的、满怀深情的手指紧扣……

花季雨季的少男少女,在最美好最懵懂的时候,遇见了最美好的人,那时美好的时光没有被他们辜负,他们爱着,享受着,煎熬着,也快乐着……

两年以后,我们顺利毕业,"都教授"顺利在拉萨工作了,而我被分配到一个小县城。每当坏情况发生的时候,我总是尽量往好的方面想,这一次,自然也不例外。我工作的小县城海拔低,湿润,四周的山云雾缭绕,离拉萨也不算太远,早晨天刚亮出发,路上只停顿一个简单的午餐时间,那晚餐就可以在拉萨吃了。

如此一想,我还是蛮知足蛮快乐的。可"都教授"就不一样了,电话里总是唠叨不开心不幸福,问他为什么,他说想我想我总是想我。

他张嘴闭嘴的想念让我更知足了,那时候,我终于真正相信了"距离产生美"这句话。离开拉萨这一个月他对我说的甜言蜜语,比我们在一起的两年时间里说的还要多很多。我恍惚了,自己是在偏远的小县城,还是在蜜罐子里泡着?被自己爱着的人塞在蜜罐子里,有哪个女生会觉得不幸福呢?

遗憾,当然是有的,如果这个蜜罐子在拉萨,在翘着嘴的"都教授"身边就更完美了!但我知足,所以总是窃喜!

这份知足和窃喜让我快乐地度过了上班的第一年,藏历新年转眼就到了,我是新人,自然没有休假,单位的大姐大哥们一个一个都溜了。七天的假期,我虽不用如往常那样上班,但值班人员报的是我,我一向循规蹈矩,提前备好各类食物,打算和电视机一起过新年了。

新年第三天,我正在准备晚餐,一个人,想做一份臊子面,放很多很多的辣子,再倒上很多很多醋,还有半个卤猪蹄,补充补充胶原蛋白。窗外突然有人喊我,很大的声音,很熟悉的声音,我怀疑自己的耳朵,关上电视,再听,还在叫,叫的声音越来越大。

没来得及放下啃着的猪蹄，我打开门，只见一个男人站在单位小院的正中大声地喊着，他背对着我，大概听到了开门声，转过身来，虽被寒风吹红了脸，但还是翘着嘴角笑了，好不开怀！

他拎着大包，我拿着猪蹄，都腾出另一只手，握手，一如同事般友好。

进屋，无语，我剩下的半碗面完全吸引了他，他一股脑儿吃了，辣的酸的，龇着牙咧着嘴，又啃了剩下的猪蹄，才有精神和我说话。说新年前两天陪了父母，第三天在长途车上几乎耗光，明后天陪我，第六天再耗在长途车上，最后一天休息，准备上班。

我好感动啊！突然就想流泪，眼眶湿润了。

“嘿，别瞎站着，远道而来的客人还没吃饱，有什么吃的都端上来。”他的话让我从感动中幡然醒悟！看吧，这就是现实，没有距离，就没有甜言蜜语，我已经被他从蜜罐子里拎了出来。于是，赶紧的，在我小小的屋里翻箱倒柜，所有吃的，统统摆在突然而至的“都教授”面前。

扫了一眼，“都教授”显然不满意，面露不悦，转身打开了自己的提包，里面的东西可真够丰富：香肠、板鸭、巧克力、午餐肉罐头、水果、饼干……最为关键的是，有火锅底料，有蔬菜。“瞧瞧，我可是把我们家的冰箱都掏空给带来了，过新年，就想到你没有什么吃的，我的爱可是实际行动喔！”在那一刻，我突然觉得他说话的口气就像一个爱炫耀的杂货店主。

想想街上那些为数不多的商店大都已经关门好几天了，再看看他丰富的食物，我也不在乎他杂货店主的语气，也忘记和他计较什么甜言蜜语了，吃饱喝足可比什么都来得重要。

于是，赶紧的，洗菜，切肉，烫火锅了！生活就要像烫火锅一样，热气腾腾的才会把身上的寒冷都逼退。

自然小酌，情愫盎然。

那一刻才享受到相逢的喜悦和幸福，于是翩然起舞，柔情似水。

电话铃声响了，他的。我从对面探过头去，不过是想逗逗他。

“我和两个朋友在吃火锅，你也过来吧！”电话里的声音相当柔美。

“我不过去了，我也在吃火锅呢。”

“那一会儿，你还有安排吗？”声音越来越柔美，“我们去酒吧坐坐吧？”

“不了，你们玩开心，我这里走不开。”

“我的两个好朋友想要见你，你不会这么不给面子吧？”

“不是不给面子，是我真的有事，真的走不开。”

“那改天吧，好遗憾啊！”

挂断电话，我埋头继续吃火锅，他翘着嘴角笑……

“吃啊，傻笑什么呢？来个电话把你高兴的。”一不留神，我没憋住自己的话。

“你碗里醋倒多了吧？满屋子都是醋味。”可恶，他还翘着嘴角笑。“我觉得她只是一个普普通通的认识的人，可她很热情啊，有时候也很殷勤，她给我的殷勤我加倍都给了你，你却好像没有什么感觉啊！”

“你的殷勤我没感觉到，她对你的殷勤隔着几百公里的距离我都感觉到了。”说着这话，我也觉得满屋子都是醋味，没遮掩住，显得好没有气度。

“那今天我一定要让你感觉一下。”他抓起我的手，还是翘着嘴角笑，“我们结婚吧！”

“吃你的火锅吧，别想一出是一出。”我当这是一句玩笑。不就是一个女孩子殷勤的电话，没什么大不了的。

可是，他在这里的两天，那个柔美声音打了不下十次电话，次次都柔美，他听着也许欢喜，我听着怎么都刺耳。

虽说有些吃醋，但刚开始这个柔美的声音倒并没有让我特别地在意。可回去休了一趟假，我才意识到真正的情况还是很严峻的。明知道我的存在，“都教授”还是被她缠得团团转，最大的问题是，“都教授”的母亲大人处处维护着她，显然她们关系良好，一个百般殷勤，另一个默默应允。

这一次，我又发挥了自己一贯的优点，不论她们俩如何惺惺相惜，“都教授”站在我的一边，我就有信心取得最后的胜利。在拉萨工作是“柔美声音”唯一比我有优势的地方，因此，我决定全力以赴考拉萨的公务员。买了一大堆书，我日夜用功，埋头苦读，做了一套又一套的测试卷。刚开始对答案的时候，我的分数好可怜，但功夫不负有心人，我越做越有信心。

第二年的全区公务员考试，我金榜题名了！

拉萨，我终于回来了！最重要的是，我回到了“都教授”的身边，距离近了，自然就没有了甜言蜜语。但我踏实了，每天听着他吼我，我高兴得像个涉世未深的初中生，屁颠屁颠地被他使唤着，仿佛沐浴春风。真一个“贱”字。

不是冤家不碰头

新生报到的第一天。

央啦的家就在拉萨，离藏大的新校区最多也就半个小时的车程，而且学校已经统一准备了被褥等用品，所以她执意要自己一个人去。可是，父母还是都请了假，硬要陪着一起，特别是母亲大人，一大早起来，佛堂敬水、焚香、祈祷……搞得架势很大，平添一种紧张的气氛。不就是去新学校报到吗？又不是没去过。

“这可不一样啊，这是你上大学的第一天，”母亲说，“有个好的开头，祈祷老天爷保佑，自然也就有整个大学时光的吉祥。”

“是不是还要拜拜新的土地爷啊？”央啦说。

“当然最好要拜了。”母亲还有唠叨下去的趋势，央啦赶忙挎上了小包：“快走吧，别错过了吉时。”

还没有到新校区的大门，就可以感觉到人流、车流涌动了，好不容易挪到校门口，车却被拦了下来：“请问，这是送新生的车子吧？”

“对。”父亲摇下车窗。

“对不起，学校只允许教职员工的车子进，送学生的车子一律不让进，里面根本就没有停车的空间。”

“可是，我们这一大堆行李呢。”母亲有些着急。

“不好意思，我们只能执行接到的命令。”拦车的人很严肃，“请您绕出去，后面还有车子等着进去，今天所有的新生都有不少行李，你们三个人应该可以拿得动。”

“保安哥哥，能不能通融一下？”央啦忍不住也开口说话了。很多的时候，她这种甜甜的、轻声细语的说话方式，在小哥哥们面前很是行得通。

“不行，我必须一视同仁，不能区别对待。”“保安哥哥”依然没有一丝笑容，“请你们立即从旁边绕走，后面的车越来越多了。”眼前的这位“保安哥哥”已然满脸的冷漠，一副刀枪不入的样子。央啦坐在后座忍不住嘀咕：“拿着鸡毛当令箭。”母亲显然不想得罪这位“保安哥哥”，拍打着央啦的腿，让她小声些。

当他们停好车，提着行李再次通过校门的时候，那个“保安”已经不见了。央啦好生失望，她本来想着好好回敬他一句，或是摆个脸色给他，终归是想解解气，可没想，这转眼工夫，他就开溜了。“人家也许是去忙别的事情了，难道还怕你不成？”母亲显然觉得女儿的想法有些幼稚，“以后你进出校门还是要经常遇到的，这次又不是专门针对你，你没看到很多车也都退出去了？”

“我就是觉得这个人太严肃，一副凶巴巴的样子，不过是大门的保安，搞得自己像校长一样。”央啦一边发着牢骚，一边左右张望，毕竟这是她第一次以新生的身份走进这个校园，虽说藏大不是她梦寐以求的学校，但她还是颇为满意，况且所学的专业是她最为喜欢的。央啦一向容易知足，有时候也显得没心没肺，不过这倒不是什么坏的性格，人总不能奢望事事都顺心意，要知足，便会快乐。

穿行在来往的人群里，央啦不免有些兴奋，很快就忘了刚才小小的不愉快。终于找到自己分院的报到处，却发现排了好长的队，一些穿着志愿者 T 恤的学生在引导新生、维护秩序，还有人帮忙搬行李，带着去宿舍。

央啦让母亲排队，自己好奇地往报到的桌边凑，想看看到底需要怎么办手续，可刚靠近桌子，就听到旁边有人喊：“这位同学，请到后面排队。”央啦并没有在意，还往前凑，后面的声音更清晰了：“那位穿黄衣服的女生，那位穿黄衣服的女生！”央啦低头看看自己的衣服，猛然反应过来，这叫的是自己啊！她赶忙回头，发现冲自己大喊的，又是刚才那个凶巴巴的“保安哥哥”。这个讨厌的人怎么阴魂不散，总出现在自己的眼前，横竖就是挑自己的刺，真是冤家。

“请到后面排队。”“保安哥哥”还是那么严肃，没有表情，简直就是木头人一个。

“我只不过来看一下如何办手续，并没有插队。”

“是吗？”“保安哥哥”说，“这个借口几乎所有想插队的人都在用。”

“但我确实并没有想插队，”央啦解释说，“我的母亲就在后面排队。”

“那就请回到你的位置上。”虽然用了一个“请”字，但他的表情显然并不相信，反而显得很是不屑。

央啦一时不知该说什么，便一把拽住了他的衣袖：“走，去看看我母亲是不是在排队。”别看央啦长得小巧玲珑，手劲却不算小，“保安哥哥”大概没有防备她有这一手，竟然真的被拉到央啦母亲的旁边。等他反应过来，自然很是生气：“你这个女生，真是粗鲁。”他丢下这句话，转身就走了。身后的央啦直冲他做鬼脸。

这之后，央啦又见过这个“保安哥哥”几次，他显然不是个好好工作的保安，因为他好像喜欢满校园地瞎逛，运动场、食堂、图书馆……真是哪都有他，不过就是挂着巡逻的名，瞎逛呗。有一次，央啦还看到他和两个女生在楼梯间聊得火热，擦肩而过的瞬间，央啦狠狠地瞪了他一眼，他满脸疑惑，不知是忘记了央啦这个人，还是感觉很突然，但无论如何，央啦感觉特别解气。

这个冷酷无情的、不务正业的人怎么会在大学里谋到保安的工作？虽说只是保安，可大学的保安应该要有更好的素质啊！这满校园如花似玉的女大学生，涉世不深，懵懂幼稚，很容易被别人欺骗的。想到这些，央啦不免洋洋得意，觉得自己真是火眼金睛、明察秋毫，把这个外貌还算俊朗的人看得深入骨髓，自然不会受骗上当。央啦的洋洋得意其实很是幼稚，那个“保安哥哥”并没有想要欺骗她的念头，相反，他对央啦甚是反感，这个粗鲁莽撞的小姑娘他根本就不想见到，每次总是狠狠地被她瞪着，这个感觉可太不好了。他不过是依照命令办事，并不是特别针对某个人，就让她如此记恨，真是小心眼，太小心眼了！

转眼之间，几个月过去了，元旦临近。迎新晚会是学校一年中最重大的活动，所有的学院都在积极筹备，力求展现出最好的自己。外语学院经过初选，准备上报七个节目，其中就有央啦她们准备的舞台剧《音乐之声》，央啦饰演家庭女教师，她的五官小巧，穿上白袖黑面的长裙，倒真有些电影里家庭女教师的样子。

这天，她们去学生会送最终刻好的光盘，这是两间教室改造的办公室，外面的一间放着几张桌子和电脑，有人负责登记和填表，里面的一间应该是归纳杂物的仓库，有人从里面搬通告架、梯子和装了东西的袋子，应该是布置舞台用的。登记好光盘，央啦她们又具体沟通了三次走台排练的时间，但总还想再争取两次，这样的话，对舞台的大小和各自的位置会把握得更好，免得出现偏台，影响最终的成绩，央啦她们可是冲着大奖去的。“不好意思，暂时每个节目只有三次走台时间，请你们理解，我们要顾及每个学院的节目。”

“可是我们的情况真的有些特殊，拜托多安排一次吧！”

“每个学院都说自己的节目特殊，那我们还怎么开展工作？我们只能一视同仁。”这个声音是从身后飘过来的，央啦转过身，发现说话的是“保安哥哥”。央啦连忙回敬：“我们在和学生会的学姐沟通，就不麻烦这位保安哥哥了。”

“保安哥哥？”这个称呼显然让说话的那个他有些惊诧，他不由重复了一句。负责登记的学姐赶忙插话：“小妹妹，这个可不是保安哥哥，是我们学生会的主席，也是这次活动的学生总指挥。”

“保安哥哥”摇身一变，转眼之间就成了“主席哥哥”。

这次轮到央啦惊诧了，她半晌说不出话。“抱歉，上次在大门口，所以我就以为……”

“没关系。”他说着就转身走了，显然还是不太高兴。

从学生会里出来，央啦的同伴直抱怨：“你怎么会把学生会主席当成保安了？听说这次的评委有学生会的两个人，这两票恐怕我们是拿不到了。”

“拿不到就拿不到，有他这样小肚鸡肠的学生会主席，那两票我们就别指望了。”

可是央啦的估计好像是错了，第三天她就接到了一个电话，是那个严肃的“主席哥哥”打来的，通知她们走台的时间可以多两次，不过都安排在本周末的中午。

这可是出乎央啦的意料，她突然间觉得，也许一直都是自己小心眼，人家不过是照章办事，确实没有针对她个人。

演出很顺利，央啦她们的《音乐之声》获得了舞蹈类的第一名，作为主演，央啦自然就是第一大功臣，她好不得意。那天给她颁奖的就是“主席哥哥”，她接过奖，他把一条哈达挂在了她的脖子上，大概是她的头抬得太快，总之在那一瞬间，他们竟然额头碰在了一起，四目相对，央啦突然觉得他有一双特别深邃的眼睛，似乎可以洞察一切。

几天以后，央啦又接到了“主席哥哥”的电话，这次是要参加一个教育系统举办的茶话会，观众都是各个学校的老师，舞台小，不能再上舞台剧，但需要央啦表演一个独唱。“就唱上次那个《音乐之声》就行，挺好听的，”他接着说，“建议你再准备一首歌，万一老师们听着喜欢，要求再唱一首呢。”

一个是学生会主席，一个是文艺骨干，自然会有比别人更多的交集。在这样一次又一次的交往中，她渐渐觉得他身上有很多优秀的品质，比如热情、严格、奉献、机智、见多识广，而且还很风趣幽默。而这之前，在她的眼里，他简直就是一个装腔作势的讨厌鬼，皮囊还是那个皮囊，却有了特别本质的改观。

难道这是因为身份的改变吗？央啦从不觉得自己是这样一个势利的人，她觉得只是误会和小心眼蒙蔽了自己的双眼，也蒙蔽了自己的心灵……这样的反省在让她觉得自己需要改正的同时，也更多地想起了他，想得多了，就有一种莫名的感觉在心中滋生，先是很模糊，可是渐渐有些清晰了，一种类似于喜欢的感情在心中发芽……她便不由得安慰自己，不过就是喜欢了，离爱还有好大的距离，况且自己也不是没有喜欢过，那小学的同桌，中学的体育老师，小区里总是挂着耳机的酷哥哥……喜欢过这么多人了，真没必要为此就一惊一乍的……

虽然故作潇洒，但央啦真实的心态却是极不镇静，甚至有些惶恐不安，特别是见到他，或是听到他的声音，就心跳加快，仿佛心脏要从嗓子眼里蹦出来了。

她决然没有意识到，也不敢意识到，在那个大一的校园里，在那些幼稚的误会和逐渐熟悉的交往中，她遇到了那个在她整个青春里，乃至生命中，都极其重要的他……因为遇到了适合的土壤，所以喜欢或是爱便自然俊美地盛开，甜蜜地成长，便自然期盼结满果实……

而这只是央啦的感情，于"主席哥哥"而言，她不过是一个可爱、任性、会唱英文歌的小姑娘……他并没有思考得太多，也好像没有心思思考，除了学业，他还有很多事情要做，那些事情占据了他几乎所有的时间，也给他带来了很多的满足和成就感，他踌躇满志，摩拳擦掌，希望自己能够做得越来越多，越来越好……毋庸置疑，这是一个提前进入工作状态、打拼事业的男生，准确来说，应该是个男人。

曾几何时，每次和他在一起，她都变得如履薄冰，惴惴不安，想见他，又确实很害怕见他……而他，虽然也注意到了她的一些变化，但终究没有太放在心上，也不曾细细思量。他们每次的交流都是以他的工作任务开始的："央啦，下个星期有个活动，学校要求我们安排三个节目，人又不能太多，校车最多只有 19 个座位，我报一个你的独唱啊，行吗？"

电话这头的央啦一想到可以和他在一起待好几个小时，便激动得都快流鼻血了："行啊，没问题。"其实，那天她已经约好和初中同学聚会，说好不能爽约，可是他的事情，于她而言就是天大的事情，所有的事情都要因此而让步。

"央啦，我们这里需要有人帮忙布置会场，你下午有课吗？"他经常打来这样的电话。

央啦明明有课，可脱口而出的却是："没课。"

"那我等确定了具体的时间以后，再通知你，下午别出校门啊，"他总是说，"我可算上你了，不许反悔啊！"

央啦当然不会反悔，挂电话的时候她开心得要晕过去了。

几个小时以后她真的会接到电话，他告知具体开始的时间，又或者说已经找够人手，不用帮忙了。无论如何，只要接到他的电话，她就满心欢喜，一天都感觉甜蜜蜜的。

这个女孩子，虽说个子小，但平日里却是英姿飒爽，有些骄傲任性，但在他的面前，却瞬间变成了小女子一个，说东就东，说西就西，全然没有自己的主张，依赖满满。

这样的青春情愫，自然不是一杯淡酒、一纸诗儿可以述尽……

终于有一天，在无数次诚惶诚恐却甜蜜的相处中，央啦开始觉得这样的感情是完全不对称的，她暗自庆幸自己把这一切只是放在心里，并没有让他觉察，否则真是太可笑太没面子了……

可没想到突然有一天，接到他的电话，竟然不是因为学生会的工作，而是要她请客吃饭。“我为什么要请你呢？”央啦一改平日傻呵呵的态度。

“因为我兜里只有 10 块钱。”

“这么惨？”

“钱包被小偷偷了。”

“但为什么是我请客而不是别人？”

“在我的眼里你是慈悲的度母。”

“这话虽然很假，但我爱听。”央啦说，“好吧，请你吃饭，不能超过 60 块钱。”

“我保证不超过 60 块。”他说，“玛雅餐厅，你应该知道的，15 分钟后见。”

15 分钟？恐怕是没时间换衣服收拾头发了。不过即便有时间又怎么样，弄得再漂亮，他心里没有你，也不过是普通的同学一个。央啦突然有些伤心，她听说过他的一些“绯闻”，女主角是他的同班，班花，两人应该早有心意，不过是都傲慢着不肯表白，所以模棱两可地拖到现在。央啦见过他们俩在一起，暧昧的样子刺得她一整天都心脏绞疼……

他已经在餐厅了，已经点了一份排骨盖浇，吃得正香，直到央啦坐在了对面，他才抬头看看，点头致意，又埋头吃上了。

“第一次见你这么狼吞虎咽。”

“我也是第一次把整个钱包都丢了。”他说，“盖浇饭 28，我又点了一杯 16 块的红茶和一份 15 块的薯条，一共 59 块，没超过 60 块。”

“我也没吃午饭呢。”

“你点什么我可不管，我只能保证自己吃的不超过 60 块。”

“真是无赖。”

他满口饭，发音模糊，却感激涕零地问：“你怎么不点？”

“我的口袋里只有 60 块钱。”

他差点噎住：“我也只有 10 块，要不，茶我们一起喝，薯条归你。”

“什么逻辑！”

“还有一个办法，”他突然放下勺子，停顿了一下，然后很严肃地说，“如果你不嫌弃，我只能以身相许了。”

“我……”央啦正想把他的话挡回去，却突然被他伸手堵住了嘴。“求你，别张口就回答我，张口就说的话，没有好话。”他继续说，“而我今天说的所有的话都是最真的。我的钱包被小偷偷了，然后我发现自己的心被你偷了。”

央啦的心怦怦直跳……

他继续说：“我不指望把钱包找回来，我也不想把我的心找回来，如果你不嫌弃，就当是这顿饭的补偿，从此以后，我的心就放在你那里了。”

真是柳暗花明！

“可是……”央啦突然想起那个漂亮的班花姐姐。

“你嫌弃我？”他头一次显得如此惶恐。

央啦心生怜悯，便不由得张口就说：“不嫌弃。”

算了，今天就不提班花姐姐了，来日方长！

压过的相思

她真的是一个轻盈、淑惠、绚丽和风情万种的女子，有着明媚的眼神、光洁的额头、舒展的长发和羞涩的脸庞……她真的是一个花一般的女子，散发着沁人心脾的清香，隔着好远都能感觉到。于是，清朗的少年心生倾慕，日日在那条林荫小道的路口等待，那是她回宿舍的必经之路。少年终于提起勇气叫了她的名字，这一叫他和她就相识了。他很是欢喜，乐不可支，而她也是欢喜的，穿着白衬衣的少年正是琼瑶小说里的样子，此刻站在自己的眼前，她只觉得胸前就像怀揣着一只小兔，扑通扑通往外跳。于是，此刻，她的面庞自然红若桃花……

她在等他说话，无论如何，既然叫了自己的名字，总是有话要说的。可他却真的不知说什么好，刚才那眼眸对视的美好立刻转化成无比的紧张，手心都是汗。

她也紧张，等不来他的话，便想转身离开，太尴尬了。"再见。"转身的这一刻，她轻轻道别。

"去喝杯饮料吧？"他终于开口说话了，"其实，我是想请你去坐坐，上次在图书馆真的很谢谢你。"

对她而言，图书馆的事情真的只是举手之劳。那天他和她都来还书，他正好排在她的前面，借的书弄掉了，按照规定他要三倍赔偿，而她正好有同样的一本书，此刻就在包里放着，便拿出来，替他先还了。他很欢喜，并不单单是因为三倍书价的原因，而是因为他觉得她很善解人意，明眸皓齿，垂着长辫子，真是可人。

于是，他记住了她，开始留意她。她喜欢穿一件蕾丝边的白衬衫，斜挎着一个黑色的小包；辫子总是用一个白色碎花的手帕扎着；常常坐在饭堂左边靠墙的位置上，特喜欢吃土豆丁；每个周末都要去阅览室看杂志，选一大摞，含着巧克力，杂志看完，巧克力也吃完了……他越是留意她，便越发觉得喜欢。

即便只是远远地看着她，他也不由心生欢喜，喜悦之情藏也藏不住，便笑出声来，连自己也觉得自己好傻。

那份埋在心底的相思就这样傻傻地过了整个夏季，秋天来了。

初秋的清晨，校园里洋溢着一股凉爽的气息，鸟儿啼唱着欢快的歌声，缤纷的花朵在簇簇葱绿中绽放。他很喜欢秋天，一本书、一杯咖啡、一场球赛是他享受这秋日美好时光的一切。可是因为她的出现，这一切都不同了，他满心思地装着她，感受不到别的，一杯咖啡、一本好书，或是一场球赛，他喝着、读着，或是踢着，却依然觉得很空乏无味。

“我这是怎么了?”在一个人静静地待着的时候，他时常这样问自己。骄傲漫溢的他本不想承认自己单相思的爱慕，这多少让他觉得有些掉价。之前在上高中的时候，他总是收到情书的那个，回复，或是不回复，他都由着自己性子，因为心底真的不喜欢。

从小到大，他都是一个挑剔的人，挑剔食物、挑剔文具、挑剔衣服、挑剔餐厅的环境……女朋友自然更是挑剔，身边就没有入眼的。可是这次情况大有不同，他不得不承认自己爱上了她，尽管她穿着普通，并非美若天仙，也自然不是万里挑一，但他却是一见钟情，越陷越深，无法自拔。在阅览室里，她含着巧克力，翻着杂志的样子，让他思念了一个又一个夜晚。

说实话，她的一切他都好喜欢。

恍惚间这个夏季过去了，他快要不认识自己了，因为在这些日子里，他一直不由自主地跟着她在校园里打转转。她出现了，他就兴致高昂；看不见她，他便心急如焚……以至于竟然有些神经质。

也许这就是前世的因果，他一定要寻找，寻找……命中注定的事情，真的无法解释。

初秋过后，花儿慢慢谢了，绿叶慢慢变黄，然后一个接一个地落去……渐渐有些冷冽的风刮过，微冷，却仍然能红透了鼻头。

这天，在那条林荫小道上，他叫住她的时候，她的鼻头就有些红，平添了一丝俏皮，他好喜欢，竟有想要摸一摸的冲动。

"那次帮你还书真是巧合，根本不足挂齿的。"

"但我还是很想谢谢你。"他说，"本来早该谢谢你，但大半年都过了，很少见到你，也没谢成。"他说的当然不是真话，这大半年来，他几乎每天都在围着她转，只不过距离远些，她没有注意到。

校门外有好几家饮品店，他特意选了一间最远的，那里人少些，相对安静，最适合写论文和促膝长谈。他很奇怪自己为什么会想到"促膝长谈"这个词，但这些日子以来，天越来越清冷了，他便总是幻想在一个温暖的房子里，火炉上煮着酒醪，自己和她促膝而坐，她应该刚从外面进来，鼻头冻得有些红，冰冷的双手就放在自己的掌中，揉着揉着，鼻头的红消失了，温暖的不仅是双手和脸颊，还有两颗心。在那一刻，他不确定自己会说什么，但在万千词语中，他最先想到的总是"幸福"和"喜悦"。

此刻，他们真的是怀着"喜悦"和"幸福"坐在了饮品店里，两杯"卡布其诺"放在面前，服务生特别善解人意，"卡布其诺"上面有两个心形的图案，那是最直接的爱慕表达。

"今天的天气好像比昨天又冷一些。"此刻，不要说长谈，他连如何开始话题都不知道，于是就只好聊聊天气。

"我倒觉得比昨天要暖和一些。"

"是吗？也许是我穿少了。"

"可我觉得你穿得不少。"她实话实说了。

他下意识地看了看自己的衣服，确实不少，便自我解嘲地笑了笑："我怕冷。"他的表情逗乐了她，她埋头笑，抬头的那一刹那，发现他正温暖地望着自己，眼光中满溢着某种让人心跳的东西，这大概就是含情脉脉吧！

此刻，咖啡香气浓郁，萨克斯曲依旧吟吟，他的目光落下，羞涩了她。于是，她桃花满面！

那是两人第一次这么亲近地坐着，时间在这一刻停滞那该有多好！

可是下午上课的时间还是好突兀地就来了，他觉得自己有很多话来不及和她说，又或者，是有时间的，只是他不知如何开口。遇上如此爱怜的女孩，他才觉得自己很怕羞。

其实，也只有这样单纯、唯美、干净的爱怜，才会让人羞涩，就像满园的桃树，开着满枝的花，却只散发着淡淡的清香，似有似无，隐约沁心。

她下午有课，要先一步离开。

“你先走，我在这里写论文，期末的功课，是到准备的时候了。”他装着不在意地道别，甚至没有约着下次见面。但其实他的心里满满的失落。

而她也是失落的。“也许，他真的只是因为上次在图书馆的事情想要谢谢我，是我自己想多了。”在往教室走的路上，她一直这样自言自语，不免心生委屈，自然越发失落。

那个下午，他一直在饮品店里呆坐着，却一个字也没有写，满脑子里只有她。这个女生让他如此不能自拔，他有些恼怒自己，心底满怀的爱怜里有了一丝悲伤。

这之后，他们也有遇见，微笑点头，纵有千般的爱怜，他也显得体面理智，因为太太在乎，所以他小心翼翼，生怕自己的某一个举动，会吓着她，让她躲开，连这样简单的遇见也没有。

好在他们加了彼此的好友，她发了空间心情的第一刻，他就知道了，是不是该发表评论，是不是该点赞，每一步他都小心翼翼，他假装无意地评论一句，假装无意地留句问候……其实好多次他都很冲动，想要告诉她，自己有多么想她，但他忍住了！

在他的思量和理智中，寒假来了。她的家在昌都，应该是要回去的，而他的家在拉萨，彼此几乎不可能见到。

人生中第一次他觉得两个月的假期太长，觉得自己的家也在昌都那有多好，至少也应该有个亲戚在昌都，那样也好找个借口去她的城市，远远地看着，感受她的气息，慰藉自己的相思之苦。现在这样过两个月，简直就是折磨人。

但日子还是要过的。没有借口去昌都，他就只好寻寻开心的事情，把时间打发掉。

这天，假期已经过半了，他约着两个朋友去英语角喝咖啡，顺便也找两个老外聊聊，为下学期的英语四级做做准备。他迟了些，赶着上电梯。

电梯门打开的那一刹那，她那张心爱的面孔突然出现在了他的眼前，如果不是白天，他会以为自己在做梦。

他们彼此都很惊讶："怎么会是你？"

他没有进电梯，而是一把抓住了她的手，开心地说："遇见你真是太好了，真是太好了啊！"他不免有些激动，自然真情流露，无法克制。

而她很明显不习惯有个男生这样抓着自己的手，旁边还有很多过往的人。她往外抽，但他握得太紧，竟无法抽出，她就更尴尬了，满脸的桃红，红到耳根。

这时他的手机响了，响了好一会儿，看他没有接的意思，她就提醒了他："你的电话响了。"

他这才回过神来，发觉自己的冲动，连忙放手，接电话，声音很突兀："我突然有事，不来了。"收起电话，他回头问："假期你没回家吗？"

"我父母已经退休了，他们搬到了拉萨。"

"这样就太好了。"

她显然没有理解他说的"太好"的意思，露出不解的神情。

"去楼上的咖啡厅坐坐？"他很兴奋地提议。

"可你刚才在电话里说，有事情。"

"我的事情就是，"他说，"就是请你喝咖啡。"

"但是我有点事，我已经约了同学去英语角，"她很抱歉地说，"我这个同学第一次来，我就是特地下楼来接他的。"话正说着，已经有个男生从不远处打招呼了，他在学校见过他，这个人总是喜欢围着她打转，明眼的人一看就知道他对她是有心思的。

除了装作毫不在意的样子，他还能做什么？

余光中曾经这样写道：折一张阔些的荷叶，包一片月光回去，回去夹在唐诗里，扁扁的，像压过的相思。

压过的相思是最最苦的相思了！

这之后的寒假，他总在思考一个问题：她是他的女朋友吗？他总是先做否定的回答，然后又做肯定的回答，再否定，再肯定……如此反复，没有想出问题的所以然，倒是把自己转得更糊涂了。他无法得到问题的答案，便打定主意要为自己最幸福又最痛苦的爱情搏一搏，哪怕结果是最最坏的，也比现在这样上不去，下不来，悬在半空中要好。

终于熬到了开学，他直奔她的教室，里面有不少的同学，从门镜里他找到了她的身影，她正在和几个人说着什么，其中就有那个和她一起去英语角的他。

而她也从里面看到了他，很礼貌地点了点头，然后，继续着他们的话题。她根本没有想到他是来找自己的。

无论如何，他决定在这里等她。

幸运的是，没过几分钟，她就和同学出来了，从他的身边走过，再一次微笑地点头，她还是没有想到他是来找自己的。

目光追在她的身后，他看到她放在背后的手被另一个手慢慢牵住，她试着甩开，却没甩开，于是，避开众人，她轻轻地往身旁羞涩地看了看，身旁的他会心地笑了。这个他自然就是那个和她一起去英语角的他。

如果当初，他能勇敢些，仅仅是勇敢一些，也许……

而此刻，他只能站在原地，和她离得越来越远，恍若隔世。

叹息，再叹息，终于可以不必追在她的身后打转，终于转身离去，终于渐行渐远……

曾经羞涩的你我，风吹落了。

最最年轻时的爱，真的就像那夹在唐诗里，扁扁的，压过的相思。回忆中虽有苦涩，却隐约还见那满面桃花，那扎着手绢的长辫子……

天赐良缘

这天，因为论文的缘故，洛去布达拉宫管理处查阅资料，他要查阅的是一些古藏文典籍，出于文物保护的原因，不外借，他只能自己做一些记录。这已经是他连续第三天爬布宫的阶梯了。和他一起气喘吁吁往上爬的大多是一些旅游者，有散客，也有团队。导游举着小彩旗，拿着话筒，一路上断断续续地讲解着，大多是千篇一律的东西，基本上在照本宣科，没有任何的新意和深度，所以听着的人自然不是很上心，多以拍照为主，喝喝饮料，聊聊天，也有索性坐在地上休息的……洛不免想起某本书中的一句话：现在中国的旅游，不过是躯体在一个又一个景点之间的走动，完全和心灵无关！这句话也许有些偏颇，但确实不无道理。

洛比旅游者走得快，总是能一口气就爬到前大殿，这自然得益于他经常的锻炼。可这一次他竟然被一个导游的讲解吸引住了。“大家到西藏旅游应该多多少少做了一些攻略，都知道布达拉宫最初是吐蕃赞普松赞干布兴建的，可是当时建筑的宫堡没有能够完整保存下来，先是遭雷击失火，继而毁于兵燹。早期建筑的遗迹，仅剩下法王洞和帕巴拉康。现在我们看到的布宫，白宫部分主要是1645年摄政索南群培和和硕特固始汗重建的；红宫部分主要是后来第悉桑杰嘉措重建的。和硕特部落大家也许不熟悉，但让大明王朝蒙受了奇耻大辱的‘土木堡之变’，大家应该多少知道一些。明英宗朱祁镇被瓦剌首领也先俘虏了，瓦剌部一直都是大明朝，特别是大明朝前期的心腹之患，后来瓦剌首领也先被杀，瓦剌部逐渐被驱逐西迁，分为和硕特等四个大部。”导游的话音刚落，游客中有人提问了：“导游，准噶尔也是从瓦剌分出来的吗？”

洛不由得为导游捏了一把汗,这个问题有一定的难度。导游倒是立刻就做了回答:“除了和硕特和准噶尔,我们大家比较熟悉的土尔扈特也是从瓦剌分出来的,还有一个应该是杜尔伯特。”

“导游对蒙古的历史也有研究?”

“不能算是研究,毕竟和西藏的历史有很多的关联,”导游笑着说,“我是怕客人们提问,回答不出来,被投诉。”

“导游,被康熙打败的准噶尔的噶尔丹好像也来过西藏吧?”这批游客中确实有几个好好做攻略的,或者他们是想为难一下这个美女导游。

“准噶尔的噶尔丹确实来过西藏,确切地说他其实在拉萨的寺庙里学习,大概有四到五年的时间,和重建红宫的第悉桑杰嘉措应该是师兄弟,第悉就是摄政的意思,两人关系很好,所以也有一些故事,不过今天我们参观布达拉宫的时间很有限,如果大家愿意了解的话,我们中午吃饭的时候聊。”

这个导游倒是有两把刷子,洛不由地仔细瞧了瞧这个拿着蓝色彩旗的小姑娘,她穿着一件简单的白色衬衣,戴着一顶大檐帽,皮肤白皙,这在导游里可是不多见的,毕竟天天带着客人跑来跑去,西藏的紫外线可不是几瓶防晒霜就可以抵挡住的。

“导游你的皮肤很好,用的什么护肤品啊?”游客显然也注意到了导游白皙的皮肤,一个中年女人饶有兴趣地问。

“没有什么特别的,最普通的大宝 SOD 蜜,”导游爽朗地说,“小时候喝牛奶,喝酸奶,吃奶渣,现在也天天喝,一天不喝就不舒服。”她继续说:“也有可能是遗传的原因,我的外婆和妈妈都没有什么护肤品,但就是白,白里透红,我跟她们比差远了。”

“导游,你的五官有点欧洲人的样子,有点像维纳斯。”一个男游客说,表情很真诚,不像是调侃的样子。

“那个没有胳膊的雕像?”她回问。

“是的,美丽的爱神和美神。”

“我可比她强多了,她没有胳膊,我有。”她抬手一挥,“我们继续走吧,只爬了一半,大家加油啊,别落下了!”

这真是一个又机智又专业的导游！现在这样的导游似乎很少见了。

两天以后，洛又去布宫查阅资料，正好又碰见上次那个皮肤白皙、口齿伶俐的导游，这次她带的是个外宾团，和上次差不多的装束，一口流利的英语，语调优美，发音准确，让洛更加刮目相看。洛在挪威读了两年书，又到英国读了三年的博士，他时常为自己标准的英语自豪，课题组的外国专家也总是夸他。不过，这次，他听着她的讲解，突然觉得这样的人才做导游有点大材小用，这样的语言感觉真的应该在舞台上表演莎士比亚的戏剧。

洛一向很严谨，这是他做学问的风范，可这一次他却忍不住叫住了她："您好，我听了您的讲解，真的很不错，下个月，我们单位有几个外国专家要过来交流，计划安排几天的参观，想请您做导游，可以吗？"

她显然觉得有点突然，没有立刻回答，而是疑惑地看着洛。

"我是不是有点突兀了？"洛说，"我听了您的讲解，觉得很适合我们的外国专家，他们的要求有点高，所以我想请您做导游，如果您有时间的话，当然费用您可以先提，我们会尽量满足的。"

"不是费用的问题，主要是时间。"她问，"下个月具体几号？"

"具体时间还有待确定，但应该是在中旬。"他说，"您能留个电话号码吗？我们一确定时间就和您联系，再看您的时间安排。"

"当然可以。"两人互留了电话，洛记住了她特别的名字——央孜。

那次，外国专家的参观接待做得很顺利，大家对导游很满意，央孜确实是一个很有责任感，业务也很优秀的导游，这样的导游在如今的市场上确实不多见了。很多导游其实对需要介绍的文化一点都不懂，甚至胡说八道，误导游客，主要的精力都放在购物提成上面，真是不择手段。

但央孜的专业水准和责任心确实让洛刮目相看，她的举手投足，她的一言一行，都表现出了一个导游应有的素质。

这是他们俩认识的开始，从那以后，每次洛有高标准的专家团队总是先找央孜，她实在没有时间，再交给别的导游。为了感谢她的帮助，洛请她吃过一次饭，彼此势均力敌，不用顾及自己说的话对方会听不懂，自是交谈甚欢。不过也仅此而已。

其实洛的心中对此有点遗憾。他对眼前的这个央孜其实是有好感的，也许这好感从两人的第一次见面就悄然而至了。但是他是个很严谨很骄傲的人，也正是因为如此，到现在都是单身一人，家里也在催，但感情的事情真不是催来的，没有感觉就是没有感觉，纵然一天到晚天天在一起也不行。

洛的终身大事也许是被学业耽误的，他在挪威读了两年书，又到英国读了三年的博士，但洛气宇轩昂，身高一米八七，自然会有姑娘暗送秋波，其中也不乏长相端正、性情文雅的好姑娘，但洛的心里却一点波澜也没有，不是装的没有，是真没有，所以他倒是一门心思都在学业上了，成绩自然优秀，英语标准流利，简直可以和英国当地人媲美。

洛看眼前的央孜，也有三十出头了，应该是名花有主，自是不能打搅。如此一想，洛的心里也自然慢慢归于平静，生活嘛，自有不顺意的时候，没有缘分，那就做简单的朋友吧，或者连简单的朋友也不是，只是简单的认识的人，有事才联系，平日里也就送送节日的祝福。

第二年，洛关于藏北部落文化研究的书稿完成了，北京的出版社出版，学术界有很大的反响。计划出英译本，但洛手头上还有一个新书的任务，所以，只能先开一个讨论会，再请专家论证，找人翻译。论证会的那天，洛又一次见到了央孜。单位拟定的专家名单他会前并没有看，但以他对央孜的了解，他觉得请她一点都没有错，甚至她愿意的话，翻译的工作她也完全可以胜任。

“恭喜！您的书我已经看过了，”央孜说，“说实话，真长了我的知识，我还要读一遍。”

“本来想给您送一本，但怕您不感兴趣。”洛说的是真话，他确实想送央孜一本书，但又不想有故意套近乎和显摆的嫌疑，也就作罢了！

“我很感兴趣，真的。”央孜说得很诚恳。

会议的间隙，洛回办公室拿了几本之前出的书，其中有一本是英译本。央孜拿到书很开心：“我一定好好拜读，不懂的地方还要多请教，请您别觉得我烦。”

几天以后，洛收到了央孜的短信：书还在读，一遍肯定不行，至少读两遍。越读越是崇拜您！

洛回复：但愿您说这句话不是在恭维我。

绝对不是恭维，是真情流露！央孜如此回复，却立刻有些后悔了，可这是短信，不是微信，无法撤回。不过，央孜的短信确实是肺腑之言。如果说刚开始的时候，她只是很简单地感激洛对自己的信任，但这次开论证会，看了他的这几本书，她确实发自心底地对他崇拜起来。央孜很难得崇拜某个人，因为她自己就足够优秀。

女人的爱情都是建立在崇拜之上的！央孜不免会对洛多思考一些。这个男人气宇轩昂，温文尔雅，深邃，有内涵，给人一种很踏实的感觉，央孜有点心动。但仅仅是心动而已，这样一个成熟严谨的成功男人，自然已经是某个女人的爱人，也许还是某个或某几个孩子的爸爸，所以，既然是发自内心的崇拜，那远远地欣赏就可以了，真没必要有某种瓜葛。

姻缘的事情，就交给老天爷吧！如此一想，央孜自然是豁然开朗。

那本书的翻译最终确定为另外一个人，洛不免有些遗憾。

几个月之后，洛的舅妈一定要他去见一个女人，说她端庄、娴雅，典型的知识女性，大学的副教授，最适合洛这样的学者。洛没有推辞，这个舅妈平日里最关心和了解自己，做事靠谱，她说的话是可以相信的。既然那个姑娘被夸成这样，自然也不会太差，索性就去看看。他加了对方的微信，两人约定去万达的咖啡厅。

好巧，电梯的门口，洛和央孜遇见了。

“周末好！逛街还是吃饭？”洛先打了招呼，他真希望见面的姑娘就是央孜，可这样的事情怎么可能发生呢？

“我去顶楼的咖啡厅。”

“真巧，我也去。”洛说，“约了朋友吗？”

“也算是吧。”央孜点头。

两人一起进了咖啡厅，洛说：“这次都有朋友，下次我请您吃饭啊！那个窗户边还有一个位置，您坐吧。”

两人就这样各自找了位置，等着约会的人。洛看看已经过了约好的时间，就发了一条微信：已到，6号座。

对方回复：我也到了，27号座，窗边。

27号座？怎么这么熟悉？洛回复：我过来，立刻。

走过去的时候，洛只觉得心"扑扑"直跳，该不会这么巧吧？是央孜？可舅妈说对方是个大学副教授。

央孜已经站起来等着他，那笑容开出了一朵花。

"您早知道是我吗？"洛问。

"不知道。"

"可我舅妈说是个大学副教授。"

"我就是大学副教授啊！"

"那您不是导游吗？"洛说，"三年了，我一直以为您就是一个导游，金牌导游。"

"导游是我的兼职，有时候去做做很开心。"

"可你从来没有说过。"洛很自然地从"您"切换到了"你"。

"那您也没有问。"

"好吧，还有一个问题：如果你早知道是我，你会来吗？"

"您呢？"央孜反问。

"我当然会来，我不会约今天，我当天就会约你。"洛实话实说，这一刻，他像个情窦初开的少年。

央孜开心地笑着："我们俩能不能坐下说话？"

"那你先回答我的问题。"

"大学者，您不能要求一个饥肠辘辘的女人站着回答您的问题，如果您能给她点一杯拿铁和一大块芝士蛋糕，她将很乐意回答您的问题，并且如实回答。"

"这是默认？"

"您的理解是对的。"

或早或晚，天必赐良缘！感恩，接福！

爱情是一种很玄的东西

我很清楚地记得去年夏天最热的那天，她坐在我的对面，喝着咖啡，却抬着似乎已经喝了一瓶红酒、微红的脸，连说话的语气也是模模糊糊的："我要向你坦白，我好像真的喜欢上了那个人。"

"喜欢而已，"我回答，"没什么大不了的。"

"用错词了，是爱，很严肃的爱，不是简单的喜欢。"她辩驳着，"真是很严肃的爱，我一直心神不宁。"

"这点我看出来了，你心神不宁，坐卧不安，夜不能寐，食则无味！"我说，"正好抓住有利时机，减肥，你一定会马到成功的。"

"显摆自己会这些成语吧，就不顾我的死活了。"

"什么死活？根本就没有这么严重，别把自己说得这么痴情，"我说，"我还不知道你吗？"

"可是这次是真的不一样啊！"

"那就先说说他的好吧。我洗耳恭听，然后高屋建瓴，运筹帷幄，助你一臂之力，最终使得大小姐您，同心千载痴情盼，守得云开见月明。"

"这么多废话！"她继续说，"他的好呢……帅、高大、俊朗、英武、长腿欧巴、肌肉男……"

"拜托，你说的这些词，都指的是特别肤浅的外表，说你是花痴，你还不高兴！"我把她的话打断，"你就不能说一些有内涵的东西吗？比如幽默、睿智、严谨、平和……"

"我都没有和他说过话，我怎么知道他是否幽默？是否睿智？是否严谨？是否平和？"

“话都没有说过，你还很严肃地爱上了他？真是花痴。”我说，“你要切记！好看的皮囊千篇一律，有趣的灵魂才是万里挑一。”

“在我的心里他就是万里挑一的有趣灵魂。”

“可是我看到的，不过是个对好看的皮囊垂涎三尺的花痴！”

话虽这么说，可坐在我对面的她绝对不是一个容易被好看的皮囊吸引的花痴，在我的面前她虽然有些口无遮拦，但心底里却是个严肃的姑娘，要不，怎么大学毕业已经三年了，却还没有谈过男朋友。

她长相清丽，身材婀娜，自然并不是没有男人追。我们是大学同窗同宿好友，我清楚地知道，她的身边就没有少过献殷勤的家伙，学霸、帅男、酷哥……运动型、儒雅型、温柔型、长腿欧巴型……其中有些还真的不错，可她总觉得少了一点一见钟情的感觉：“爱情就是要一见钟情啊！心跳到嗓子眼，眼睛再也挪不开，呼吸急促，甚至浑身抽搐……”

“你这哪是爱情，你是犯了心脏病。”

“反正大概就是这个意思啦！”她坚持说，“我可不想凑合，我要等到那个真命天子，然后把自己献给他。”

她这一等，还真的执着地等了整整七年，留着初恋，也留着一尘不染的自己。

其实，有些时候，我也犯嘀咕，觉得她是否有些过分挑剔，特别是遇上各方面都很优秀的男人的时候，我就越发犯嘀咕，有时候甚至觉得她的思维有些与众不同。什么叫一见钟情？又心跳又呼吸急促的，万一三十岁之前就没有这样的感觉，难道就真的要错过这一个又一个不错的男人，决然不嫁，把自己活生生地熬成剩女一个，然后再放下所有的要求，匆匆找个男人出嫁？

这下好了，她终于有了一见钟情的感觉，不管那个男人是何方神圣，我都要会会他了！

还是先交代一下她一见钟情的时间、地点和人物。

其实也就是上个星期三下午五点半左右的时候，在她刚报名练瑜伽的健身馆里。那天下午她正好补休，本来想着去超市买点日用品，然后走路回家，哪想路过一个健身馆，那里很多项目都在促销，瑜伽是打折最厉害的项目，五折，太划算了，不占这样的便宜，简直就是自找吃亏。促销员的口才一流，她脑子一热就刷卡办了一张年卡，索性立刻开始第一次的练习……这一练可不要紧，她往日里的自信被那些中年妇女纤柔的身子噼里啪啦地碾碎丢了一地，以后可真要仰视她们了……正当她满怀自卑感、耷拉着脑袋往外走的时候，迎面竟然走来了一个让她瞬间心跳到嗓子眼，眼睛再也挪不开，呼吸急促，甚至浑身抽搐的男人，她真的觉得自己好像要犯心脏病了："此刻，如果我的手心里有个鸡蛋，那么握着也能把它握熟了，而且握熟一个又一个！"

"信口开河，尺水丈波，这样的说法，也真是空前绝后了。"

"能不能不要四个字四个字地说？又不是参加成语大会，瞎显摆！"

"要真有成语大会，说不定我也能拿个头奖。"

"做梦啊？"

"梦想是一定要有的，万一实现了呢？"

"你的梦想太远太大了，我的梦想就在身边，还很小。"她说，"现在我们言归正传，谈我的梦想，而不是你的。"

"好吧，说吧，说具体点，可行性高点，那种手握鸡蛋把它握熟的话就算了吧！"

其实，谈了半天，一点具体的东西都没有，她对他一无所知，却一见钟情，恨不得立刻就山盟海誓、天荒地老。我看着手舞足蹈的她，突然觉得，一个姑娘若是太晚恋爱，比如她，26岁了，还没有初恋，才情窦初开，也是一件挺不正常的事情，甚至是有些可怕的……

既然如此，那就只有深入虎穴了！我找借口请假，在健身馆连续泡了两个下午，我的自信也被那些中年妇女纤柔的身子噼里啪啦地碾碎丢了一地。好在，我牢记自己此行的目的，并没有被那些中年妇女搞得晕头转向，我成功地掌握了确凿的信息，对那个把她弄得晕头转向的男人有了一个大概的了解。

说实话，第一次见到他的时候，我甚至有些失望，大概是她把他吹得天花乱坠，造成我的预期太高，失望也就大了。只觉得不过是个稍微有点帅、个子有点高、腿有些长的男人，普通的家庭，普通的公务员，工作也有几年了，说不上表现特别出色，好在，他确实还是单身，也没有众所周知的女朋友，暗恋或是暧昧的对象，也许有，也许没有，除了他自己，大概没人可以说出个确定的答案。他似乎没有什么特别的好，可她就是喜欢上他了，真是有些匪夷所思！

就这么一个萍水相逢的人，突然就让她放下保存了这么多年的骄傲、矫情和期盼，完全变了样子，似乎都不是她自己了。她倒是沧海桑田，我却有隔世之感！

拐弯抹角，竟然有个高中的学姐和他在同一个单位，这样就好办了……我们在咖啡厅偶遇，双方交谈还算甚欢，彼此加了微信，我也加了他的，不过是为了给她打个掩护，不要太暴露我们这方的真实意图。那位学姐显然是个善解人意的好姐姐，又主动制造了第二次偶遇，一切都顺水行舟、一帆风顺！

微信都有了，那就聊啊！我一再催促她。

“可是能聊什么?”她满脸的迷茫，“发个早安，他也回个早安的表情，好不容易熬到晚上，发个晚安，他也回个晚安的表情。”

这个阶段，我的主要任务是打掩护，于是，我也试着和他聊聊，希望有机会把话题转到她的身上。可是对方好像真是个不太喜欢说话的人，总是发些表情来打发我。为了了解他，我们把他的微信朋友圈从头到尾，再从尾到头看了好几遍，本来就寥寥无几的内容，几乎全部都是关于足球的，比赛、明星、评论……他的爱好显然很单一，我们决定就以此为突破口。可问题是，我们俩都不喜欢体育，特别是足球，连一个队有多少人都不清楚，更别提别的了……我们虽然一向不太好学，可架不住需求迫切，于是，我们开始恶补，当然主要恶补的还是她，我学得再好，和他对聊的也是她呀！

“内马尔、梅西、萨拉赫、凯恩、德布鲁因、姆巴佩、阿扎尔、德勒……”她很认真地背诵着，颇有期末考试来临的架势。

“等等，我听你背诵了好几遍了，可怎么没有那个最有名的、做广告的球星，”我打断了她的话，“就是叫C罗的那个。”

“这你就不懂了吧，”她得意洋洋地说，“他的颜值太高，我要是提起，就显得我很肤浅，肤浅得看不到灵魂的深处。”

“我可不指望你看到C罗的灵魂深处，我是希望你看到那个男人的灵魂深处，不要像个花痴一样，特别肤浅，特别没有深度。”

“别打搅我啊。”她根本就不想理我，继续背诵：“右边锋、中锋、左前锋、中场……”在学校的时候能这么认真，英语四级也就过了！

功夫不负有心人啊！

足球这个话题，果然打开了他的话匣，他终于不再只用表情回复，而是慈悲地敲打出了文字。让她乐开花的是，他竟然敲打出越来越多的文字，还有各种比赛的日程表、评论、信息……总之，有关足球的一切，他都很是喜欢。

不过，很快，一个棘手的问题就摆在了我们的面前，这个家伙竟然特别喜欢和人探讨比赛的结果，最佳、最差、失误、天气、排阵布局……连细微的脚法也喜欢讨论！很多时候，我们甚至都搞不清他到底说的是什么，这时候，各种表情挽救了我们。其实，这种微信上的聊天，虽然没有面对面的幸福感，但还是有它的好处，容易掩盖不足和缺陷……可见，网恋确实很靠不住！

我还以为这样的暗恋心路历程是漫长的，她会觉得很无趣和厌烦，自然就打退堂鼓了。可是，做梦也没有想到的事情还是发生了。欧洲杯决赛的那天，他们相约去酒吧里看比赛，比赛结束，他突然拿起酒杯一饮而尽，然后伸出双臂拥抱她，在她的耳边说：“我们在一起吧？”

“什么？”于她而言，这样的幸福确实太突然了，做梦也没想到有这样的好事。

“我说，我们在一起吧！”酒吧里确实太吵了，充斥了欢呼声、抱怨声、碰杯声、惊叫声，甚至还有哭泣声！这个哭泣声是我朋友的，她喜极而泣，真是太失态了，丢人现眼！幸好我不在旁边，否则一定大喝她一声，掐她的胳膊，让她尖叫几声，没有机会哭！

我来不及责怪她："然后呢？"小女生的八卦本质暴露无遗。

"没有然后了！我们继续喝酒，玩色子。噢，对了，他还对两个球队做了细致准确的评论，我觉得很精彩，但确实没太明白！"

"他说什么你都会觉得很精彩！"我说，"至少我觉得他一点都不善谈，怎么可能有什么精彩的评论！"

"不许你这么说他。"她冲我嚷嚷，这一刻，我发现她有点变了。

这不过是她改头换面的开始！

某一天，她神秘兮兮地跑到我的办公室，傻呵呵地直乐。"你犯神经病了？别这样对我笑，怪瘆人的。"话音还未落，她突然把外套脱了下来，里面竟然是一件蓝白条纹的球衣，这大概是她这一辈子第一次穿这样的衣服了吧！

"他送我的。"她还傻呵呵地直乐，"我穿着合适吧？他也穿了一件，情侣衫。"

"我可实话实说了！"我说，"一点都不合适，挺秀气文弱的一个小姑娘，愣是弄得面目全非。"

"反正他觉得很好。"她得意地说。

"什么审美眼光，"我说，"你们开心就行了，少在我眼前晃动。"

两天以后，她又突然出现在了我的面前，这次确实惊到我了。长长的披肩发竟然剪成了一个假小子头，配着球衣球裤运动鞋，整个就是一个体校的学生。本来她就文弱秀气，特显小，这下真是只有高中生的样子，确切说是个有运动特长的体育生。

"天哪！一点女性的妩媚都没有了，感觉你就是个男人。"我没忍住，又说实话了。大一时新生报到，我第一次遇见了她，一袭白衣，长发及腰，气若幽兰，疑是从诗中走来……我就喜欢这样的女子，觉得定会性情相投，果然喜乐相似，彼此相处融洽，成了最好的朋友。她一直以来就是温婉秀丽，体育成绩自然极差，为了补学分，还上了半年的太极拳课。此刻，她却突然变成了运动型，不止突兀，甚是不协调，让人啼笑皆非。

“我就知道你会嫌弃我，”她倒是完全不屑，“不过他喜欢就好了，他看到我这个样子一定惊喜万分！”

那天晚上，我虽然极力克制，但还是给她拨了一个电话：“喂，你的造型让他惊喜万分了吗？”

“好像没有什么特别的反应。”听这口气，显然也很失望。

“你改头换面，几乎就是变了个新人，他还没说两句呀？”

“他今天特别忙。”

“说出来听听，都在忙什么？”

“我下班就直接去教育城的那个球场找他了，他们和另一个单位约了比赛。”她说，“球赛结束后，我陪他去吃了个饺子，然后，他要加班，就回家了。”

“那说几句话的时间还是有的。”我这人一向很关注细节，“你们吃饺子的时候难道没有说话吗？”

“吃饺子的地方，正好遇见一个他以前的女同学，他们俩一直在聊天。”她说，“聊的都是以前在学校的事情，还有一些同学的最新消息，我也没怎么插话。”

“什么馅的？”我刻意地问。

“韭菜，他最喜欢吃韭菜馅的。”她回答得很自然。

“可是跟我在一起的时候，你不是总说闻着味道你都受不了吗？”

“和他在一起的时候，韭菜没有这么难闻。”她笑嘻嘻地说，我气不打一处来。

我的眼前浮现出她坐在球场的栏杆外，眼巴巴地看着他的样子……在这段感情中，她是如此地迁就他，最讨厌的韭菜吃了，球衣穿了，最珍爱的长发剪了……这以后应该还有更多的退让妥协吧？

果不其然！她竟然买了一张有摇滚味道的CD，而在这之前，她经常说：摇滚不是音乐，是鬼哭狼嚎，听到便觉得心慌意乱！

再然后，她看的电影全变成惊险和科幻片，而在这之前，我们的最爱是文艺片，其实，我们是很少去影院的，大部分是窝在家里看，穿着睡衣，吃水果沙拉……

那个曾经仙气飘飘的女子，在几个月的时间里改头换面，愣是被变成一个金刚女球迷……可问题是，她好像并不快乐！

旁观者清！他的薄情冷意慢慢现了端倪，她却不曾抗争试图改变，只是固执地精心呵护着这段感情。偶尔窥见那些他与前女友之间的蛛丝马迹，她也只是宽慰着自己，不忍心去拆穿，不愿为了自己的小敏感小情绪将他束缚。

但无论她如何退让，他们还是免不了争吵。于是，吵架与和好就成了他们恋爱中最重要的内容，但问题是，她其实很不会吵架，平日里口齿虽然也还伶俐，但一生气，就说话结巴，期期艾艾，半天嗑不出一句话。

她吵输了，还要腆着脸去和他说好听的，十次有九次去道歉的都是她，我在旁看着，不由想起鲁迅的那句话：哀其不幸，怒其不争！当然还会想起张爱玲的一句话：她看到他，低到尘埃里，但她是欢喜的，在尘埃里开出花。

可她一味地低到尘埃里，一味地迁就退让，并没有等来她期盼的爱情，尘埃里终究没有开出花，换来的不过是他冷漠的分手。

她窝在沙发里，方知心寒为何物，连那疼痛都被一股寒气连带得麻木了起来，眼睛干涩疼痛，已经无法再多流出一滴眼泪了。

其实，我倒是暗中喜悦，觉得他这样冷漠的分手，也许于她而言是最好的。因为我始终觉得，任何一段感情中，有些事情的坚持是必须的，一段让自己低头的感情，未必是好的，未必是长久和有未来的，甚至对方也未必就是深爱你的。

“不能因为一个自己喜欢的人，就过自己不喜欢的生活，做一个自己不喜欢的人，对吗？对自己还是要有期盼的。”我试着温柔地开解她，“快乐的生活应该是能做最真实的自己，不用委曲求全。”

“可是，我很喜欢他。”

“这点我知道，明眼的人都看得出来。”

“我觉得他也是喜欢我的。”

“但现在我们应该讨论的是爱，而不是喜欢，”我说，“我们不是还喜欢冰淇淋和咖啡吗？最喜欢的还是哈根达斯，就是太贵了。”

“我是爱他的，很爱很爱！”她坚持说。

“这点我知道，明眼的人都看得出来。”

“我觉得他也是爱我的。”

“也许是有些爱，”我说，“但他对你的爱，比你对他的爱少了很多很多，于是，你们就不平等了，于是，他便恃宠而骄，越来越恃宠而骄。”我继续说：“刚开始，也许他是有些爱你，你又漂亮又温柔，气若幽兰，他动心是很自然的，可是，渐渐他就不是那么爱你了，又或许之前，他就没有那么爱你。”

“怎么可能？”她显然还是不想相信。

“有什么不可能？虽然你又漂亮又温柔，可他骨子里喜欢的那些特质，其实你都没有，甚至还正好相反，于是，他就想要改造你，你也心甘情愿地被他改造，但真正气质里的东西是很难被改造的，于是，他多少有些失望，而你也很不快乐。”我继续说，“说到底，还是他没有那么爱你。”这句残酷的话，我又重复地说了，因为这也是我想对她说的最重要的话。

“其实，我也感觉到了他没有那么爱我，可是，我好像有点无法自拔。”她掩面哭泣，刚开始声音很小，后来，索性放开了声，还夹杂着不清楚的呢喃……

我把纸巾盒推给她……然后，进厨房，洗水果，切水果，用酸奶代替沙拉酱……当我托着两大盘水果沙拉出现在她面前的时候，她还在哭……我吃完了自己的那份……她的哭声也停了，边擦眼泪，边伸手拿盘子……再然后，她就一天比一天好了……转年，她又一袭白衣，长发及腰，气若幽兰，似是从诗中走来……她终于又做回了自己，最真实的自己……

爱情真是一种很玄的东西，因为很玄，所以是需要修炼的……

有了这次修炼，也许以后她会洞若观火，以离朱之明察秋毫之末，在茫茫人群中，把自己的真命天子揪出来……一袭白衣，长发及腰，气若幽兰，永远都是初见时，从诗中走来的样子……

加油，不要哭！

大学毕业了，央啦突然有些不知所措。

在拉萨这个城市她生活了整整四年，从刚开始的陌生到喜欢，再到由衷的喜欢，她不想离开这个地方，所以她从来没有把自己的就业安放在别的城市，也因此碰了很多壁，可是，她依然没有改变自己的初衷。无论如何，她相信，她的心和未来的家就在这座城市里了，尽管这样幻想的此刻，她除了一大一小两个行李箱和积攒的2776元人民币之外什么也没有，没有工作，没有房子，没有收入……还好，她有个表姐的家就在拉萨，在自己没有找到住的地方之前，好歹也算有个可以去的地方。

央啦之前没有找到工作是因为她一味地想要去一个体制内的单位，但如今她的想法悄悄发生了改变，她只想要用最快的速度找一份工作，租一间小房子，工资嘛，只要够平日里的开销就行了，至少不用再向父母要钱，他们都是普通的农民，赚的每一分钱都是实在的辛苦钱。

虽然之前她也从网上搜索了大堆的求职攻略，从言谈举止到回答技巧，包罗万象，但她依然乐此不疲地继续做着，然后便似无头苍蝇般地到处乱撞，撞的间隙，便是打了鸡血似的到处投简历。表姐觉得她有些精神紧张，甚至瞎折腾，但她却无法放松心态，依然严肃认真地折腾着。

其实，她的紧张真是可以理解。若是你既一无所有，又无依靠，未来茫然，兜里还没钱，你自然精神紧张，除了打了鸡血似的乱撞，祈祷下一次的乱撞能有个好的结果，你还能做什么？难道能在西餐厅里喝卡布奇诺？

央啦相信只要能够努力地坚持下去，总有云开雾散的时候，正所谓，山重水复疑无路，柳暗花明又一村！

表姐家的小自行车成了央啦最好的代步工具，她背着包，在一个又一个街道穿梭，微风吹着秀发，脸颊被高原的太阳晒得通红，一阵希望又一阵失望……可是，那一日，碰上了突然而至的大雨，便是从头湿到脚，秀发没有飘扬，全都贴着脸颊滴答着雨水，那一刻央啦突然特别伤感和无助，眼泪不听使唤地流了下来。索性，她靠着路边的大树放下车，倚着树干，原本是想平复一下情绪，但看着滂沱大雨中几乎空无一人的街道，看着疾驰而过的车子，车子碾压得积水四处飞溅，裤腿满是泥水……她突然觉得自己孤苦伶仃，无依无靠，不由就想起了"卖火柴的小姑娘"，倍感凄凉，眼泪便越流越多，反正四周无人，她便掩面痛哭，随即，变成了号啕大哭了。

"小姑娘，你怎么了？"一个声音突然从身后传来，吓了央啦一跳。她慌忙回过头去，匆忙之中，她还擦了一下眼睛，这样狼狈的样子可不想让别人看到。

"小姑娘，你没事吧？"一个拿着宽大黑伞的男人不知什么时候站在身后，也许是雨声太大，也许是央啦哭得太专心，总之，原本空无一人的大街，此刻却突然有这么一个人无声无息地出现了，真像恐怖片里的某个情景。可是，央啦却没有感觉到任何的恐怖，她只觉得让一个陌生人看到自己号啕大哭的样子真是太狼狈了。"当然没事，我什么事都没有。"央啦回答的语气有些气急败坏。

"可是你哭得很伤心，有什么事，也许我可以帮忙。"那个人继续说，"大雨天，街上没人。"

"谁哭得伤心了？我脸上的都是雨水。"这样的话，连央啦自己都不信。可是，此刻，她却刻意扯着嗓子大声地说，反正街上也没人，而对面这个人已经看到了自己最狼狈的样子，情况不会变得更糟糕。

"那，太抱歉了，我以为你在哭。"他对央啦突然的歇斯底里很不理解。话音还未落，他转身就走了，可没有走出两步路，他又转过身，显然还是不太放心："你确定不需要帮助吗？大雨天，街上没人的。"

"我没有什么需要帮助的。"央啦的语气还是很硬，但心却渐渐软了。

其实，这一刻，是央啦自己的情绪不对，对面的这个人，显然没有恶意，更没有看笑话的意思，滂沱大雨中，没有自己赶路，而是停下来询问一个号啕大哭的姑娘，希望尽自己的能力给予她帮助，他应该是个善良的人。

那个人走远了，拐角之后，便连背影也看不到了。

四周还是无人，央啦又哭了一会儿，但显然泪水越来越少，雨好像也在慢慢小了。既然没有眼泪，那就不用掩面了吧！央啦抬起头，深呼吸，擦了擦脸颊，然后将湿淋淋的头发捋起来，没有头绳，就胡乱绕在一起，然后跨上自行车，飞快骑走了。

她不会知道，在不远处的街角，刚才的那个男士一直在悄悄注视着自己。虽然央啦的态度避之千里，但他还是不放心就这样离开，他觉得这个小姑娘的态度就说明她有很大的事情，否则怎会在滂沱的大雨中号啕大哭，又不是傻子。

所以，他一直在拐角处观望着，想着万一小姑娘有什么想不开的举动，至少自己可以奔过去阻拦，这个距离，他估计了一下，应该是有效的阻拦距离，况且，她瘦弱，且矮小，完全没有制服不了的担忧。

可是，他看到的却是一个擦干眼泪，盘起乱发，跃上自行车，飞快而去的小姑娘，全然没有要寻死觅活的样子。难道真是自己看走眼了，把雨水看成了泪水？可是那号啕的哭声又怎么解释？也许这就是顿悟吧！一瞬间便想通了，一通百通！无论如何，自己可以放心离开了。

回到表姐的家里，央啦洗了澡，换了身衣服，此刻连她自己也想不明白为什么刚才会如此号啕大哭，她好像突然之间忘记了哭泣的原因，却记得自己态度恶劣地对待了一个好心的路人，他目光中的疑惑和担心越发加重了她心中的自责，她想，这样乐于助人的好人也许就是在一次次被粗暴对待后，便一点点少了善良的心意，于是，世界便多了一个冷漠的人。

如此一想，她便更是自责得慌，打定主意，下次再有这样的事情发生，自己一定要清楚表白自己的感恩……再往深处想，她可不想再在大街上号啕大哭，如此狼狈至极的画面希望永远不要再发生了。

央啦就是这样一个有些纠结的人，好在她也心里简单，于是，没过一个小时，她就彻底恢复了，打了鸡血似的查招聘信息，准备简历，忙到深夜才爬上床去，头挨着枕头，便已入眠。

也许，这就是青春，我们面对未知的未来，会有一些担忧、害怕，但仍会鼓起勇气继续前行，青涩的孩子们就是在这一次次的磨砺中成长的。

人生能够保留这么一点激情和简单，是一件多么令人庆幸的事情，这代表着我们还有一点希望未曾泯灭，代表着我们还有精力可以奋斗，更是代表着我们还有一些梦想藏在心底，这是多么幸福的事情啊！这样简单的梦想，这样简单的激情，在若干年以后，会离我们越来越远，终究有一天，就不复存在了。

第二天，央啦起了大早，和表姐喝茶吃烙饼，也聊聊这些天的经历。

"这几天跑得如何？"表姐问，"有没有比较满意的？"

"是有几个比较满意的，就是合同期有些长，若是违约了，恐怕我就要白干好几个月了。"其实，央啦的心底还是想去一个体制内的单位，解决了生存的问题之后，她还想好好复习，再参加公务员考试。

"别着急，这样的事情也是急不来的。你安心地住着，我们也算彼此有个伴，在拉萨城里就我们俩最亲了。"

表姐的话让央啦很是感动！是啊，在这四年的大学时光里，很多的周末央啦都是在这个小屋里度过的，这里是她改善伙食的厨房，是悲哀时倾诉的怀抱，是被不公平对待后疗伤的小屋，是思乡时的乡音，也是分享幸福快乐的小天堂……表姐其实也才工作几年，收入不高，也有很多的烦心事，但央啦需要帮助的时候，她总是一副义不容辞的样子。有这样一个可以随时依靠的肩膀，央啦真的满心感激。

"你真的不用太着急，好事多磨，也许后面会有更好的机会呢。"表姐说，"上天不会辜负勤奋的孩子，老天长着一双明察秋毫的大眼睛，你只管努力就行。"

正说着，表姐的电话响了，是她的老母亲，央啦的大姨打来的。原来是老人家昨晚做了一个不太好的梦，担心远在拉萨的表姐。真是可怜天下父母心啊！

"阿妈啦,这样的一个梦你根本就不要放在心里,别当回事,我这里挺好的,身体好,工作好,这个月我的提成又增加了好几百,给家里寄的钱,可千万别省着。"表姐口中的提成其实是没有的,这个月她的收入实际还变少了,但这样的话她从来没有和家里提过。

央啦又何尝不是如此呢?毕业以后的这些日子,央啦的心理压力真的很大,每天都很疲惫,各种各样的累,四个字概括:身心俱疲!可是母亲每次来电话,她都是用快乐的像小鸟一样的声音说话,她相信这种快乐可以传递给自己家人,他们会相信自己的话,会少些担忧,少些牵挂,会快乐。

当然,央啦也相信这样难熬的日子终究会一天比一天少,某个幸运的时刻,自己会有一份如愿的工作,拿到一份实习的工资,然后,她会好好努力,踏踏实实,自己想要的生活迟早会出现的。

她们彼此理解,只想让父母看到在外一切安好的自己,那些流泪流汗的悲伤,那些不能见光的小痛苦,那些摔倒又爬起的挫折,自己经历就好,真没有必要让家人也跟着担心。乡愁无韵,花语满庭!

偌大的拉萨城里,越来越多的高楼,闪亮的柏油路穿插其间,豪车锃光瓦亮,成功人士面露得意的微笑。可是大多数在这城市里来来往往的,却还是普通的人,打一份普通的工,过普通的日子,小小的梦想也是普普通通,甚至还有一些在苦熬日子的人,被生活的难处磕得头破血流,尊严撒了一地,太碎了,根本没法拾起。这些卑微的生命也在这个城市里飘荡,他们也还是在努力过活,我想他们的内心肯定时常还是有一个温暖的小火炉,于是,这简单的温暖支撑着他们,一点一点往前走……希望上天不辜负所有勤奋的人!

正所谓,我若不勇敢,谁替我坚强?

"那时候,我找工作的时候,也是和你一样的情况,每天睡醒第一件事就是上论坛,上 58!把招聘信息都翻烂了,也找不到一个合适的。"表姐挂了电话以后继续说,"可是,某一天,突然,终究有一份工作就会出现在你面前,于是,一切都会越来越好。无论如何,记得别哭泣,坏人会笑,爸妈会疼！”

“我也是这么想的，可是，58 上很多的招聘信息，我看着都气愤，要求高上天，工资待遇跟给白菜钱似的，臣妾做不到啊！”央啦说。

“做得到，或是做不到，终归是要做的。”表姐说，“然后，你就会有新的小梦想，很小很小，很实际，或者，很不实际，可是这样的小梦想会让你想想都觉得很幸福。”

“表姐的梦想，我知道。”央啦说，“至少其中的一个梦想牵扯到一个叫平旺的人。”

“你都知道了？”

“我多聪明啊，你电话里的只言片语，我就猜个八九不离十。”

“我本来想找个宽裕一些的时间告诉你，既然你都知道了，那我就不用说了。”表姐喝干了杯里的茶，“上班时间到了，我先走，你锁门。”

“可是，我知道的就真的只是只言片语，我还想知道更多。”

“只言片语已经很多了，你那么聪明，可以继续猜个八九不离十。”

“我的好奇心重。”

“好奇害死猫。”表姐拿起包往外走，“再见啊，记得锁门。”

听着表姐咔咔的下楼声，央啦觉得这声音里有一种幸福的欢快。她今天会和那个叫平旺的人见面吗？会聊什么？爱情？好像还没到那一步，应该是简单地瞎聊，聊工作，聊天气，也许还会聊聊书和电视剧。表姐最近一直在看《琅琊榜之风起长林》，应该就会聊到这个吧？

想起这个电视剧，央啦不免会想起某个人，曾经一起追剧，追的就是《琅琊榜》的第一部。转眼一年多过去了，很多剧情都记不清楚了，但她清楚地记得那个中秋的夜晚，班里的活动结束，她抱着一大摞书回宿舍，过小桥的时候，某个人就在桥头上站着，叫着央啦的名字，突兀出现了。央啦不免一惊，手没抓好书，散落了一地。也不记得说了些什么，就这样算是认识了。

当初，她真的以为这是偶遇，可后来，当他总是出现在自己面前，找出万般的理由，其中不免有很可笑幼稚的借口，她就明白了这是有预谋的。

谈不上喜悦和幸福，但有一个人如此花心思对待自己，至少是看到了自己的优点，仅凭这一点，她也很是感激。那年的热播剧就是《琅琊榜》的第一部，追剧也成了他的借口，央啦内心柔顺善良，自然不会让他尴尬，于是，就真的在一起看完了整部《琅琊榜》。其间，他总是在微信里谈感受，文字顺畅，条理清晰，读着畅快舒服，中文功底显然不错，不愧是文学院的高才生。可是，仅此而已，剧追完了，他也找不到更好的借口，面子又薄，拉不下脸面表白，而央啦其实也未坠入爱河，她只是稍微有些好感而已，离喜欢或是爱还隔着千八百的距离，于是，俩人便越走越远了，再后来，也就远远地点头示意，算是打招呼了。

央啦不知道为什么在这样的清晨会突然想起那个某人，其实，真的只是某人，没有太多心灵的瓜葛和牵绊，堪比革命同志之间的纯洁友谊。可是换个角度思考，如果不是彼此的性格使然，也许终究会有一些牵绊，然后如散落的线团，越折腾越缠绕，最终无法分出彼此，只能就这样且行且珍惜了！

可是，事实却是，当初一起追剧的他们俩现在就是路人甲和路人乙了！

央啦的早餐也吃完了，她站起，换下拖鞋，背上包，拿起自行车的钥匙，也如表姐般咔咔地下楼了。这个声音有些奇怪啊，大概是地板的原因，不论什么鞋子，不论身高体重，走在上面都发出咔咔的声音，千篇一律，毫无特色。

站在自行车旁的时候，央啦已经完全忘记了追剧的某人，她满脑袋想的都是昨天打电话询问的审计公司文员的职位，应聘时间就是今天上午。

此刻，初秋早晨的凉风习习，她骑着自行车飞驰，穿过已经车水马龙的街道，感受清晨这个城市的温情。

央啦一边骑着车，一边祈祷着：希望应聘的人少，越少越好，最好只有自己一个人；希望碰上一个仁慈的考官，不刁难不设卡，最好给满分；希望今天就可以得到这份工作；希望工资待遇还可以；希望工作不那么累，且有趣；希望同事热情，好相处；希望能攒钱买一套小公寓，六十平方米就可以；希望找一个智商高的理工科男朋友，到时候可以免费修理表姐家不工作的洗衣机……

这一路唠叨着，竟然已经到了应聘公司的楼下。放好自行车，她突然有些怯场了，只感觉浑身发烫，心跳加快……可不能就这么上去，还得在楼下稳一稳情绪。

索性，买个冰淇淋，可是大清早的全无胃口，拿在手上，就是一口也不想吃。冰淇淋自然是慢慢化了，央啦也没有察觉，突然，感觉手抖了一下，一大坨软乎的冰淇淋掉了下来，不免一惊，可也来不及了，正落在胸前，巧克力液在白衬衣上画了一个大大的地图。正懊恼着，央啦抬头，却发现一个人正仔细地盯着自己，似乎面熟，但她仍然下意识地狠狠瞪了对方一眼。对方自然是明白了她的不友好，赶忙调转目光，进了旁边的大门。“好奇害死猫！”央啦嘟囔着，声音高了一些，那个人大概会听到的。

冰淇淋的污渍完全吸引了央啦的注意力，她感觉自己好像没有刚才那么紧张了，心跳也平缓了，虽然白衬衣上这么一大块污渍既显眼又很闹心，可是既然怎样也擦拭不掉，也不可能回去换衣服，那就顺其自然吧！应聘大概是没有希望了，就去走个过场，权当再多一个锻炼的机会。表姐不是说了“好事多磨”吗？这就是其中的一磨吧！

如此一想，便是想开了，央啦昂首挺胸地走进了公司。办公室在走廊的尽头，最里面一间，门口竟然没有应聘等候的人。敲门，听到一声：“请进！”

央啦推开门，两个人坐在桌子的一面，对面放着一张椅子，显然是留给应聘者坐的。

“早上好，我是来应聘办公室文员的。”央啦边进门边介绍自己。

“坐下吧！”其中一个考官说。

央啦这才好好地看了看前面，恍然觉得说话的考官有些面熟，再一想，突然意识到这就是刚才看见她冰淇淋掉在衬衣上的人，自己当时态度不好，还在身后嘟囔了一句；再往深里想，就更糟糕了，这个人还是昨天大雨中问自己是否需要帮助的人，当时的自己正披头散发地号啕大哭，不仅没领情，还表现得特别不礼貌，真是一点教养都没有的样子……

这样的情形，还需要应聘吗？结果如何，用脚趾头想都可以想出来。

央啦倒也更放松了，本来还用文件袋遮着白衬衣上的污渍，此刻索性放下手来，最狼狈最糟糕的样子都被看到了，这一块污渍，虽说又显眼又蛮大，但此刻绝对不值一提……考官自然甚是严肃，问题被一个个丢过来，央啦也是眼疾手快，竟然对答如流，好像这些日子里从来就没有如此发挥好过，真有“纵有疾风来，人生不言败”的豪迈……可转念一想，这对答如流，这超常发挥，这不言败，都有啥用啊？结果只有一个，回去等待，然后石沉大海！

果然是老套的语言：“留下联系电话，回去等结果吧！”

傻瓜才等这样的结果！央啦回家换了身衣服，用昨晚的剩饭做了一份酱油炒饭，又好好地睡了一个午觉，然后，便又骑上自行车，秀发飘飘，去下一个公司应聘了。能这样情绪激昂，全靠午睡前阅读的一篇励志短文，短文最后一句是这样写的：在每个快要放弃的时候，记得对自己说：加油，不要哭。

很多人都在贬毁心灵鸡汤，但事实证明，适当的鸡汤对身体有恙的人群还是颇为有效的。此刻的央啦就是铁证，而且铁证如山啊！

刚把自行车锁上，电话响了，陌生的号码，不会又是推销柳梧新区商铺的吧？自己没钱，连商铺的窗户也买不起。央啦没接。可是电话又响了，还是那个号码，接吧，反正自己也不花钱。“请问，是央啦吗？”对方的声音悦耳动听，真像某一种叫不出名字的小鸟。

“是我。”

“我们公司已经通过了你的应聘申请，你如果方便，今天下午就可以过来签实习合同，半年以后，如果双方都满意，我们就可以签正式合同了。”

“什么？”央啦几乎不敢相信自己的耳朵。

“电话听不清楚吗？我是说，我们公司已经通过了你的应聘申请，你如果方便，今天下午就可以过来签实习合同，半年以后，如果双方都满意，我们就可以签正式合同了。”

签实习合同的时候，央啦才知道那个考官就是办公室的主任，自己以后就在他的手下干活了。半年以后，实习合同改为正式合同，她拿到了全额的工资，虽说不是很多，但央啦已经很满意了。她没有大手大脚花钱的习惯，除了日常的用度和给家里寄的钱之外，她还小有积蓄，慢慢积少成多，买一个小公寓的希望也好像渐渐清晰了。

上天真的听到了央啦那天早上的祈祷，她突然就有了一份工作，而且工作不那么累，且还有趣；同事热情，好相处；攒钱买一套小公寓的希望也渐渐有了；再后来，她真的就有了一个智商高的理工科男朋友，不是别人，就是那个看到央啦最狼狈样子的考官，表姐家不工作的洗衣机也真的就被他修理好了……

所以还是要多读心灵鸡汤，特别要记住那句：在每个快要放弃的时候，记得对自己说：加油，不要哭！上天不会辜负勤奋善良的孩子！

许你地老天荒

每天晚饭后，洛都喜欢到小区后面的大学里散步，小道静谧，虽说也有往来之人，但大多安静，绝无喧哗，漫步其中，平静宁和，自然宽心放松。路灯下偶有读书的孩子，心无旁骛，认真可爱，看着都赏心悦目……

这天，洛还如往常一般在校园里散步，从前门进，从边门出，再沿着墙根走，就到了自家小区的后门，整个路程不慢不快地走，大概50分钟，是专家们提倡的最佳散步时间。

正是夏末秋初的时节，夜灯初上，洛已经从边门出来，沿着校园的墙角走着，却听到一阵哭泣声，音不大，虽然强忍着，但显然没忍住，还是哭了出来……洛先是停了停脚步，听了听，哭声中没有遭遇打劫或是其他突发事件的惊慌失措，应该只是某种悲伤心情的宣泄，哭出来就好的那种。

洛继续往前走，果然在墙边拐角处的大树下看到一男一女两个人，女的掩面哭泣，男的站在旁边，双手交叉胸前。“事情都发生了，你再埋怨也没有用。你能原谅我，那就最好，你若是不能原谅我，那我也没有什么说的。”他的口气里满满的嫌弃，外人自是听得明白，倒是掩面哭泣的小姑娘，在感情的蒙蔽下显然已经变成花痴一枚，必是稀里糊涂的，智商堪忧，完全不辨真相！

果然，小姑娘的回答暴露出此刻糊涂的心智：“但你以前的承诺不是这样，你说的话难道都不算数了吗？”

“现在纠结承诺还有意思吗？”男的显然有些不耐烦，“事情都已经发生了，我的错，我承认，至于原谅与否，是你的事，你怎样决定，我都可以接受。”

“可是你连一句好听的话都没有。”小姑娘没忍住，哭泣声大了，断断续续地说，“这不是你第一次，你说过就对我一个人好的，你说过好几次。”

“你这样哭有意思吗？”男的显然更加不耐烦了。

洛真的觉得这样的对话特别没有意思，不过是傻姑娘碰到了渣男，痴情女碰上了负心汉，千篇一律的情节，两人都会因此长大，变得成熟，或是变得更渣！

洛继续自己的散步，并没有刻意回避争吵哭泣的男女。擦身而过时，他也看清了男人的长相，确实有点帅气，有做渣男的底气和基础，而女的没有看清，掩着面呢，呜呜地哭着。

这是何必呢？洛只觉得这场争吵一点新意都没有，低智商低水准，超幼稚超傻！

快到小区门口的时候，洛发现自己忘了买酸奶和抽纸，只好又返回，往小区的边门走，那里有个较大的超市，平日里他已经习惯散步后顺道在那里买日用品了。

这一返回，他又看到了刚才争吵的男女，女的还在呜呜地哭泣，男的似乎是转身想走，没承想，就这一刻，女的突然转手就扇了男的一巴掌。这一巴掌可是扇得很够水平，不但声音响亮，还动作优美，画出了一个漂亮的弧线……洛突然觉得这一巴掌很具有分道扬镳的仪式感，颇有挥剑斩情丝的豪迈气概……男的显然被这突如其来的巴掌扇得有些懵了，回过劲，发现洛也已经走到近旁，他大概不好发作，只是狠狠地甩下一句“疯子，不可理喻！”就大跨步走了。

女的大概也是蒙了，好半天才回话：“混蛋，你给我回来！”

自然不会有人再回来的，男的显然只想逃离，心思已经全然不在她的身上了。小姑娘又呜呜地哭起来，声音更大了。洛实在看不下去：“小姑娘，他不会回来的，你也早点回家，没什么大不了的事，好好睡一觉，明天早上醒来，一切就都是新的开始了！”

“可是我不想要新的开始。”刚才那个挥剑斩情丝的女豪杰此刻气概全无，软绵绵地掩面蹲着。

“你不想要新的开始，可对方想开始啊，你留不住，也管不住，趁早放手，你会更开心的。”

“不用你管我，我就想自己哭哭。”

洛本来就不想管这样的闲事，听到这样的话，自然是大踏步往超市走，走得越快越好，远离这是非之地和是非之人。

可也奇怪了，他提着酸奶和抽纸回家的时候，小姑娘竟然还在那里，这次已经坐在了地上，见到洛，她突然开口了：“你能帮帮我吗？我手很疼，手指特别疼。”

洛心里想，小题大做，不就是扇了一个响亮的巴掌，手指有些疼嘛，娇气而已吧！想归想，但说出的话，还是不能这么直接的：“你别在这坐着，站起来，往前走，拐角那里会比较容易打到车。”

“可是，我站不起来。”

“你不是手指疼吗？怎么会站不起来？”

“我脚也疼，好像比手指更疼。”

“人可不能太娇气，你站起来，应该没什么大事。”

“我试了好几次，就是站不起来，手指也没力气。”她又呜呜地哭开了，“他推了我一下，很用力的，我没站稳，大概是那时候扭到了。求你帮帮我吧。”

洛本是谦谦君子，既然有人央求自己，自是不能推辞，只好充分展现怜香惜玉的宽广情怀，回去开了车，把小姑娘送到了医院。一查，真是扭到了，两处，左脚踝和右手无名指。还好，不是骨折，医院处理后，说是可以回去。

“你能再送我回去吗？我微信里钱不够，家里有现金的，可以马上还你垫付的药费。”小姑娘显然已经清醒多了，说话也正常了。

“好吧！”

原来小姑娘的男友是这个大学的研究生，因此她便想在拉萨考个公务员，但次次都差几分，只能退而求其次，在附近的保险公司找了一份工作，想着先做着，要是有好的机会了再换。

房子自然是租的，应该很小，洛没有进去，而是在门外拿过钱转身就走了。这钱，他没数便顺手放到了钱包里。

这以后小半年过去了，洛已经忘了之前的那个事，或者说那事于他而言，自是毫不关己，也就高高挂起，不思量，也无思量。

可某个周末，在新上映豪华大片的电影院里，洛看到了一个似曾相识的身影。一个小姑娘就坐在他的前排，拿着标配的爆米花和可乐，先是一阵狂吃狂喝，然后竟然因为一个特短暂的扇耳光情节，而哭得泪水翻滚，左右前后的人都听到了抽泣声。真是大笑话，这可是精彩的打斗片，插科打诨的黑色幽默贯穿其中，扇耳光不过是细枝末节，怎就被这位严重缺少主次感的小傻帽体会深刻呢？这样的领悟感若是写主题作文，恐怕要偏得不止十万八千里了！

洛感到有些可笑。可这时小姑娘站了起来，低着头出了放映厅。尽管她一直埋着头，但洛还是认出了她，真是那个扭了左脚踝和右手无名指的小姑娘。刚才的情节里女主角狠狠地扇了一个调戏她的男人，仅就扇的这个动作而言，和当时的她确实很有雷同感。洛也许是除了她自己之外唯一一个知道她泪水翻滚的原因的人，也因此觉得那段爱情，不论现在是否已经结束，于她而言，一定是爱得深刻，否则就不会那么有杀伤力，在时过半年之后，还能让她伤心至此。当时她一直说手疼脚疼，其实她的心应该更疼。

她没有再回来，电影自然甚是精彩，洛看得心满意足，如同吃了一桌饕餮大餐。

走出放映厅，洛在过道的长椅上看到了似乎还没有从情节中缓过劲的小姑娘，此刻她正好也抬头，四目一对，都认出了彼此。洛点点头，算是打了招呼，并没有停下脚步。倒是小姑娘主动站起，跟上几步，叫住了洛：“您好！”

“你好！”洛很是意外。

“上次之后就再也没有见过您，”小姑娘说，“其实，我在大学后门转悠了好多次，就是想见到您，可是从未碰见过。”

"是吗?"她的话让洛有些意外。是想感谢吗? 这倒真不必。

"您还生气吗?"

"什么? 为什么要生气?"她的话让洛更奇怪了。

"您没有数数那天晚上我还您的钱?"小姑娘说,"少了一百元钱。"

"什么?"

"我给您的钱其实少了一百元,当时回到家里,我才发现其实家里的现金也不够,就想着过几天可以还给您,可是也没有要您的联系方式,就好像我故意要骗这一百元钱。"她很真挚地说,"可是我的本意真的不是要骗您的钱。"边说着,她边打开了包,拿出一张百元钞:"请您收下!"

"这倒不必了。"

"还是请您收下吧!"

"真的不必了。"

"那,我请您喝咖啡吧?"小姑娘说,"这楼下就有一间,味道还可以。"

想想自己也没有什么特别的事,正好闲暇,权当打发时间。洛和小姑娘就进了咖啡厅。周末,人倒是真多,临窗的好座位都没了,他们便随意在一隅坐了下来。

"我们俩换个座位吧?"刚坐下,点了两杯咖啡,小姑娘却突然说。

"为什么?"

"先换了再告诉您。"他们俩换了座位。

"现在你可以说了。"

"您刚才坐的位置正对着女洗手间的门,看着进出的人您会不舒服,心里应该感觉怪怪的。"

她的这些话让洛想起了一个人。回到家里,洛在客厅里坐了很久,时近黄昏,晚霞映霭,他终于还是没能忍住,拿出了放在柜子里的小盒,里面是一沓存放很久的淡墨素笺。那是写信的时代,时光荏苒,她的字迹已经刻在了他的心里。

写信的她是他的大学同学,最喜欢穿碎花的衬衣,光洁的额头,又长又粗的辫子,脸上透着轻柔的笑。大打扫,很多女生总挑轻便的活,摆着娇弱的样子，只有她会跟男生一起做最脏最累的活，甚至用手拧拖把，其实她的家境不错，但朴实无华，丝毫没有矫情，用现在的语言来说，就是没有公主病。她的与众不同，给他留下了深刻的印象，也因此，就爱上了，深深地爱，那是他们彼此人生最初的爱情。

他记得每次在学校餐厅吃饭，去晚了，就只剩下去卫生间过道的座位，她总是很细心地自己坐在正对面，而把看不到卫生间的座位留给他，说他看着进出的人会不舒服。

他们爱得好认真，看到彼此，眼里就发光，光芒万丈！

他们许下海誓山盟，畅想着有一天会结婚生子，相守一生。

可毕业了，他们却分到了相隔千里的两地，彼此写信，诉说相思，这样的日子过了三年。时间流逝，不知不觉中，那些说好的在一起，好像成了越来越不可能的事情，不是爱情没了，而是现实傲然挺立，让人看不到遥远的未来。终于有一天，他等来了她的电话："有一个去英国的机会，三年。"

"你应该去。去吧！"

"那你……"

"我没事，只是这些年委屈你了。"他说，"我以为自己可以做更多，给你幸福，可我什么也没能给你。"

"跟你在一起，什么都好。"她已经有些哽咽了，"真的，我最好的时光是和你在一起，最幸福的时光都是你给的。真的。"

她挂了电话，躲在卫生间，泣不成声。而他也满是悲哀，心被掏空了。

从此两人天各一方，再无相见，但彼此都在期盼，那个曾经最爱的她（他），在自己看不见的地方熠熠生辉，心静气和，岁月安好！

于是，那些素笺因为有自己的情感和记忆在，搬了多少次家他都没舍得丢掉，哪怕知道永远也不可能回到过去，他还是把它们收到盒中，放在某个安稳的地方，在某个时候拿出来回味一下曾经的沧海，想想曾经有过的那个人和当时的自己。

这之后，十多年过去了，洛也有过两个女朋友，可再怎么接触，似乎就没有那样深刻的感情，太淡了，洛不想耽误女孩，也不想委屈自己，便只能单身，单身到了今时。

可这一刻，洛怀抱着似乎还有温度的素笺，突然温柔地想起了那个曾经在路边呜呜哭泣，扭了左脚踝和右手无名指的小姑娘，仅仅因为她说出了那段烙印在他心底的话，他便心怀温柔，觉得她今天在过道椅子上坐着的样子，真的像极了虽在异国他乡，但必将永远存在心底的爱人，温婉恬静，清幽芬芳。

洛是个成熟睿智的男人，三十多岁了，父母也盼望着他早点结婚生子，有个安稳的归宿。但在他的心底，自那个她离开之后，他便真的再无结婚的心愿，总觉得后面遇到的所有的女子，都不及她的千万分之一……又或许，其实心底他还在期盼，祈愿默默等待，终能等到伊人回首，然后，相守到白头。

可是……

但今天晚上，这一刻，洛真的很温柔地想起了那个曾经在路边呜呜哭泣，扭了左脚踝和右手无名指的小姑娘，那么温柔地想起，竟然还心生暖意，浅浅的爱，浅浅的幸福……

第二天，黄昏，洛敲开了小姑娘的家门，她穿着一身碎花的睡衣，头发慵懒地扎着，见到洛，自是很惊讶的表情。"没想到是您，我以为是邻居来聊天。"她补充了一句，"我这个邻居是我的同事。"

"我可以进去吗？"

"当然，请进，就是有点乱，我穿成这样，真抱歉。"

她这身碎花的睡衣，让洛又想起了那个很远很远的她，那个她也喜欢这样的碎花，记忆中，整个夏季她都被这样的碎花包裹着，笑容温和，像极了琼瑶书中玫瑰园里走出来的缥缈女子，头发也是慵懒的，微微卷曲，从远处走向自己，看着，便觉得好生欢喜。

这一刻，洛觉得眼前有些局促的小姑娘很美。

"您喝咖啡吗？我晚上也可以喝咖啡的，从不影响我睡觉，只是，是速溶的。"她说，"要不，泡杯菊花茶？"

“我喝什么都行，你在喝什么？”

“白开水。”

“那我也来杯白开水。”

“白开水不好，您是客人。”

“我真的没当自己是客人。就白开水吧，健康！”洛说的实话，他自己也很奇怪，怎么会到这里来，而且还真没有陌生感，坐在这个沙发上，他觉得很舒适，而且很安心。“你们俩，我指的是我上次看到的那个他和你，现在怎样了？”这句话，洛问得很自然。

倒是小姑娘有些意外：“他还好吧，我也还好。”她不知道这样的回答对不对。

“你们还在一起吗？”

“从那天起，我们就没有再见过了。”小姑娘说，“您都看到了，我也想明白了，也许他真的心里没有我。”

“这样，真好！”洛喝干了杯里的白开水，“我走了。”

洛的话让小姑娘更奇怪了：“您来，就是问这事的？”

“是的。”

其实，一直以来，洛都是睿智且理智的人，今天这样突如其来的拜访，不仅让小姑娘很是不解，连洛自己也觉得不可思议，自己竟然会有这样的举动，真有些疯狂。

这以后，洛每天不自觉地就想见见小姑娘，至少发个微信，或是打个电话。小姑娘慢慢地也不局促了，这个比她大了好些的男人，似乎什么都知道，她遇到难题总是忍不住就想要问他，她觉得他好睿智，心中自然敬仰。他越来越多的关心，让她依赖，让她上瘾……

这天，下雨了，她赶着上班，边下楼，边祈祷：希望尽快打到车，否则就迟到了！

而他的车在楼门口等着，她一滴雨也没淋到。

到了公司的门口，她边说谢谢边要开车门，却突然被他锁上了。

“还有十分钟才到上班的时间，你不用这么着急，”洛说，“打开后座上的盒子。”

小姑娘侧身拿过盒子，打开，是一束鲜红的玫瑰。

“生日快乐！”

“可是，您怎么知道今天是我的生日？”

“如果我愿意，我就会知道。”

“谢谢！”她忍不住泪光一闪。

“还有五分钟，我还有一句话说，希望别吓着你。”

“什么呀？”

“我想要结婚了，和你，愿意吗？”

“什么？”小姑娘几乎不相信自己的耳朵，又问了一句。

“我想要结婚了，和你，愿意吗？”洛说，“我想要结婚了，和你，愿意吗？我知道重要的事情现在流行说三遍。”

他们就这样自然而然地走到了一起，没有什么风花雪月的浪漫，不过是觉得她(他)就是自己要找的那个人。

也许这就是缘分，他失去了最美好的爱情，她经历了最悲伤的爱情，然后，他们俩相遇，命中注定地在一起，许彼此地老天荒，一切便都是最好的安排。

拉萨，我在这里路过爱情

拉萨真的是一个阳光明媚的城市，天是蓝蓝的，薄丝一样的几片云在远远的天边，而我坐在店门外的大椅子上，头上戴着宽大的草帽，什么也没想，只是看着来来往往的人们。

从尼泊尔到拉萨已经快半年了，大哥采购完货物也就离开了，剩下我一个人每天守着这个小店，虽说生意还不错，但有时候确实很无聊，也没有什么认识的人，只有两个远房的亲戚，平时是不大走动的。

我出生在尼泊尔，也是在那里长大的，父亲是地道的康巴汉子，母亲有尼瓦尔族的血统，因为父亲的专横和母亲的谦让，我们一直遵从藏族人的生活习惯，这也是我们所有兄弟姐妹都能很流利地用藏语来交谈的原因。我的父亲一直很想回到西藏，但是在他能够将这个愿望付诸行动之前，就得了脑溢血，不能行走，生活全靠母亲的照顾，在此之后，父亲再也不提回故乡的事了，但是我知道，这是他一生中最大的愿望。

他的这个愿望终于在他的儿子——也就是我的大哥身上变成了现实。大哥在拉萨的八廓街租下了一个小店铺，专门卖尼泊尔和印度的产品，而我们在加德满都的店铺里卖的大部分是中国的产品，生意很好。大哥两头跑，主要负责采购进货，因为孩子还小，大嫂就在加德满都照顾家和店铺，而我打理拉萨的小店。

刚来的时候，我并不觉得拉萨是个好地方，至少不像父亲曾经描述的那样，可是它也不让我讨厌，只是偶尔我会感到无聊，每当这时候，我就听音乐，相比之下，我更喜欢尼泊尔的音乐，它会带着我回到遥远的家乡，那里有我生病的父亲、温顺的母亲和一大群兄弟姐妹。我很不争气，想家的时候,时常会眼泪汪汪。

这天,店里没什么生意,我坐在店门边,听着熟悉的音乐,想念遥远的家人,眼睛里不知不觉就浸满了泪水。就在这时候,一个手拿小蓝旗的导游带着几个外国人进了我的小店,他边往里走,边用英语说:“现在这些尼泊尔的小店,卖的也并不完全是尼泊尔的东西,很多实际上是在西藏和内地生产的,专门糊弄游客,你们看上了什么东西,可以多砍些价。”我听得懂英语,他的话让我非常气愤,我狠狠地瞪了他两眼。

游客进了店,却对我身上穿的尼式宽松外套产生了兴趣,他们要求导游问问,没等他开口,我就用英语回答了游客的问题,并说明我的店虽小,但全都是尼泊尔和印度的货物,没有西藏和内地产的。最终,游客每人都买了一件外套,一个漂亮的年轻姑娘还买了整套的首饰。正在我很得意的时候,我却突然发现那个导游很认真地看着我,此刻他终于明白了我瞪他两眼的意思。

从那天开始,那个导游就总是出现在我的小店里,客人看货的时候,他就和我聊天,有一次,还扔给我一个太阳帽,说是客人送的,看我的大帽子实在太难看,就好心转送给了我。虽然他说的话不够好听,但我以一个女人的直觉,感到他看我的眼神似乎有很多的内容,而我也突然发现自己渴望他的到来。虽然平日里我总是眼睛盯着顾客,但耳朵却在倾听身后他的每一点细微的声音,譬如轻笑,叹息,甚至他轻微的呼吸声都会传入我的心中,并在我的心中有轻轻颤颤的回音。

那个夏天就这样过去了,冬天在不知不觉中来了。

因为气候的原因,冬天旅游团队一下少了很多,他就开始找别的借口到我的小店里来,虽然有些借口连我都感到好笑,但在他尴尬的表情中我感到了幸福,即使这幸福好像有点暧昧,不够明朗,但我依然沉溺其中。

那时候,我以为我们会永远这样相处,可是,那个夜晚还是突然来了。那天下午,我接到了他的电话,说晚上有几个朋友要聚会,想让我也参加。“可是,你的那些朋友我并不认识,大家在一起会很尴尬的。”

“认识不认识并不重要,我们主要是去蹦迪,你还没有去过吧?就算我带你去见世面，你别说我没给你机会啊！况且他们总是习惯说普通话的，你又听不懂，想插嘴也插不上的。”

“听不懂才好，我可不想和不认识的人说废话，就算我给你一个面子，我答应去了。几点？什么地方？”

“地方的名字我说了你也不知道，只要关了店门别出去就行了，我来接你，在拉萨你就像个瞎子。”

“至少我现在在这里，而你还没有去过加德满都吧！”

“不和你废话了，我还有好多事。再见！”

还没有等我回答，他就挂断了电话。

黄昏的时候，他敲开了小店的门。“你不换件衣服啊？头发也乱七八糟的。”一见我，他就对我吼了起来。

“为什么要换？我自己穿着挺舒服的。”

“行，随你的便。我给你十分钟，过点就不候了啊！”

“好不容易请我一回，一点诚意都没有。我一分钟也不需要，现在就走吧！”我挎上包，抬腿就走。

“你不关门了？”他在我身后喊。

“你没有手吗？”话音还没有落，我就听到重重的关店门的声音，随之传来的，还有他骂我“小懒猪”的声音。

一路上，我们一句话也没有说，似乎在赌气，又似乎没有说话的必要。

终于，我们到了吃饭的地方，穿过大厅，我们到了一个包间的门口，一直走在我前面的他突然停了下来，等了一下，随后很自然地牵起了我的手，推开了门。屋里已经坐了七八个人，他们在那一刻突然安静了下来，似乎连呼吸声也没有了，而他还是紧紧地拽住我的手，大声地说：“现在我隆重介绍一下，这位是我的女朋友。”

虽然他说的是普通话，但经过几个月在拉萨的生活，我还是知道“女朋友”的意思，他的话让我觉得非常突然，我的脸一下红了，烫烫的。他还不满意，转过身用英语对我说：“普通话里‘女朋友’的意思就是说，我喜欢你，想要和你在一起，不是短短的一段时间，而是一辈子。”

他朋友中显然也有懂英语的，大家全都鼓起掌来，其中一个还很严肃地对我说：“他解释得还不是很正确，不是喜欢，是爱，他爱你。”

我就这样成了他的女朋友。

从那以后，他的手机就彻夜为我开着，说我一个人住，他不放心；带团队去山南、日喀则和林芝，不论回来多晚，他都要先回到我的小店，说几天不见，真想坏了；如果有时间，他总是从西郊买两份冒菜，放在锅里热之前，很细心地把菜里的香菜挑出来，因为我不喜欢；我们还总是在黄昏的时候，坐在八廓街广场的花台上，一直坐到天黑，路上几乎没有人了，他就渴望地把我揽进怀里，吻我，我总是喘不过气。

我从来没有想过他会变得这么温柔和细心，爱情这么奇妙，让我在讲述的时候都能感觉到两情相悦的美好。

我每天的生活就是等他，连生意似乎也变得不重要了。可是那一天，我等来的却是他的母亲。在做完自我介绍以后，他的母亲直接就对我说：“我、他的父亲和他的姐姐都认为你们在一起是不合适的。看上去你的年纪很小，最多20岁吧！而我的儿子也只有22岁，参加工作也不过两年时间，根本就不成熟。你们家有尼瓦尔族血统，是商人，大家的生活习惯也不相同，所以说你们两个在一起是不会有好结果的。我们正在给儿子找机会，再去上上学，你们就不要再见面了。”

“可是——”我很想辩驳，可是我什么也说不出来，站在我面前的是他的母亲，是他最亲的亲人，是那个我曾经想要好好服侍的老人。和他的母亲相比，我算什么？

那天晚上，我想了很多。如果我去争取，也许他会和我站在一边，但是那毕竟是养育他的母亲，是他的家人，得不到他们的祝福，我们不会有幸福可言，总有一天，他会后悔，会埋怨我。而我承受不起那样的后果，我不敢去试一下，去争一下，所以，我只有自己走开。

我以前真的想要好好爱他一辈子，照顾他，为他生孩子，我以为这些都是水到渠成的事情，可是，此刻我才发现原来爱情并不只是两个人之间的事情，它牵扯到太多的人，要让所有的人都满意不是一件简单容易的事情。

在相爱六个月之后，我明白自己的爱情要夭折了！

他显然也得到了母亲的“通牒”，整整两天连一个电话也没有。我也克制住自己，不让自己去想他，可是，尽管我没有打电话找他，但我还是哭得双眼红肿，没有办法开门做生意。

第三天的黄昏，他的电话终于来了，我听到了他急促的声音：“我知道发生的事情，我会想办法的，现在我只是要你知道，我不会离开你，我会一辈子像现在这样爱着你。”

一辈子是多久？听着电话那头传来的“嘀嘀”声，我才发现自己竟然连一句话也没有说。是说不出来，无法开口，也是根本就不用说。我知道他一定有很多的苦衷，可是，我仍然疑惑，有谁能回答，一辈子是多久？

从相识到相知，从最初到最后，从过去到现在，从喜欢到爱，从爱到一辈子，这是一个多么长的时间？而我和他还会有这么长的时间吗？

已经一个星期没有见到他了，我也重新开门做生意，看不出有什么变化，但是我自己知道，很多时候我的坚强，都是伪装的。无论在别人面前笑得如何灿烂，关上门，眼泪都会不知不觉地流下来，从眼角溢出，流入我的鬓边，然后湿了心房。

从那以后，我再也没有吃过西郊的冒菜了，晚上睡觉前，我总是把电话的插头拔掉，不想给自己任何幻想和期盼。有两次我也从八廓街的花台边走过，虽然还有很多来往的人，但仍然有缠绵的恋人激情相拥。我从那里走过时，心想，如果有一天，我们可以重新在那个花台边相遇，彼此也都会想起那些曾经吧！

可是，那些只是曾经，现在我已经有两个月没有他的消息了。每当想起这些，一种无可抵挡的悲凉，就会直透心底，让我觉得肝肠寸断。

他的消失已经证明了他的态度，可是，我依然无法释怀，尽管我总是提醒自己，这不过是一场梦而已，梦就是这样的，醒了总比梦着要痛。

爱既然已经如此艰难，不如遗忘，不如就此放手，不如各奔东西不要回头。我已经无法在拉萨——这个令我伤心的城市待下去了。于是，我给家里去了电话，说自己很想家，大哥很快就赶了过来，一起来的还有大嫂，我把小店交给了她，并承诺会很好地照顾小侄子。

离开拉萨的那个黄昏，我又去了八廓街的花台，看着来来往往的行人，我突然有了一种领悟：我和他只是这个城市的两个路人，偶尔擦肩而过，彼此颔首致意，这并不代表一辈子，一辈子的事情上天都已经安排好了。

回到加德满都以后，嫂子给我来过电话，说一个小伙子来找过我，要家里的电话号码，问我要不要给他。在听到这个消息的时候，我虽然按捺不住心中的颤抖，但还是撑了下去，我相信我可以撑到不再忧伤的那一天。

一年以后，大哥因为有事无法去拉萨送货，于是我又踏上了拉萨的土地，又一次站在了拥挤的八廓街上。似乎命中注定，我又看到了他，他正拿着小蓝旗，招呼客人进大昭寺。他还是原来的样子，一点都没有变，变的是我们的心情。看着他匆忙的背影，我突然发现，在这个世界上，每一天都会有很多人相遇和分离，成为别人心中匆匆的过客。

那么，我只是他生命中的过客吗？

如果是，我宁愿，不相遇。

你就是我的水晶鞋

说句真心话，和拉萨相比，我真的更喜欢我的家乡。

我出生在一个很小的山村里，村里只有十多户人家，到最近的乡里，要步行近一个小时。乡里有一条水泥铺成的小路和一个小学，路的两旁有一些人家和两个商店，姑姑的家就在小学的后面，在屋子里就可以清楚地听到孩子们读书的声音。乡里的那两个商店是我童年时觉得最美好的地方，里面摆放着各种日常用品和小食物，孩子们就在商店外面的空地上玩耍，很少有钱可以在商店里买东西，但仅仅是站在远处看着，也觉得心里很快乐。那个时候的我，觉得乡里就是快乐的天堂。

到了可以上学的年纪，我就每天和村里的孩子一起在去乡小学的山路上奔波。冬天天气很冷，我的耳朵和脸颊上都是冻疮，手上就更不用说了，姑姑心疼我，把我留在她家。但我知道姑姑的丈夫和婆婆是不乐意的，他们看我的眼神显得很不高兴，也时常说我和姑姑几句。那一年，我才八岁，但为了自己和姑姑少挨骂，我总是找着活干，作业也都是在学校里就完成了。

那时候，我最快乐的日子是假期，我会回到自己的家，虽然还是要做很多活，粗茶淡饭都不一定吃得饱，但我感受得到父母发自内心的心疼，在他们的爱中，我是幸福的。

我要感谢命运的安排，在我二十二年的人生岁月里，虽然在经济上，我从来没有宽裕过，但我时刻可以感受到身边亲人的爱，这种爱，让我在拮据中享受富有，让我在逆境中看到希望，让我在伤痛中得到安慰，让我在孤独中拥有关爱……

在乡小学上学的时候，虽然我没有好的文具，没有复习的时间，更没有人辅导功课，但我的成绩一直很优异，在那个乡小学里，我是让老师和家长众口一词的好学生。小学毕业后，刚开始我没有继续去县中学上学，因为家里还有两个小弟弟，我可怜的父母需要我留在家里帮忙。但老师觉得可惜，去了好几次家里，和父母谈话，乡长也找了我的父亲，大概说了一些责任、制度、罚款之类的话，我的父亲胆小，只好答应让我继续学业。乡小学的一个老师把我的事情告诉了他过去的一些同学和朋友，在这些好心人的帮助下，我开始在县里的中学读初中了。

我知道自己这次的学习机会来之不易，就更加刻苦努力。刚开始，和其他学生相比，我的基础是非常差的，有时候甚至连听都听不太明白，幸运的是，我遇到了好的老师，他们给了我很多的帮助和关心，我一课一课踏踏实实地学习，功夫不负有心人，毕业的时候，我已经是全年级的第一名了。

回想起那段岁月，我觉得自己总是遇到好心人，给我经济上的支援，给我生活上的帮助，给我学习上的辅导。

在一个人成长的过程中，遇到好心人是福气，而我，除了为他们祈祷和更加努力地学习之外，无以回报。尽管如此，那种感恩的、美好的思想从那时候就在我的心底扎根了，在好心人光环的照耀下，我也得到了指引和升华。

有一句话特别俗，但却是真的：榜样的力量是无穷的。从那时候，我就相信，爱是可以传染的。

我家乡的海拔比拉萨高，冬天特别冷。我在县中学住，十多个人一个寝室，为了不影响别人休息，即使是在寒冷的冬夜，我也会在路灯下背书，我喜欢不停地走动，这样会感觉温暖一些。好几年以后，过去的同班同学假期从内地回家，偶然间遇到，说起现在他们学习的吃力，就和我提起了那些过往的岁月：“在那样寒冷的夜晚，一个十几岁的小姑娘，在路灯下，倔强地背着书，身体显得很单薄，但内心，一定是抱着希望、美好和斗志的。在某种程度上,你的刻苦也激励着我们大家。”

他们的话让我喜悦,因为我真的喜欢读书,喜欢学校的生活,甚至在回忆的时候,也觉得温暖和快乐。

可是,我终究还是辍学了。在那些渐渐成长的岁月里,我知道自己应该帮家里分担一些生活的担子,我初中毕业了,应该有一点能力了。

老师知道我家里的困难,看我执意不再念下去,就在学校的食堂里帮我找了一份临时工。工资虽然不多,但吃住都免费,平日里节省些,每月可以给父母好几百元。这些钱,可是帮了家里大忙了,两个弟弟可以继续读书,加上田里和牲畜的收入,父母已经看到了翻修旧房子的希望。而我,在他们心满意足的快乐之中,也觉得很满足、很有成就感。

因为在学校里工作,所以我有机会看很多书,有些是老师借的,有些是毕业的学生扔的,还有的是那些到拉萨和内地的老同学寄的。我喜欢看书,养成习惯了,越看就越想看,只要手头有书,我总是要翻上一阵子。

有一次,我在打扫食堂的时候,发现地上有一本书,是考公务员的《行政职业能力测试》。我们学校是中学,学生当然不会考公务员了,那就是老师在看这本书。书上并没有名字,而是有一个英语单词,我不知道意思,也没有字典,所以无法寻找书的主人。我以为一定有老师来找,可是好多天过去了,连来问一下的人都没有。我把书随手放在了食堂的抽屉里,渐渐也就忘了。

不久之后,学校放假了,食堂的老师傅要回内地休假,我和另一个姑娘就留在了学校,毕竟,老师们也是要吃饭的。我们虽然做得不如老师傅,但几年下来,也多少学了一些。

第一次真正掌勺,我特别紧张,过去的班主任特地很早就来了,第一个尝了我们的菜,说比老师傅做得更可口。我知道,他是在鼓励我,但这时候的我真的就需要鼓励,我一下子就觉得有一点自信了。

假期在食堂里干活,是很清闲的。我和工友的小房间里没有电视,也没有收音机,因此,我就只好找书看。突然想起前一阵子捡到的书,就翻出来看了,不大看得懂,就找一些旧本子抄,既练了字,也多少学了一些新的字和知识。

有一天中午，我做完事就待在食堂里等洛桑老师来拿他订的饭菜，觉得无聊，就打开书开始练字。突然，一个声音就从我正面传来："洛桑让我来拿饭菜，他说已经给你打招呼了。"这时候我才看到一个清瘦的小伙子站在我的面前，他穿着一套运动服，脸红红的，像是刚从球场上过来。

我把准备好的饭菜端给他的时候，他正在翻我的书："这不是你的书吧？"

"不是我的，你怎么知道？"

"因为这书是我的。"他说，"我找了很久，这本书在县上买不到，我托人从内地寄来的。"

"可是，我就是在这个食堂捡到的，这么多天过去了，也没有见你找。"

"你捡到书后，把书放哪里了？"

"我放在后面房间的抽屉里了。"

"原来放在抽屉里了。那别人当然找不到了。"

"你别这么说，我没有故意把书藏起来，这书你拿走吧。"他的口气让我有点生气。

他连一句谢谢也没有，拿着饭菜和书扭头就走了。虽然我觉得自己有些委屈，但想到耽误了他这么长时间的复习，心里也觉得有些歉疚，我的做法真的不太妥当。

几天以后，我路过学校的操场，一些老师在踢球，尽管我极力躲避，一个飞球还是重重砸在了我的头上，我只觉得眼前金光四射，更为不幸的是，在倒地的时候，我的右脸颊直接擦在了地上，惯性让我往前滑，眼角被一块尖利的石头划开了一个大大的口子，我慢慢坐起来的时候，脸上和衣服上都已经沾满了鲜血。

大概我的样子把大家吓坏了，还没有等我站稳，我就被两个人架着往学校附近的医院冲。事实比我想的要更严重，我的耳朵上甚至缝了六针，而且满脸的伤痕，特别是眼角，差点连眼睛也伤到了。等我被彻底收拾好，从治疗室里出来，我才看到洛桑老师和那个上次丢书的小伙子正歉疚地坐在凳子上，他们已经付了所有的治疗费，还开了一大包药。

我不是娇生惯养长大的，这点伤对我而言并不是特别严重的事情，更何况那段日子食堂没有特别多的事情，我有足够的时间休息。

第二天，两个歉疚的肇事者给我拿来了一大包水果和零食。几天之后，那个丢书的小伙子到了我的房间，说今天是拆线的时间，要送我去。他的细心让我很感动，但我不习惯和不熟悉的人在一起，所以坚持自己去。他想了想，塞给我两百元钱，说是看病用的。

“你不用这样，真的，上次你们送我去医院，还把药费都付了，我已经很不好意思了，我不能拿你的钱。”

“不好意思的是我，是我踢球踢到你的。”

“应该是我自己没有站稳，弄伤我的是地上的石子。”

这以后，小伙子又来了好几次，我们从陌生到熟悉。他是拉萨人，家中独子，在县政府工作，依照父母的心愿，正在努力复习，希望通过公务员考试，调回拉萨工作。也许因为他有一股书卷气，大家都叫他“秀才”。熟悉之后，我也这样称呼他。

命运就是这样不可预测，球场上的那个跟头，让我遇到了生命中最重要的那个人，是他看着我的脸慢慢恢复，皮痂脱落。我庆幸自己最终没有留下伤痕，虽然我一直不是一个热衷装扮的人，我也没有这个经济条件，但毕竟青春年少，站在生命中最初的爱人面前，我希望我的脸是白净的，模样是美丽的。

女为悦己者容。在那一刻，我真的深有体会。

在我毫无准备的情况下，秀才铺天盖地地闯进我的生命里，让我深感意外、激动和幸福。

可是，在内心深处，我是有担忧的。我是一个乡下小姑娘，没有受过什么教育，也没有体面的工作和家庭，而他是一个大学生，有很好的工作，家庭条件好，也许很快就要回拉萨工作。

白马王子和灰姑娘的距离有多大？大概只有身处其中的人，才会真切地感受到。这种感受让我在不经意中突然冒出恐惧和悲哀。

我们的县城不大，快步走的话，半个小时就可以转一圈，小县城也没有什么特别可以去的地方。可县城的郊外却是很美的，满视野的青山绿树，桃花和杜鹃竞相开放，悠扬的花香绵绵沁来，让人感觉轻松和舒畅。

县城的郊外是我们最喜欢去的地方。走在清新的小山路间，四周是绿色和粉色的浪漫。“为什么是我？”我问。

“为什么不会是你？”他反问。

“我和你是有距离的，从生下来到现在，我们都是有距离的。”

“每个人之间都是有距离的，只要我们真心在一起，我们的距离就会越来越小，总有一天，你会看不到我们的距离。”

“有些距离也许是我们无法跨越的，你是白马王子，可我是没有水晶鞋的灰姑娘。”

“那我不做白马王子，我做你的水晶鞋。”

在这个现实的社会上，我和他之间的爱情就像是远离尘世的“桃花源”，清新朴素、纯净简单，没有城市喧嚣的干扰，没有物质金钱的心计，没有世俗生计的考量，有的只是“两情相悦，我爱你，你爱我”的简单理由。

我们像每个恋爱的孩子一样，带着窃喜的甜蜜，度过了天真烂漫的初恋季节，觉得只要有彼此的陪伴，就满心地欢喜、满心地幸福和满足。

而我，或许因为女性的细腻，心中的思量要比他的多，在一片幸福的眩晕中，我也酸涩和疑惑，觉得这一切太美好，因此显得不够真实。

我的忧虑是有道理的。他的调令来得比我想象中的要快，我帮助他收拾行李，只觉得眼眶湿润，眼泪不听使唤地就掉下来了。他看在眼里，抓住我的手放在心口：“要不，我们一起走，你去学校辞职，我等你几天。”

“别说傻话，你一定要坐明天的车子走，在拉萨办手续也要耽误时间，越快把这件事情办完，你父母的心也就越踏实。”

“但我舍不得你，”他说，“我担心你，真的。”

“我有什么好担心的，我一直都是一个人的，我习惯了。”

“可是现在，我们在一起，你就不是一个人了。”他说，“你等我的消息，只要我把单位搞定，你就马上辞职，我们很快就会在一起的。”

我相信他的承诺，可别人并不这么看，大家都说他将一去不复返。

在思念、疑惑和担忧中，“十一”长假的前一天，他突然出现在了我的面前。看到这张心中浮现过千百次的面孔，我竟一句话都说不出来，只是紧紧地抱着他，仿佛一松手，他就又会消失。

第三天，我就和他坐上了开往拉萨的大巴。十个小时之后，我终于站在了心中最为神圣的土地之上，我到拉萨了。

又过了十几分钟，我站在一栋漂亮的二层小楼面前，秀才用钥匙打开院门，再往里走，漂亮的客厅里，一对中年夫妇正坐着看电视。他们就是秀才的父母。

“这是我和你们提过的玉珍。”秀才对父母说。

“哦！”他们看了我一眼，脸上没有什么表情，我可以确定他们并不欢迎我。母亲接着对我说：“天也不早了，我带你去睡觉的房间，你跟我来。”秀才要帮我拿行李，母亲拦下了：“你和父亲上楼去，我们有事要和你谈。”

穿过走廊，我跟着进了一个小房间，母亲指了指一张床说：“你就住在这，如果你只是作为我儿子的朋友到拉萨来玩两天，我们欢迎你，如果你还有什么别的想法，那我们是不同意的。你要好好思考，我们有话直说，不想绕弯子。”说完话，她转身就走了，没有要我回答的意思。

那天晚上，我一夜都没有合眼。楼上刚开始还传来不清楚的、争吵的声音，后来就什么也听不见了。

第二天早上，秀才出现了，他显然也没有睡好，特别疲倦的样子。看着我根本就没有打开的行李，他说：“我父母的态度我是清楚的，我没有告诉你，是因为我想要和你一起面对他们，我觉得你会给我力量。”

“可是，你高估我了，除了马上离开，我不知道自己还能做什么。”说着说着，我又控制不住自己的眼泪了。“可是，我甚至不知道自己该去哪里。”

“你哪里都不用去，这里是我的家，迟早也就是你的家。”

在秀才的坚持下，我答应要和他一起面对困难。当然，真正说服我留下的，是我内心中的爱情。那种深深的、无法自拔的爱情，岂是刻意丢开就能丢开的?

当然,我理解秀才父母的心情,像我这样的姑娘,没有工作,没有学历,没有好的家庭条件,也没有天生丽质,我真的不配他们的儿子。因此我并不怨恨他们的冷淡,他们的做法是每一个爱自己孩子的父母的正常反应。

想明白了这一点,我突然觉得自己的心情豁然开朗,我决定做自己力所能及的事情,让他们了解真正的我,如果最终还是没有得到他们的认可,我也就没有遗憾了。做家务是我的强项,我决定从打扫开始,然后是洗衣服、做饭……慢慢我承担起了所有的家务,我很庆幸,至少在这点上,他们对我是满意的。

可是,事情好像并不是我想象的那样。

有一天,我正在厨房做饭,秀才的两个姨妈来了。她们在聊天,无意中,我听见秀才的母亲说:“小姑娘干活不错,我暂时就拿她当保姆,我是拗不过儿子,走一步算一步吧。”

这句话,就像是一把锋利的刀子,在我的心口划开了一个血淋淋的口子,我只觉得心口猛然间剧烈地疼痛,几乎就要站不稳了。

吃过午饭,母亲和两个姨妈去逛街了,家里只有我和秀才。我对他说,我想要离开。

“可是,我们说好的,我们要一起面对,现在父母对你的态度已经有些改变了,你应该看得出来。”

“我知道他们已经在改变了,可是,我觉得还是很绝望。”我说,“我想要回去,这里也许根本就不是我待的地方。”

“发生什么事情了吗?”

“什么也没有发生,我只是觉得绝望。”

“你怎么能绝望呢? 你忘了? 你是有水晶鞋的灰姑娘。我会一辈子做你的水晶鞋。”

他的话让我特别温暖,那些过去的岁月、那些刻骨铭心的爱情、那些心中的不舍此刻翻卷开来,心灵的乌云瞬间消失,隐隐约约看见未来的路，正在我们的眼前缓慢铺开，虽不辽阔，也不灿烂，但真的是一条路。

也许这就是恋爱中的女子吧！绝望或是希望，自尊或是谦卑，勇敢或是胆怯，清醒或是糊涂，只要有爱，都不懂得计较和维护了。

前面的路，真的有，还是根本就没有？

甜茶西施

今天的阳光很好，茶馆里坐满了客人，其中的一半以上都是老顾客了，大部分是有单位的，借着出来办事的理由，三五个就聚到了茶馆，喝茶，还喜欢吃上一碗“卜土”。一般来说，现在这个时候——上午的十一点左右大都是这样的客人。

在好多年以前，当我刚到拉萨这个城市的时候，这些有单位的人就是我最羡慕的对象，我觉得他们好像并没有什么事情做，穿得干干净净的，轻轻松松，每月还有一大笔收入。

那时候，我还只有十二岁，母亲一个远之又远的亲戚偶尔回了乡下，偶尔见到了我，就把我带到了这里——他的甜茶馆里干活。我那可怜的、被生活的担子和长期的病痛压得弯了腰的母亲，为这突如其来的“好运气”弄得几乎都说不出话来了，在村口送我离开，她一直用布满皱纹、粗糙不平的手摸我的脸，一遍一遍。拉我们去大路边等车的拖拉机终于开动了，在那一刻，母亲突然亲了我的耳朵一下，用极快的速度说：“祝福你，让神灵保佑你，你永远也别回来了。”

我离开的第二年母亲就去世了，我知道这个消息时，父亲已经又娶了，而且还有了两个孩子。我就这样没有了回家的理由，也是在那一刻，我决心要生活在这个城市里，要努力，尽量体面地生活。那一年，我十六岁，还在那个低矮、杂乱的茶馆里工作，还是个被唤来唤去的倒茶姑娘，不过，我已经会说很标准的拉萨话和很多普通话了，已经出落得亭亭玉立，因为总在房间里待着，虽然用的是最廉价的擦脸油，可是我的皮肤真的就像电视里做广告的女孩一样，白白嫩嫩，可以挤出水来。最为重要的是，那个时候，我终于明白自己想要的生活是等不来的，也明白了应该为什么而努力。

茶馆里倒茶的姑娘晚上就一起睡在地铺上，我们中有一个四十岁的老姐姐，茶馆一开张时，她就在这里干活，如今她还是个洗碗打扫的伙计，没有结婚，没有家，只有几千元的存款，这就是她十几年早睡晚起、省吃俭用的全部回报。我们都特别怕她，她是个性格很怪异的人，几乎不和我们搭话，总是显得冷酷无情和怒气冲冲。那时候，在我们私下的议论中，生命最可怕最坏的结局就是像她那样过一生。在这样的担忧中，我们都渴望着结婚，有一个真正属于自己的家。

拉姆比我大三岁，她是第一个离开茶馆结婚的。和她结婚的人是一个康巴汉子，在茶馆旁边的大院里租了一间房子，做着不太清白的买卖，收入应该还算可以，至少比我们要多很多，而这就是拉姆嫁给他的原因。拉姆搬过去的第三天，茶馆关门后，我们去了她的小屋，尴尬地看到醉醺醺的康巴汉子正在对她大打出手。从那以后，虽然住得很近，但我们很少见到拉姆，不久，她就接二连三有了好几个孩子，身上依然到处都是康巴汉子施暴的痕迹。正是有了这样的前车之鉴，我们几个幼稚的姑娘这才意识到了婚姻的可怕和悲惨，觉得在这样的婚姻里生活，还不如在小茶馆里做一个快乐、清贫的倒茶姑娘。

在这样的感叹声中，又有一个姑娘嫁了出去，这一次的新郎官是拉萨附近的一个农民，在城里帮一个亲戚开中巴车，经常到我们茶馆里来喝茶，两人就这样熟悉了起来。小姐妹结了婚之后，和丈夫回到了乡下，可是婆媳关系却处得并不融洽，没过两年就被撵了出来，并且还不让和孩子见面。再一次见到她的时候，我不禁又想起了她那繁杂却快乐的婚礼，想起了在婚礼上那个流了好几次幸福眼泪的小姑娘，虽然没有稳定的经济收入，但那时候，她相信只要有爱，就什么都有了。可是现在，她还会这样相信吗？

这样不快乐的现实重重打击了我们梦想未来生活的勇气！虽然没有说出来，但甜茶馆的小姐妹们都显得很悲观。我们都在默默地祈祷，希望善良的佛祖能赐给我们一个安定的未来生活。

安定，是那时候我们对未来生活的唯一渴求，现在想起来，那时候我们的想法太简单了，或者说我们低估了自己渴望幸福的感觉。

我不知道为什么身边的小姐妹总是不能有一个安稳和快乐的家庭，这应该并不是什么稀罕的事情。难道像我们这样没有文化、没有体面的工作、没有稳定的收入、没有家庭背景的小女孩就不应该幻想平静快乐的家吗？我们也有权利做一做美丽幸福的爱情梦呀！

拉萨已经不是我几年前刚来时的模样了，而我，也变了，变得喜欢思考和幻想，结果却是异常失落和痛苦。我觉得自己太孤独了，孤独得有点多余。

正是在这样的时候，有一天，我那个远房的亲戚突然叫我去他们家。院门是开着的，因为我时常去帮忙洗衣打扫，所以那条独眼的藏獒已经熟悉了我，看了一眼，又耷拉下脑袋继续睡它的午觉了。屋里坐了一个客人，很普通的那一种，见了我，点了点头，算是打了招呼。我知道了他的名字，知道了他有工作，知道了他中专毕业已经十三年却还没有结婚，也意识到了我这次来实际是来相亲。

十几分钟之后，我在亲戚的暗示之下离开了，我相信他们一定在讨论我，这种被挑选的感觉让我心里很不是滋味。可是，我有什么资本不让别人这么做呢？有一个当国家正式干部的丈夫，就意味着我从此可以有经济保障，可以在一个好的家庭里生活，这不正是每一个像我一样的小姑娘梦寐以求的吗？

每一个人的心中都有崇高的爱情，可是现实往往是另一回事情。选择婚姻的时候，爱，往往并不是唯一考虑的因素。像我这样的姑娘，婚姻里有没有爱根本就不是什么重要的事情，关键是要改变现实生活的不安定，这是高于一切的指导思想。依着这个伟大的目标，如果这个男人真的能娶我，倒是一件很不错的事情，这也意味着我将得到自己一直以来盼望和祈祷的生活——不用为生存担忧的、安定轻松的生活。

那天晚上，我就得到了亲戚的回信。那个男人对我还算满意，说过两天会来找我，亲戚要我表现得温顺和文静，这大概是那个男人喜欢的类型。我不知道，为什么在听到消息的那一刻自己并没有快乐，更不要说激动和欣喜了。我只觉得很无奈，一种被别人挑选和决定未来的无奈。

第二天，我就在茶馆的客人中看到了那个男人。他一个人来的，我给他倒了茶，按照他的安排，坐在了他的对面。“你今年22岁了吧?”他先开了口。

“对，我22了。”

“没有什么从乡下来的人吧?”

“乡下还有亲戚，但没到拉萨来过。”

“不来就好，一大堆乡下人特别招人烦。”

我不知道自己应该应和他，还是真实地表达出自己的想法，因此，我几乎面无表情地一言不发地坐着。突然，我听到他很急促地、低声地说：“你去做你自己的事情吧。”

我还没有反应过来，他已经起身向刚进门的两个客人打招呼了，然后还回过头对我说：“服务员，拿两个杯子。”

当他用高傲的声音叫唤“服务员”的时候，我明白了他的意图，他装作和我根本就不认识。那一刻，一种厌恶和悲伤的感觉涌上我的心头。

我知道是我的工作让他觉得羞于见人。这也许是一种不太高贵的职业，可是，这是我唯一的生存手段。就是依靠着这个工作，我从12岁开始就自己养活了自己，有时还可以积攒点，寄给乡下的母亲，母亲去世后，我又用这样工作的钱给年迈的外婆买了一个精心制作的玛尼筒，了却了她多年的也是最后的心愿。不论怎么样，至少这个职业是干净和清白的。

别人是否有这样的想法，我无从知道，也不能计较，但是这个也许会成为我丈夫的男人，他不应该有这样的想法。在那一刻我突然觉得愤怒，我的自尊心受到了伤害。

几天以后，那个男人又出现了，这一次他留下了电话号码，要我给他打电话，还说下个星期找个时间一起去逛街，给我买衣服和鞋子。正是在那一天，我才发现他个子很矮，比我都要矮一个头。

其实，我根本就不在意他的长相和个头，他有一个固定的工作，仅凭这一点，他也许就有资格来挑选我这样的姑娘，对我们来说，他应该是很理想的丈夫。可是，在清楚这些道理的同时，我却对他有一种说不出的反感，我不喜欢他的说话方式，不喜欢他的自以为是，不喜欢他的高人一等，尤其不喜欢他嘴角不时冒出的白沫，这让我的胃直抽搐。

然而，那天上午，我还是和他一起去上了街，接受了他买的衣服和鞋子，尽管，那不是我喜欢的式样，但我还是很感激地接受了，毕竟这是我一生中第一次得到男人的礼物。

在回去的路上，我们一起吃了饭，谁也没有说话，我在他眼神的指示下行事，吃饭、倒水、递餐巾纸、添饭……我以为就这样我们连道别的话也会省了，他点点头，我转身离开，这对我来说要自然得多。可是，他却突然开口了："你的皮肤很好，用什么擦脸油？"

他的问题让我一愣。"我——，我没有固定的擦脸油，什么都擦，很便宜的。"

我的话让他更仔细地看了看我，看得我都不好意思了，我的脸一下子烫了起来，连手心都是汗。

尽管我什么都没有说，小姐妹们还是知道了我的秘密，她们都很羡慕我，可是，从心底来讲，我并没有因此而感到快乐，相反我很失落，总想要一个人躲在一个秘密的地方，放声地大哭一场。更奇怪的是，我竟然也没有任何的安全感，没有可以卸下生活担子的喜悦和轻松。

换句话说，我不信任他，不相信一个看不起自己的男人可以是一个可靠的丈夫。他需要的也许只是婚姻本身，至于和谁结婚，对他并没有区别，我也许只是他无奈的选择。可是，我想要从婚姻中得到的除了生存的保障之外，还有温暖和快乐。这就是我们的区别！

想明白了这些事情之后，我第一次主动给他打了电话。他带了一些水果，我向他道谢，然后，把上次他买衣物的钱如数地放在了他的手上，他很惊讶地看着我。

"谢谢你，我想你明白我的意思。"

“可是——”

“这钱你一定要收下，谢谢你的水果。”那一刻，我的心情很愉快，一种没有出卖自己灵魂的清白感觉油然而生。

从今以后，我不需要再坐在那里等他的选择，我可以拾回许多自尊。我没有带给他爱情，而他也不是我可以期待的怀抱，我们彼此只是对方无奈的选择，这样的感觉永远不会让我踏实。

小姐妹们很为我失去这样的机会惋惜，可是我想，人在青春岁月里，总会任性地做一些不顾后果的事情。我太笨了吗？我觉得我是在尊重爱情。

也是在那一年，我又做了一件不顾后果的事情，我想离开甜茶馆，在别处租一间房子，自己开个茶馆。我遇到的最大的问题就是没有足够的钱来购买一些必需的用品，正在我不知道如何办的时候，茶馆里的那个老姐姐却把两千元钱悄悄地塞给了我，什么话也没说就转身走了。这些钱对我们两个人来说都是一大笔钱，我希望新茶馆的生意好一点，这样我就可以尽快把钱还了，还可以多还些。

刚开张的时候，生意不太好，我几乎都要失去继续做下去的勇气了。但我知道自己不能放弃，因为我没有别的可以生存下去的方式了。在我以前干活的茶馆，客人大部分是有单位的人，他们只要味道好，并不计较量的多少，因为这并不是他们的正餐。但是现在我自己的茶馆里，来的却多是开三轮车和出租车的师傅，他们的工作很辛苦，而且在茶馆里吃的是正式的早、午、晚餐，因此我就尽量把分量弄得足一点，酸萝卜也是免费的。没想到这招让我的生意渐渐好了起来，茶馆成了司机师傅们的聚集场所。我薄利多销，收入还很不错。

第二年，我又把旁边的一个店也租了下来，扩大了我的茶馆，还新雇了三个乡下来的小姑娘，在她们的身上，我总是看到自己以前的影子，我希望自己能给她们正确的帮助。也是在那一年，我知道了茶馆里的熟客给我起了个外号“甜茶西施”，最初我不知道“西施”是什么意思，后来才知道是很久以前的一个大美女，这样的名字让我怪不好意思的，可是叫的人多了，我也就只好这样应着了，习惯后，也觉得很顺耳。

心意最难知

周三的下午是选修的心理课，纯粹是为凑学分，尼啦其实一点兴趣都没有，又恰巧下个周末是英语六级的考试，她便打定主意逃课，去自习室复习。

宿舍和自习室之间是一条小河，横穿过整个新校区。当初建新校区做规划的人也算是颇为用心，间隔着修了三座小桥，沿着小河的两边，种着摇曳的柳树，铺开层层的月季和玫瑰，最朴素的是学名叫波斯菊的各色花儿，单个看很是不起眼，若是满簇满簇地、五颜六色地开着，便有着让人惊艳的美了……

此刻，柳枝还绿着，波斯菊却已经畅快淋漓地开了，温柔喜人，是这个季节大自然最好的恩赐……尼啦走在其中，脚步却越来越慢了，她突然觉得在这个静谧的下午课时间，微风吹拂，花海缥缈，柳枝摇曳……这里不就是最好的复习地点吗？根本就不用去自习室。

她左右看看，相中了一个树阴下的宝地，不靠着路边，太阳光不直射，大株的月季微微遮挡，即便有人从栅栏的旁边走过，也不大会瞧见脱了鞋子，跷着二郎腿的自己。尼啦甚是满意，她索性连袜子也脱了，光着脚丫摩挲青草尖，这是她从小就喜欢的感觉，现在已经芳龄十九，却还是暗自喜欢。

正当复习进行时，尼啦突然听到路边有说话声从远而近，本来应该再从近到远，可他们竟然就停在了离自己不远处的栅栏外。是一男一女，女的声音竟然有些哽咽："可是，我到底哪点做得不好，我觉得你好像在躲着我。"

“不是躲你，现在是上课时间，我们应该在上课。”男生的语气带着明显的不耐烦，连傻瓜也会听出来。

可那个女生却显然并没有感觉到：“但是，除了上课时间，我就总找不到你。”

“其实，我们不要总在一起，同学们会误会的。”

“我不怕同学们误会，我对你如何，你心里最清楚了。”

“我心里清楚，所以才害怕同学们误会。”男的说，“我之前已经和你说清楚了，我们俩真的很不合适。”

“你这就是借口，”女的说，“你告诉我，我该怎么做？”小女孩竟然就真的哭了起来：“我在你面前就像一个傻瓜……”

“你别这样，”男的说，“让别人看到多不好啊，别人真的会误会的。”

“其实，怕别人误会的是你。”

尼啦终于听到小姑娘说了一句靠谱的话。任何一个旁观者，听到这样的对话，都会瞬间清楚到底是谁怕误会、是谁在乎、是谁在躲避。正当尼啦为小姑娘暗自不平的时候，却不料，突然，她打了一个喷嚏。这下好了，俩人一起转过脸，看到了月季花后面的尼啦，先是有些惊愕，继而尴尬，但转瞬便都露出气愤的表情，四目怒视。

“抱歉，我真的不是故意听你们说话。”尼啦赶忙解释，“真的，特别特别抱歉！”

“真是没素质。”女的拉着男的走了。在这一刻，他们倒是显得统一和谐，一致对外。

尼啦也很不高兴：他们怎么不合适，简直就是太合适了，都是小心眼……尼啦连续嘀咕了好几声，心里舒服多了。她觉得男的似乎有些眼熟，但又想不起来。总之不论是谁，也根本没有必要这么高冷，又不是特别的帅！至于那个可怜兮兮的小姑娘，也自有可气之处，何必卑微如此，即便最初有些喜欢，也会被这卑微擦拭殆尽了……此刻，尼啦想起了鲁迅那句著名的话：哀其不幸，怒其不争！

感叹之后，尼啦继续光着脚丫子，看着英语书。

这之后的几天，尼啦都沉溺在英语书本中，她希望自己能拿下这次的英语六级考试，那接下来就可以安心备考雅思。其实她并没有出国的打算，之所以热衷这样的考试，只是很喜欢，便想试试自己的能力。

其实，尼啦最喜欢的是看英语原版的电影，她特喜欢里面的发音，便一遍一遍地模仿，久而久之，竟然练就了不错的口语。周末英语角的活动，她是常客，连外教也夸她。大二的时候，系里排演话剧《音乐之声》，她演倔强勇敢的家庭教师，舞蹈也许是她的弱项，但一口标准清澈的口语完全弥补了她的缺点，让她在台上光彩熠熠……也是从那时候起，学校里有关英语的活动，便时常安排尼啦参加，以她的性格自然不会特别热衷，不过是完成任务，敷衍一下而已。在心里深处，她是个安静的女孩，一直觉得在图书馆里看喜欢的书是最幸福的事情，如果恰巧能有个窗边的位置，清风吹拂，那就更好了……

这天，同学捎来话，让尼啦去一趟年级主任的办公室。"现在就要去吗?"尼啦问。

"没说具体时间，越快越好吧!"

既然是这样，尼啦便拖到了下午课间的时候才去。年级主任的办公室半掩着，尼啦正要敲门，里面传来一个女生的声音:"你别这样总是躲着我，行吗?"

"我真的没有故意躲你，"一个男生的声音，"可是你应该知道我的想法，我们之间永远不会有那样的感情。"他继续说:"我真的不想打击你，你确实是个好姑娘，你的真诚和天真让我很感动，但是感动和感情相差着十万八千里，你应该懂的。"

"我真的不懂，你为什么不能看到我对你的好呢?"

"我不是看不到你对我的好，而是我真的对你没有那种感情。"男生说，"你对我这么好，其实不值得。"

"但我觉得值。"女生回答得理直气壮。

透过半掩的门，尼啦看到说话的两个人就是几个月前在草坪上看到的那两个人，女的一如既往地深情，而男的一如既往地冷漠。尼啦转身轻轻离开，可不幸的是，相似的一幕又发生了，尼啦竟然又打喷嚏了。转瞬，屋里的俩人已经到了屋外，尼啦也不知道自己该说些什么，一股热气从脚底往上冒，脸瞬间红通通的："我，我，我真的不是故意要听你们说话的，我来找年级主任。"

"你是外语学院的尼啦吧？"男生说，"年级主任已经把事情交代给我了。"他对身边怒气冲冲的女生说："你该去上课了，我们这边还有事情。"

原来，市里的几个学校要联合举办活动，需要各派藏语英语汉语三名主持人，并准备至少七个节目，英语主持就定尼啦了。"文字稿现在还没有出来，定稿以后，我会拿给你，翻译的事情就要你自己搞定了。"男生说，"顺便介绍一下自己，我是理学院的扎洛，现在学生会任组织委员，所以这样杂七杂八的事情就归我管了。"

"我本人倒是没有什么问题，就是怕做不好。"

"你谦虚了，我看过你们表演的《音乐之声》，真的不错，你演的玛利亚让大家印象深刻，所以，这次需要英语主持，大家第一个就想到了你。"

尼啦还没有从尴尬中缓过来，她应承着，匆匆离开。

不过，这之后，他们不得不经常见面，他显然是个很严谨的人，对文字稿推敲了好几次，害得尼啦也改了好几次，至于那些各个学院送来的节目，他总是能提出修改的建议，显得特别挑剔……再接下来是排练……

几乎每次排练，那个痴情的小姑娘都会出现在现场，捧着精心准备的零食或是饮料，扎洛似乎从没有主动和她打招呼，但小姑娘显然不介意，也许是因为太乐观了，又或者是太喜欢，所以她一如既往地表现出满怀的热情。好几次，尼啦无意中瞥见她，她不是在递饮料给扎洛，就是旁若无人地托着腮帮静静欣赏着扎洛的脸，确切地说，是侧脸。

原来，特别喜欢一个人，会这样放低自己，真是低微到尘埃里了……

正式演出……一切顺利！

庆功宴的那天，小姑娘又来了，她一直坐在扎洛的旁边，纵然殷勤温顺，可完全没有得到对等的回应，扎洛对所有人都笑吟吟的，唯独对她是板着脸的，一丝笑容都没有，连旁边坐着的人都觉得有些过分……可是，无论小姑娘多傻冒，多乐观，她也有扛不住冷漠和打击的时候……晚餐就要结束的时候，尼啦去卫生间，在拐角的楼梯间看到小姑娘掩面哭泣，尽管她极力克制，但站在她的身后还是可以听到悲哀的呜咽，看到她的肩膀乃至整个后背都在抽搐。

尼啦不知道是否应该上前劝慰，她站了好一会儿，手足无措，还是转身离开了。回到大家吃饭的包间，只见扎洛聊得正欢，根本就没有注意到小姑娘离开了，又或者，正是她的离开才让他如此兴高采烈……

一个如此冷漠，另一个又卑微如此，毫无希望和远方的感情大抵就是如此吧！

尼啦看着眉飞色舞的扎洛，越看越有些不平，她忍不住走过去，拍了一下他的肩膀，提醒着："小姑娘在楼梯口哭呢。"

"什么？"

"小姑娘在楼梯口哭呢，你应该去看一下吧。"

扎洛似乎听明白了，但他并没有立刻起身，而是思考了一小会儿，才有些不情愿地往外走。看着他离开的样子，尼啦就知道他根本不会说什么好听的话安慰小姑娘……才一小会儿，扎洛就走了进来，很意外，他竟然走到了尼啦旁边，低声说："能帮个忙吗？"

尼啦没有接话，但眼神却是询问的。

"能帮我把她送回宿舍吗？"他低声说，"我一个人去送她不太合适。"

尼啦自然不能拒绝，可小姑娘却有些抗拒，她用力地甩开尼啦的手，不让她搀扶自己："我自己可以走的。"可扎洛却硬是不放尼啦离开："你可一定要和我一起送，女生楼不让男生进。"

尼啦左右为难，扎洛竟然在小姑娘的身后对尼啦竖起乞求的大拇指，还一个劲地使眼色。在这一刻，尼啦突然觉得，其实他的刻意冷漠也是可以理解的，被一个自己不喜欢的人天天缠着，确实不是一件让人开心的事情。

尼啦和扎洛算是相识了，刚开始也许不太友好，但很多次自习室的闲聊、图书馆的照应、微信的沟通……他们竟然相处得不错，甚至可以说，甚欢！

痴情的小姑娘还是时常出现在扎洛的身边，她含情脉脉看扎洛的眼神，瞟到尼啦的时候，就变得怒气冲冲。尼啦想，扎洛的身边就是是非之地，似乎埋着随时爆炸的地雷，自己没能力排爆，那就远离一些，免得爆炸的时候伤及自己，那就真是无辜了。

于是，很多次，扎洛出现在同一个自习室或阅览室的时候，尼啦就赶忙逃之夭夭。

终于，扎洛看出了端倪，发了微信："最近一段时间，你为什么躲瘟疫一样躲着我？"

"根本没有，全是你瞎想。"尼啦矢口否认。

"那，我们去喝咖啡吧？校门口的那间'楼兰古城'。"

"我今天没时间。"

"还是躲着我！"

"不是躲，是我有事情。"

"不管你有什么事情，我就在咖啡店里等，现在是中午一点，相信打烊之前，你一定会来。"

这样的相约，女孩子的第六感觉，他一定有事的。尼啦一遍遍看着微信。她透着窗纱，再透过绿树的掩缝，想尽量看得远一些，再远一些……手指无规律地敲击着桌面，一遍又一遍，突然有些胆怯，不管他要说的是什么，她都不想听！

每隔一个小时，尼啦都会收到他的一条微信：等你！

九个小时以后，尼啦终于出现在了咖啡厅，他满脸的喜悦。

一个等了九个小时的人竟然没有一丝的怨气，而是显得喜出望外，开心的表情真是想遮都遮掩不住！

"你能来，我很高兴。"他说，"确切点说，我很幸福，因为你来了。"

"我以为你会怒气冲冲的。"尼啦实话实说，"其实，我一直觉得你不是一个好脾气的人，从来都不是，甚至我觉得你好像经常怒气冲冲，特别是在某个人的面前。"

“为什么这么说?”

“你好像明知故问啊。”

“我理解你的意思了。”他说,“是因为我对某个人的态度不太好吗?”

“不太好?”尼啦说,“不是不太好,简直是恶劣,太冷酷了。”

“我也不想显得那么冷酷,但如果我温和一些,怕是会让她会错意,让她心生希望。”他很认真地说,“可是我不想给她这种感觉,她太执拗了,不太会婉转,我若是假意地温和,恐怕不会带给她快乐,而是让她陷入更深的泥潭里,她的痛苦会更多。至少在我的理解里是这样的。”

他的话似乎有些道理。平日里尼啦不是一个习惯刨根问底的人,特别是在不太熟悉的人面前,但此刻,有一句话她却脱口而出了:“你看到她的痛苦,你会心疼吗?”

“你想听实话吗?”

“当然。”

“我真的一点都不心疼。我只是希望,她早点明白我真实的想法,我有时候甚至都想告诉她,我一直都爱着另一个女生。”

虽然有些迟疑,但尼啦还是问:“那你为什么不说?”

“我觉得,我应该先告诉那个女生。”

尼啦没再接话。此时的窗外已是黄昏,阵阵微风吹过,巨大落地窗的纱帘也随风轻轻飘动,窗台上的一盆盆花飘散出阵阵清新,她嗅到了桂花的味道……一阵风,闭上眼睛,起舞,扑面而来的,又是一阵桂花的味道……

“你怎么不说话?”

“我好像没有什么说的,我现在有点饿。”尼啦说。

“我已经吃了盖浇饭,你想吃什么?”

“我要一份担担面。”这个咖啡厅的担担面一直是尼啦的最爱,可是此刻,虽然她的吃相有些狼吞虎咽,但其实咀嚼无味……他的试探、他的欲言又止、他的眼神、他如此耐心的等待,其实都是他心意的表达……这样的表达,尼啦收到了,明白了。可是,如果他没有更清楚地表达,她是决定装糊涂的。

而于扎洛而言，在等了九个小时以后，当这个穿着宽松蓝色外套，配着碎花长裙，露着米其色平底鞋的姑娘出现在自己面前的时候，他的快乐，确切说，他的幸福真是溢溢满怀。

她第一次映入他的眼帘，是在学校电影院的舞台上，她演《音乐之声》里倔强勇敢的家庭教师，虽然穿的是最简单的黑白长裙，但闪亮发光的眼睛，标准清澈的口语让她在台上光彩熠熠，他一下子就喜欢了……后来，他被小姑娘纠缠，她恰巧偶然见到，显得有些惊慌失措，和台上自信满满的样子截然相反，小女子的样子展露无遗，他竟然有些心疼……人的感情真是个很奇怪的东西，他不心疼天天惦记自己的女生，却无缘由地心疼草坪上的尼啦，总不至于是因为她光着脚丫子吧？

就这样，说不清道不明，她竟然成了他心灵的羁绊。

也许，人的感情真的就像是嵌在墙里的开关，向上按就是有，向下按就是没有。有爱了，便全都好，好喜欢；没有爱了，便全都不好，纵使天天粘在一起，也终究觉察不出好，反而心生厌恶。

吃完了满满一盆面，尼啦心满意足地擦了擦嘴。

“吃饱了？”他问。

“如果我说没有饱，你会再帮我点一份？”

“可以啊，吃饱了，才好继续和你聊天嘛。”

“你的话题好严肃，”尼啦说，“不如，我们谈谈各自的爱好。”

“我知道你最喜欢英语。”

“英语是功课，是学习任务。”尼啦说，“我其实喜欢画画。”

“真没想到你还喜欢画画，”他说，“我们的板报需要画很多插图，以后就要多麻烦你了。”

“你又想到自己的任务了。”尼啦说，“可是我现在不画了。”

“为什么？”

她犹豫一下说：“是因为一个人，当初喜欢是因为一个人，后来不再画画也是因为那个人。我们约好了，他回来的时候，我们一起画一幅画，那幅画的名字我们也都想好了，就叫‘家园’。”尽管坐在对面的他一双眼里充满诚意，更是给人不容拒绝的感觉，但这样的话尼啦还是艰难地说了出来。

他沉默了，她看见他的嘴角轻微抽搐。

“天已经完全黑了，可是今天晚上的星星真多真亮啊！”她只是随便说说，以缓解尴尬的气氛。

良久良久的沉默……他其实有很多话想要说，比如第一次见到，比如一整年的思念，再比如这一刻还有以前很多时刻心里的爱恋……但他只是说：“夜空的星星真的很亮，可是我觉得你的眼睛更亮。”他迟疑着，还是继续说：“你的眼睛那么洞察人心，一定知道我的心意，不用我再说出来，但不论如何，还是谢谢你。”

故事是要结束了吗？也许终究只是一路人一过客。

但也有另外一个可能，柳暗花明，好事多磨，跨过沟壑，终究会变成有情人，于是终成眷属！

要不,我嫁给你

电话铃声,尼啦听到了,但她装作没有听到。

又是电话铃声,尼啦听到了,她还是装作没有听到。

还是电话铃声,尼啦听到了,犹豫着,她最终还是接了。猜测得没错,是姨的电话,最近这段时间,这个电话基本上只有一个内容——相亲。

尽管如此,尼啦还是装作不知道的样子:“姨,有事吗?我这里今天好忙喔。”

“有事,下班后到我这里来。”

“我肯定不能按时下班啊。”尼啦说,“今天特别忙!”

“我不管,反正下班时间一到,你就立刻给我回来。”姨说,“七点之前见不到你,我就给你妈妈打电话,她有办法叫你回来。”

“好啦,听令!”

母亲和姨的担心并非没有道理。尼啦今年都三十了,早两年就跨进了“剩女”的行列,虽说她自己倒也并不觉得有危机感,但做家长的自然很是操心。于是,就有了一次一次的相亲,其中很多人其实在见第一眼的时候就已经知道根本没有未来,可碍着老人的面子,也要坚持着聊上至少几十分钟。若碰上某个执拗的人,正好“流水无情,落花有意”,就有被纠缠的可能了,说得再明白,可也有人装糊涂啊!

尼啦想象中的爱情和婚姻完全是另一种样子,偶遇,一定要偶遇,然后是一见钟情,再然后就是白头偕老。诚如张爱玲所说,在时间的旷野遇见那个人,没有早一步也没有晚一步。那就是命中注定我们要等的人吧!所有的人都曾执着过这么一个念想。

有这样一个念想，尼啦纵然已经跨过了三十的门槛，却依旧执着地等待着那个没有早一步也没有晚一步的人。

在这样的等待和念想中，尼啦不知不觉到了“剩女”的年龄。她倒不觉得尴尬，可母亲尴尬啊！

意料之中啊！尼啦进姨的家门，还没有一刻钟，门铃又响了。姨急切地跑去开门，却没有忘记在那一瞬间转过身，给尼啦一个寓意深长的眼色，那是立刻进入“战斗状态”的指令，战斗的号角打响了！

首先进来的是一个六十岁左右的母亲级别的人物，保养得不错，穿着一件棕色的毛衣，袖口和衣边绣着碎花，还算典雅知性。她的身后是一个高个子的男人，套着一件蓝色的T恤，没有什么特别，单从年龄上来看，和尼啦倒是还算般配，也是“剩余”的年龄了。

简单的寒暄后，两个老人感觉还是不错。姨特意端上一盘桃子，对方的母亲也特意吃了一个，象征着顺顺利利的意思。有了两个老人坐镇指挥，彼此的情况也早就大体有了解，不用刻意地问一些问题，没有不可调和的冲突，只要两人看对了眼，就完全可能“步入婚姻殿堂”。

想着预期的结果，思量着结果的可能性，两个老的信心满满，满意快乐的表情忍不住地闪耀着。两个小的却是吃得多，话很少，这倒也是自然，初次见面，男女都要矜持，这样显得有内涵，显得稳重，谁也不想表现得特高兴特满意，事实上也真谈不上满意和高兴。

吃过饭，姨不让尼啦帮着收拾：“不用你帮忙，你该回去了，现在这个时候打车最不方便，要不让洛桑送你回去？”

“对啊，”洛桑的母亲马上心领神会，“这个时候最难打车了，让洛桑送你回去，我在这里和你姨好好聊聊，你们年龄相当，有你们自己的话题，你们也好好聊聊。”

洛桑就是尼啦相亲对象的名字，这个名字顺口，普通，就像他本人，五官单着看普普通通的，组合在一起也还是普普通通，再加上普普通通的衣服，普普通通的车，普普通通的话，整个就是一个再普通不过的人了。

坐上了车，洛桑问：“送你去哪里？”

尼啦说了自己家小区的位置。尼啦想，这个家伙显得很冷淡，大概对自己没感觉，反正自己对他也是一点感觉也没有，正好两个白眼，权当自己搭了一个不用花钱的顺风车啊。

一路上，除了无聊的天气和游客越来越多的话题之外，两人没有什么特别的交流。想到两个老的在家里聊得欢天喜地，而话题的两个主角此刻却无聊地、闷闷地坐在车里，盼着快点到目的地，尼啦就觉得好笑，真是可怜天下父母心啊！

到了尼啦的小区门口。如释重负，尼啦下车了，礼貌地道谢道别。对方也一样，礼貌，却缺少亲密。

在转身离开的那一刹那，尼啦突然有点失落，他竟然连自己的电话号码也没问，这样一个特普通的男人对自己一点点的感觉都没有，自己真是很没有魅力啊！

想一想，也想通了，在这个满大街青春窈窕美女的时代里，一个三十岁的“剩女”有几个君子会认为是“好逑”啊？况且这个叫洛桑的，根本就不是“翩翩君子”，不被他看成“好逑”，也不算坏事。

想通了，尼啦立刻就高兴了起来，看看四周没人，她学着模特扭着腰肢走起了“猫”步。突然，后面有汽车喇叭的声音，尼啦回头，只见那辆普通的车停在自己的身后，洛桑那张最普通的脸从车窗里伸出来，他的手上拿着自己忘了的文件袋。

此时此刻，洛桑一直冷淡的面孔有了一丝笑容，尼啦则有些僵了，但她很快反应了过来，冲了过去，把文件袋抓回来，没有道谢，直接转身就走了。洛桑的声音从后面传来：“我不是特意跟着你的，我是看见你的文件袋，就返回来了。”

尼啦听着这声音，想着他刚才诡异的笑，突然觉得脚心发凉，瘆得慌。

奇怪！每次相亲回来，尼啦想得最多的不是相亲的对象，而是那些埋藏在心底最深处的人和事。那个人，那些事，她总是在最最宁静的时刻才会拿出来回忆和思念。

在最美的青春岁月里，尼啦也曾经很爱很爱，很沉溺很沉溺，直到现在，她也总是可以回忆起那条情意绵绵的小巷，小巷中的偶遇，真的是偶遇啊！没有一点的思量和准备……幸好那是一条还算悠长的小巷，他们有时间好好看看对方，却没有时间平息自己急促澎湃的心情，除了一见钟情，他们手足无措了！

在那条小巷里，一个“诗人”似的青年和一个“丁香”似的姑娘偶遇了。一切都将黯淡，只有爱，只有彼此，才是光芒……

可是，可是，唉！所有的情愫，从年少开始最美最真最无邪，到后来，最初的那份爱情要么输给了生活，要么交给了岁月，要么留在了心底。总之，在现实里，最初的爱情好像无处放置，显得冲动鲁莽，格格不入啊！

于是，于是，唉！终究回不到从前，就像落花回不了枝头，流光回不到昨天，岁月回不到年少。

那个人，那些事，只是午后宁静时刻的清茶！

电话铃声，姨的。

“喂，怎么一个回信都没有？”姨一向很直爽，“你倒是说说你的想法！”

“我有什么想法？”尼啦想把麻烦推到洛桑的身上，“我看别人根本就是来敷衍你和他母亲的，说不定，人家已经有女朋友了。”

“你说瞎话也要打个草稿吧？”姨说，“人家都给我说了，觉得你不错，就担心你没有意思呢。”

“不可能，”尼啦说，“他肯定是在敷衍你。”

“我看敷衍我的是你。”姨说，“我给了洛桑你的电话号码，他会打给你，你也试着和别人聊聊，他真的是个好小伙子，你自己也老大不小了啊，稳重可靠比什么都强。”姨心疼尼啦，真心的，这个姨真是尼啦大半个妈啊。

那几天，尼啦一直在思考，洛桑来电话的话是否去聊聊。可是，显然尼啦的思考很是多余，一个星期过去了，他的电话还是没有出现。尼啦有点生气，没有感觉就是没有感觉，还想着法子敷衍老人，把麻烦推给女方，真是不够磊落没有担当啊！

这样的男人，有什么好聊的。

可是，一个月以后的一个下午，洛桑那辆普普通通的车出现在了尼啦单位的楼下。尼啦下楼，他那张普通的脸从车窗里探出来，叫着尼啦的名字。

"你怎么在这儿?"尼啦是真的有些奇怪了，这个人敷衍老人可是真有耐心啊!

"我在等你。"

"有事吗?"尼啦特意表现得不够热情。

"没特别的事情。"他说，"就是想请你出去坐坐，本来早就应该来，但我突然需要出差，因此为了表示诚意，这次我就没有打电话，而是直接到单位来等你了。"

这样的逻辑显然没有问题。为了亲爱的姨，尼啦也要敷衍敷衍啊。

洛桑不是一个很善谈的人。这次见面，他们两个都是吃得多说得少，吃饱喝足，洛桑送尼啦回家。真是两个吃货啊!

尼啦没有洛桑的电话号码，所以尼啦很是轻松啊。她想，如果再也没有联系，那就是他没有看上我，我总不能追在他后面不放吧？瞧，我多委屈多无辜，姨和母亲的苦心我体谅了，但她们也知道强扭的瓜不甜，对不?

可问题是，洛桑总是给尼啦打电话。每次都是吃，吃了中餐吃西餐，吃尼餐，幸好还有泰餐，有墨西哥餐……总之，他们两个在一起似乎最重要的事就是吃，还要多吃，吃得尼啦体重直直飙升。

洛桑是什么意思？是持续性地敷衍老人？还是对我有感觉？又或是纯粹找个吃伴？总之，这个不善谈的男人让尼啦觉得有点好笑。

也许在洛桑的眼里，尼啦真的是一个吃货。可是在那些很宁静的午后，尼啦也会静静伏案，翻卷诗书，品味香甜，心中盛着满满的感动……那个人，那些事，尼啦总是回忆着的……所以，谢谢那些最后没有得到的，才保住了生命中关于爱情最美好的记忆。

可是，也会有这样的时刻，最普通的洛桑出现在这样的思考中……尼啦肯定，他在开车时偷偷凝望过自己，肯定在狭窄的过道里刻意靠近过自己，肯定在点餐时为了亲近而讨好自己，肯定想要和自己多待一会儿而装着还没有吃饱……

尼啦从不觉得自己在蜕变，却知道，很多事情不一样了。经历的时候不觉多么甜蜜的事情，只有在回忆里才发现心中也曾经被轻轻感动……这些感动是否会一点一点汇聚？汇聚不了大海，但满满一杯似乎也够了。普通的人，过着普通的生活，操着普通的心，领悟着普通的感情……想要一片大海是贪心、不切实际和幼稚的表现，但如果想要的只是一杯水，那就显得智慧、满足和成熟了。

洛桑确实太不善谈，但在这样的午后，想起他的时候，尼啦不由自主就会想起这样的词句：很稳健，很可靠，很安全。

诚如张爱玲所说，在时间的旷野遇见那个人，没有早一步也没有晚一步。那就是命中注定我们要等的人吧！所有的人都曾执着过这么一个念想。

念想终归只是念想啊！现实的生活会让我们懂得更多。稳健、可靠和安全于爱情也许是不够的，但于婚姻而言，于长长久久的婚姻而言，这些却都是最难能可贵的品质。

上天有好生之德，让似尘埃的两个人，游走，游走，游走，最终还能踏上姹紫嫣红的凡尘之路，这条路也有香气弥漫的时刻，在那刻，请醉倒，请醉倒啊！

于是，某一天，洛桑说："我，想要结婚了，就是不知道有没有人会愿意嫁给我。"

思考片刻，尼啦说："要不，我嫁给你。"

有妻如玉，有女如花

闲暇之余，轻轻思索，那些在大学校园里经历的人和事都还历历在目，清清晰晰，明朗就如昨天。

那是十多年前的大学校园了，毕业时流行的是纪念册，几乎每个毕业生都有一份，在最前面的是自己的照片和想要说的话，然后依次传到每个同学的手中，大家总是挑选一个自己中意的页面，贴上照片，写下留言，当然还会有分配的地址和联系电话。于是，这个纪念册就成了大学生活最美好的缩影和回忆，被每个人像宝贝似的带回了家。

洛的纪念册传到我手中的时候，我和他已经有两年多没有说话了，我们总是互相躲着，远远就避开，说得准确一点，是我在躲避着他，否则，依他开朗热情的性格，如果真的是面对面碰上了，他应该会和我打招呼的。现在想想，两年多的时间里，在那个并不算大的校园里，我们竟然真的就没有面对面碰到过，抛开人为的因素，大概也是天意吧，上天没有安排我们在一起！

可是，那天，洛的纪念册传到了我的手中，只有最后一页是空白的，我是最后一个留言的人，这也意味着我给他写的话，不会被别人看来看去，我写下的所有的文字，都只有他一个人可以看到，这是他有意安排的吧？他想听的、他想知道的应该是我心中最真的话。

那个夏夜，我抱着他的纪念册，坐在草坪僻静的角落里，想着他的心思，想着这个纪念册将陪着他走过以后很多未知的岁月，我便不由地内心温暖，眼中湿润。

如今十几年过去了，我真的忘了那年辛苦完成的毕业论文的名字，但我记得自己在洛的纪念册上写下的文字：有妻如玉，有女如花。我不知道洛看到这句话会有什么感觉，但我自己写下这八个字时，是泪流满面的。那真的是我内心最真的话，在知道自己和他已经永远没有未来之后，我真的希望在以后漫长的人生里，他有妻如玉、有女如花。

在那时候的大学校园里，洛是一个显得突兀的男生，进校就留着卷曲的长发，抽烟，喝酒，如果是艺术生当然不足为奇，可他偏是一个理科生，不会唱不会跳，不复习，又经常逃课，却总是考第一。以那个时代的观念来看，他还是个早恋的男生，在上高中的时候就有女朋友，开学还不到一周，信箱里就开始塞满贴着小红心的信件，他招摇地看着，吹嘘女朋友的美丽，和周围校园里严谨的男生们形成了巨大的反差。

可是，第一个学期刚过，洛就在校园里有了新的女朋友，是一个漂亮的女生，有着自然卷曲的头发和黑亮的大眼睛，学的是艺术，走起路来也有跳舞的感觉。他们的出双入对吸引了不少眼球，出众、漂亮、高才生、变心……这些因素很快就使他们在校园里成了名人，拿现在的锐词来说，他们是名副其实的话题人物。

在那个时候，我还是一个勤奋刻苦的好学生，每天的大部分时间都在图书馆里泡着，可我的成绩却总是没有洛的好，我想这是因为自己不够聪明，但我相信刻苦可以弥补自身的不足，于是就更加努力地学习，终于，在某一个小考里，他只考了第二，而我居然名列第一。

那天下午，我虽然很是开心，但不敢懈怠，依然待在图书馆里。洛出乎意料地也来了，我让他有压力了，想到这点，我掩饰不住地笑了。“看这么枯燥的书，你还笑得出来？”不知什么时候，洛竟然就站在了我的身旁。“难道书中真有黄金屋？”

突然听到洛的声音，我确实吓了一跳，不过，我很快就回了一句：“书中有没有黄金屋，我不知道，但你的书中，一定有颜如玉。”

“颜如玉？书中可没有，不过，我的身旁有。”

“是说自己的女朋友？”

“对啊！”

“哪个女朋友？老家的，还是校园里的？”我想让他难堪。

洛看着我，顿了一下，然后说：“都不是，我指的是身旁的人，也就是你。”

说完之后，他转身就走了。我真的很不解，难道他专门跑到图书馆里就是为了调侃我一两句，第一次屈居第二，让他心里不舒服了吧？

考试的胜利带给我的更多的是压力，虽然我更加努力地学习，但不久之后的大考，洛大获全胜，主要科目全是第一。我感到特别的伤心和郁闷，抱着一大摞书在草地最偏僻的小树背后落泪。正当我泪眼蒙眬，难堪地在包里翻手巾的时候，他的声音突然就从身后传来了：“你考得已经很好了，你都要掉眼泪，班里别的同学难道都不活了？”

“谁掉眼泪了？”尽管此时眼泪就挂在我的脸上，但我还是嘴硬。

“没掉眼泪就好，有水珠在你的脸上，刚才你这里下雨了吧？”

他的话让我一下就乐了。破涕为笑指的就是这样的情形吧！

“我有一个建议，想不想听？”他说。

“你说。”

“我觉得我们应该庆祝一下，第一和第二，这么好的成绩！”

“你是应该庆祝，我建议你和你女朋友一起庆祝。”

“这是另一回事，现在我们两个第一第二的高才生骑车去城里吃炒面吧？我负责借车，做家教的同学那里就有。”

于是，那个夏季最热的午后，我们两个骑着两辆破旧的自行车，顶着滚烫的太阳光，一个多小时后到了城里，吃了两份三元的炒面，又坐在商场门口，边吃冰淇淋边调侃过往的美女，还算愉快地度过了几个小时的时间。不幸的是，回来的时候竟然下起了雨，我们到校园的时候全身都湿透了，真的就像两只落汤鸡，更不幸的是，他漂亮的女友就撑着漂亮的大花伞，在校门口等着我们，更更不幸的是，漂亮女友漂亮的脸上竟然挂着泪珠，她一见到我们，丢下伞转身就跑了，而唯一值得庆幸的是，今天出发之前，我并没有采纳他的建议，共骑一辆车，而是坚持借两辆车，自己骑自己的。

此时此刻，在雨水浸透衣服，在筋疲力尽，在尴尬地看着他漂亮女友漂亮的背影的时候，我突然觉得是上天在这个时刻给了我这样一个关键的提醒，真是不幸中的万幸啊！

这就是我和洛庆祝考试胜利的结果。这个愚蠢的建议是他提出来的，如今要为此做一些担当，是理所当然，也是他自己倒霉吧！不过，我知道洛的巧言善语，我相信他会化险为夷的。

果然，一切都像没有发生过一样，我依然是一个刻苦的好学生，而他们还是校园里的话题人物。他在运动会上得了3000米的冠军，她主持了颁奖典礼；她把头发剪短了，无形中引导了校园的时尚潮流，而他连续一个星期没有上课，老师没有找他麻烦，因为他似乎不学就会……既然是话题人物，所以自然有很多人在我的耳边念叨着他们的事情。渐渐地，我突然发现自己竟然想要听到他的消息，他的点点滴滴。

其实，他很多事我是知道的，那些张扬又有些脱俗的事情在校园里沸沸扬扬，我即使用棉签堵住双耳，还是会知道的。可奇怪的是，我竟然就喜欢有人这样重复着说，并在听的时候有一种莫名的甜蜜。我惊恐地发现，自己对他是不一样的，而他，对我似乎也是不一样的，他看我的眼神中有一种深沉的温和。

不久后，很突然，如他们这般郎才女貌的恋人却突然就分手了，他们依然是话题的中心，却难为我也一时之间就处在了风口浪尖，大家相传他们分手是因为我。

这样的传言大概已有一阵子了，也就终于传到了当事人，也就是我的耳中，我大惊失色，慌忙解释，但大家却并不相信，因为说出如此话的人竟然就是洛本人。于是，我跑去质问，他不反驳，说事实就是这样子，他也想骗骗自己，但做不到，因此只好顺着心意了。

“既然，你已经知道了我的心意，那么你就做我的女朋友吧？”洛说得理直气壮，全然没有才和女友分手的尴尬。

“你不觉得自己太草率了吗？”

“我不觉得，我真的不觉得。”他很认真地说，“这两个月我都在思考，想弄明白，想怎样和她说清楚，想怎样和你说清楚。”

其实，越和他说下去，我就越糊涂，在不知不觉中，我就转到了这个漩涡里。我一直觉得他对我是不一样的，可到底是怎样的不一样，我又说不出来。

这一刻，我似乎懂了，可又好像还是不懂，他是一个多么不忠诚的人啊！他又会真的爱上谁？

他是一个聪明的人，大概很快就看出了我的疑惑，于是，在某个细雨蒙蒙的下午，在图书馆的书桌上，他把一张纸条摊在了我的面前，上面写着：我把一个不太忠诚的人的全部忠诚给你！

读起来多么地拗口，但我却默默地读了很多遍，我被打动了！我知道他有很多致命的缺点，可是，在每个女人的青春里，也许都会有这样一个不太好的男生，一个明知应该远离，却真的无法离开的男生。

在那样青春的年纪里，我们都是爱过那么一个人的吧！

洛是真的对我好，太好了，都显得有些不真实，就像在梦中，飞翔、喜悦和骄傲。他特别认真，未曾有一丝丝的懈怠，那段岁月里的他，了解我的喜好，我的快乐，我的悲哀。我甚至觉得，在这个世界上，真的不会再有这样爱着我宠着我的男生了。而我，也是同样认真地爱着他的，把他当成是宝贝，什么都好，什么都顺眼。

那个时候，校园里正流行老狼的歌，洛送给我一盒他的磁带，里面的一首《想把我唱给你听》是我最喜欢的。我喜欢里面的歌词：想把我唱给你听，趁现在年少如花。花儿尽情地开吧，装点你的岁月我的枝芽。谁能够代替你呢？趁年轻尽情地爱吧！

是的，谁都不能代替洛，我真的想把自己唱给他听！

在那段日子里，我常想，如果要我放弃了对他的爱，我的生活还会有什么喜悦和情趣呢？就连这样假设地探想时，我的心都会暗暗地疼痛。那时候，我觉得我和他是不会生离的。

可是，在这个世界上，在我们的人生里，真的还有许多突如其来的、未曾意料的，又或者说，有很多我们无法承担的事情。

洛曾经漂亮的女友来找我了，她冷漠地说：“我不想对你说洛的见异思迁，我只想告诉你，我不喜欢看到你们在一起，如果有一天，我被气急了，做出什么破格的事，你一定不要惊讶，请你们好自为之！”丢下这样一句有些恐怖的话，她漂亮地转身走了，留下了一大堆思索给我。

什么是破格的事？自残，还是残我？我越想越怕，少女时代的幼稚和娇嫩让我手足无措。这样的情形如果发生在十几年之后的今天，我一定不会如此恐慌，但那时候，我却觉得自己好像时刻都有生命危险了，担心就在某一个不经意的拐角，会有一把锋利的刀子刺向我。

这样的想法，现在看来是多么的幼稚啊！就连那个漂亮女友的威胁的话其实也是幼稚的，她是一个很有优越感的女孩子，突然被男友背叛，失落和伤感会有多么深刻！找我出出气，也是她倾泻情绪的方式吧！

青春的时候，我们时常会想，真正的爱情是愿意为对方付出生命的。可是，我怎么会面对一个小小的威胁就这样惊恐，我对他的感情连一点危难都经不住，一定不是真实的。

有了这样的疑惑，我赶忙惊恐地和他分手了。

现在想起来真是可笑，我和他的恋爱，我的初恋就这样结束了，他一定要我说个所以然，我坚持是我自己的意愿，只字未提他的前女友。我突兀的选择一定让他非常不解和气愤，但那时候，我并不是特别体谅他的愤怒和伤感，我沉浸在自己的悲痛中，悼念着自己宝贵的初恋。

那时候，我想，像他这样的男生应该很快就会有新的女友了吧！可是事实证明，我的想法错了，在后来两年多的大学时光里，他竟然没有找女友。当然，他也没有颓废，他还是那个把大部分时间花在操场，却依然所有科目都名列前茅的高才生。

我们的母校并不是特别的大，但大学生活最后两年多的时间里，我真的就没有好好见到过洛，我总是会想起他的笑容、关怀和爱，但也仅仅是想想而已。毕业回家乡的火车上，我一直听着那首《想把我唱给你听》：想把我唱给你听，趁现在年少如花。花儿尽情地开吧，装点你的岁月我的枝芽。谁能够代替你呢？趁年轻尽情地爱吧！晴朗的时光，我把我唱给你听，用我最炽热的感情感动你好吗？岁月是值得怀念的留恋的害羞的红色脸庞，谁能够代替你呢？趁年轻尽情地爱吧！最最亲爱的人啊，路途遥远我们在一起吧……

路途遥远，我们如今真的各奔东西……

这之后的那十几年的岁月，我从懵懂的双十年华，一路变成了沉稳的中年女人，那是些流水般的日子，没有跌宕起伏的情节，没有柳暗花明的惊喜，只有很现实很实际的日子，就像我们身边的那些普通平凡的女人们一样，我就这样一路从那时走到了现在。

对洛，我是一无所知的。当然，有时候我也会想，如果当初和他在一起结果又会怎样呢？我不得而知。但我真的很想再见他一面，看看他之后的生活，看看他的改变，看看那熟悉的脸和笑容。

这原本只是我的一个念想，可洛竟然真的就出现在了我的面前。他来这个城市出差，左右打听，他找到了我。

看到也是人到中年的他，我才觉得那些曾经相爱的岁月，突然不明朗了，仿佛隔了长长的世纪，他是真实的，而那段青春的爱情，却不清晰了，我的眼前就像隔了一层薄纱，愣了许久，我才发现自己在掉眼泪……

原来，我们一起走过的路，我们一起相伴的时光，虽然如烟花一样短暂，但在我的生命里，它却是那么深刻，那么分外绚烂。

如否，我又怎么会有眼泪？

而他，也和我一样吧？在心底的某一个角落里，他留了一份小小的空间给那段青春的爱情吧！

短暂的相见之后，他离开了，回到了他的城市。

我不再对他一无所知，跨越千山万水的短信虽然不长，但我知道了他的心意。在十几年之后的现在，他开始翻动那遥远的爱情，可是，那爱情是属于青春的，现在的我们，是有责任和担当的中年人了。我最后发给洛的短信是：有妻如玉，有女如花。

真的，洛，现在的我们，已经没有未来。彼此祝福，偶尔挂念，这样，也很好吧！

当然，如果再见，我们会微笑着寒暄，像老朋友一样聊聊天……

邂逅微信里

席慕蓉说:夕阳西下,是我最想念你的时候。

此刻,正是夕阳西下,于是在这夕阳中,在这华尔兹的舞曲里,在我心里最深处,我想念着你!深刻,并且欢愉!

电话响起,一个陌生的号码,接听,一个陌生的声音:“喂,我等了有半个小时了,你怎么还不到?我今天很忙,你到底过不过来?”

“你打错电话了。”

“没打错,听声音就是你,你不租就说明白,让我在这里瞎等,这样有意思吗?”

“你真的打错电话了。我也很忙,没空听你瞎嚷嚷。”我挂断了电话。

半个小时以后,我收到这个号码发来的短信:抱歉,刚才我按错号码了,电话里态度不好,见谅!

我回复:没关系。

这是我和他的初次关联,仅仅是在电话里,虽然刚开始不太友好,但我想他还是一个有教养的人,知错道歉是好的品质。

几个月后的一天,电话响起,一个陌生的号码,接听,一个似曾相识的声音:“喂,我马上到,你把钱准备好啊。”

“什么钱,打错电话了。”

对方恍然明白:“喔,抱歉我又按错键了,抱歉,又打到你那里了。”连着两个抱歉,他还是很真诚的。

“没关系。”我知道这又是上次那个冒失的人,大概他房客的电话号码和我的很接近吧!

半个小时以后，我收到了他加微信的要求，我接受了。我们就这样成了微信好友。

我很快发现他是一个特喜欢发表自己见解的人，我的微信里总是有他很多的留言，不可否认，他的一些评论还是很独到和犀利的，文字有些刁钻，不知道他这个人是否也有些刁钻。

仅从微信来看，他是一个很外向勤奋的人，说他外向，是因为他总是喜欢把自己生活中的很多细节都发到朋友圈里，吃饭、网购、喝茶、聚会、出差、下乡、开会、过林卡、开车、晚归、失落、兴奋、忙碌、愤怒……甚至连洗脚的照片也发了，好像生怕别人不知道他在做什么，心情如何。说他勤奋，是因为他加班的次数很多，这样多的加班，有没有加班费？如果有，如果数额不菲，那是否有故意加班的嫌疑？我自己偶尔的加班是没有加班费的，所以想到加班费就不免浮想联翩……

微信圈里的朋友做了将近一年，虽然没有见过面，但我觉得自己已经很熟悉他了。不是因为我在刻意留意他，而是他在微信里事无巨细把自己展露无遗，你不想知道他的事情都没有办法，除非你把他放入黑名单。可是，说到底，我觉得他还是一个诚实、热情并且有幽默感的人，他展示自己的生活，你要么欣赏，要么忽略，真没必要拖到黑名单里去。再说，他的微信总的来说还是有趣的。

这天下午，我在超市购物，超计划买了两大袋东西，有点渴有点累，索性到楼上的咖啡厅小坐一会儿。一边喝咖啡一边看微信，突然发现原来他也在喝咖啡，再仔细看，就在同一家咖啡厅里，我连忙左右一看，真是巧啊，他就在我后面，我认得他，在微信里他已经发过好多照片了，现在看到真人，倒也不觉得陌生。

我转身看他的时候，他正好也往我这里看，友好地点了点头。我确信他认不出我，因为我从没有在微信里发过照片。

我继续喝我的咖啡，并且在他的微信下点了一个赞。

没过几分钟，我的电话响了，竟然是他的，我迟疑着，不知是否该接，电话声停了，可又接着响了，我还是有些迟疑，电话声又停了。而他已经拿着咖啡杯坐在了我的对面。

“你好，我们在微信里做朋友很长时间了。”他很是开朗，“你的电话号码和我租客的就差一个数字，我好几次把电话打到了你那里，你记得吧？”

“这我记得，可你怎么知道我在这里？”这是我特好奇的一点，迫切想要知道。

“你点了赞，”他笑着说，“我就可以知道你在附近的。”

我虽然还没有搞明白，但我知道自己，再问几遍，问得再详细，我也是搞不明白的。所以我装着明白的样子点了点头。他也许觉得我很 out，但表情却是很高兴的样子，大概一个人坐得无聊，现在有人可以聊聊，自然是不错的事情。

几分钟以后，他就更是眉飞色舞了，我不善谈，但善于倾听，他便有了很大的空间可以侃侃而谈，话题从他的工作，转到叙利亚的内战，再转到泰国的佛教和寺庙，然后转到了食品安全，再然后还聊到了拉萨的超市，最后以青藏铁路结束。

聊到食品安全的时候，我们点的盖浇饭正好上桌了，我瞬间一点胃口也没有，勉强吃了一点，他完全没受到我们话题的影响，一扫而光。“你的胃口也太小了，还剩这么一大半，真是浪费啊！”

其实他哪里知道，我胃口大开时，这样的一盆盖浇饭我也是可以一扫而光的。今天的问题出在了我们的话题上，一边谈论着死老鼠肉和地沟油，还翻开照片塞到眼前，就算是饿着，也很少有人可以津津有味地吃完饭。他的胃口真的很强大。佩服！

这场邂逅终于结束了。他硬是要送我回家，我提着两大袋东西，便也欣然接受。

那天晚上回到家里，躺在床上，耳边还是他侃侃而谈的声音，这样的好口才，这样的喜欢说，真应该去当律师，边说话边就把钱挣上了。

那天开始，我每天都可以接到他的微信，不是朋友圈里群发的，是单独发给我的，或是一句话，或是一张卡通图片，又或是他本人的照片。

他，我是早就很熟悉了，而我，他自然也熟悉了起来，才发觉原来我的胃口极好，远远胜过很多同龄的小姑娘。他奚落我，说我那次好虚伪，装得很淑女，我义正词严地反驳，痛斥他那天的话题，讥笑他在死老鼠肉的图片里，还能津津有味扒拉着饭菜。

他真是个话痨，我却愿意奉陪，最重要的是这样的奉陪让我觉得很快乐。

我知道自己爱上了他，而他，也一定是爱着我的吧，否则怎么天天腻歪着。

可是，这个可恶的话痨，该说的话，他怎么就是不说呢？

可是这天，他的微信让我很不痛快。他发了自己拎着大包小包跟在一个漂亮女生后面的照片，还配着"窈窕淑女，君子怜香惜玉"的文字。一副奴才相，把我气得快要七窍流血。

正好，那天中午他说一起吃饭，我气呼呼地就去了。他已经停好车，站在街边等我，我瞪了他两眼，还不解气，没理他，直接就往商场大门走，餐厅在商场的四楼。

"喂，什么眼神，没看到本大人？"

"大人？"我奚落着，"你怎么不说自己是君子，怎么不带窈窕淑女吃饭？"

我的话让他恍然大悟："原来有人打翻了醋坛子。"他看着我，脸上现出忍不住的得意，太得意了，便伸出手想要拍我的肩膀，大概是抚慰的意思。

可是，他的手才伸出来，就被我打了回去，很有劲，更有劲的是我的眼睛，满是愤恨和委屈，嘴里还嚷嚷："我就是要打破醋坛子，浇你一身的醋，看那些窈窕淑女能否忍受你浑身的醋味儿。以后，我再也不会听你唠叨，听你天南海北，你再也不用烦我了，你愿意和谁在一起就可以和谁在一起，你愿意帮谁拿包就可以帮谁拿，如果你足够有劲，你愿意帮十个女人拿包也是你自己的事情，你满意了吧？"说了这么长串的话，我才发现，这字字句句都是带着醋味儿，我有点不好意思。

"那以后换我听你唠叨，听你天南海北，给你买冰激凌，帮你拿包，如果你愿意，我背着你也行。”他的语气软了，很软很软，软得连我都有些诧异，立马停止了愤怒，转而很奇怪地看着他。

“怎么？你这样的眼神，有什么不对吗？”他反问。

“我没明白你的意思。”

“你懂的。”他说，那表情哪里是君子的样子，简直就是一只狡猾的狐狸。

“我不懂。”

“你一定懂的。”

“我一定不会懂的。”

“那好吧！我会让你弄懂的。”他说着，掏出了手机，写了几个字，我收到了他的微信，上面写着：I love you.

“我看不懂。”我打定主意难为他。

“那好吧！你既然这么弱智，我只好再说得清楚些。”他又掏出了手机，写了几个字，这次我并没有收到他的微信。

“看你的微信。”他说。

“我有声音提醒，什么都没收到。”

“看你的朋友圈。”

我看了，这一次他的留言群发在了朋友圈里：我爱你，傻冒的央啦！

虽然有些诧异，我还是得意地笑了！

“这下你懂了吧！傻冒！走啊，肚子早就饿得咕咕叫了！”

“拿包！”我想把包挂在他的手上，可是他已经转身走了。我只能小跑着跟在身后，嚷嚷：“包，包啊！”

“仙女节”的偶遇

12月13日，清晨。央啦早早起床，梳妆打扮，特意穿了一件藏装，将平日里扎着的头发和彩色的丝线搭配着梳起了长长的大辫子，包是前两天才买的，用传统的氆氇料做装饰，和藏装是一个色调，站在穿衣镜前，一个眉目清秀、漂亮传统的藏族姑娘楚楚而立，真是风情万种！央啦左看右看，很满意镜中的自己，高高兴兴地出门了。

今天可是一个特殊的日子，西藏传统民俗节日“白拉日追”，又名“天母节”，现在通俗摩登的说法叫“仙女节”，这个日子现在已经演变成了一个女性的节日了。关于这一节日的起源，就不得不提到吉祥天母——班丹拉姆女神，虽然贵为女神，却也是个有着浓厚世俗色彩，为女儿的婚事操心，甚至横加干涉的母亲。她的大女儿白巴东则虽然长得难看，塑像中总是一副蛙脸，但也多情似水，与护法将军赤尊赞相爱了。母亲知道这件事情后，一阵盛怒。自家的女儿虽说不漂亮，但总归是大家闺秀，护法将军赤尊赞很有高攀之嫌，规劝不成，越想越是恼怒，于是下了一道指令，把赤尊赞赶到了拉萨河南岸。大概事后做母亲的又有些于心不忍，便下令每年的藏历十月十五日，这相爱的一对可以隔河相会，以解相思之苦！而白巴东则女神虽说爱情遭难，但却并没有变得性格怪异，而是慈悲友善，特别地护佑妇女和儿童，因此每年的藏历十月十五日就成了“仙女节”。每到这天，她就与松赞干布一同被抬置在大昭寺外院天井中，供人朝拜。

而拉萨的“仙女们”在这一天也会早早起床，精心打扮，拜女神、转经、煨桑，虔诚祈求女神护佑，吉祥安乐。在这个特殊的与“爱情”相关的日子里，向白巴东则女神祈祷，请她赐予自己好的姻缘，也许会格外触动女神的心怀，于是降甘露，赐恩泽，凡尘中的女子便会遇到满意的夫君，姻缘顺利。

央啦就是这样胸无大志的小女子，心存祈愿，只愿未来可期，有爱人可依，有孩儿相伴，有山水可游……在她的心怀里，这便是很满意很满意的一生了！

可是，夫君何在？

姻缘本是天定，于是央啦小女子心思一动，便想到在这个特殊的日子，向慈悲的女神祷告，祈求她赐予自己一个体贴、温和、善良、健康、有责任感的夫君，央啦觉得自己用的词有些过多，显得很贪心，可是在祈祷的时候，她还是忍不住又加了一个词：俊朗。

央啦心存侥幸，她想，也许在这个特殊的日子里，女神会更慈悲更宽宏更厚爱，爱怜所有受难的，赐予所有乞求的……想到这里，央啦又忍不住，再加了一个词：魁梧。

瞧瞧，这就是凡尘的女子，很贪心，当然也很幼稚！

这天，整个八廓街里三圈外三圈地围满了人，大多数都是穿着新衣，戴着哈达的女人。央啦穿行在人群里，被推搡着，挤压着……终于匍匐在女神的面前，感动、敬畏、祈祷……走出拥挤的八廓街，站在宇拓步行街上，央啦突然感觉很饿，已经三点钟了。拿出手机，赶紧打开美团。

这个时间餐厅的人不多，挑了个窗户旁边的位置，央啦在美团上买了一杯咖啡和一份冰淇淋，她喜欢的豆豉排骨饭美团上却没有，那就单点吧。

“冰淇淋先上，咖啡等我吃完饭再上吧，奶多一些，不要放糖，谢谢！”

央啦喜欢这样的时光……静静柔柔的风吹进屋子，淡蓝色的窗帘便轻轻地摇曳……窗外是灿烂明媚的阳光，透过窗棂微微斜照进房间，在宽厚柔软的沙发上洒下一片温暖……央啦靠着沙发，觉得好舒服，不单单是身体舒服，重要的是心情很舒服，也许“舒服”这个词用得不太准确，央啦想了想，她觉得应该用“惬意”这个词。

冰淇淋味道不错，美团价格很合理，豆豉排骨饭味道也不错，最后上的咖啡却有点哗众取宠，拉花很漂亮，味道却很一般，而且奶少糖多，好像和央啦说的正好相反了。

但总的说来，央啦还是很满意的，她的美团评论是五颗星。

惬意了两个小时，时候不早了，该回家了。

央啦从包里摸钱包，豆豉排骨饭是要付现金的。摸着摸着，她突然浑身冒汗，包里没有钱包，不幸的是昨天单位刚刚补发的六千多元也在钱包里，更不幸的是她正在申请取公积金，身份证连同公积金的卡也都在钱包里……她的心跳加快，突然，她想起自己今天早上拿的是新包包，出门时根本就没有从旧包包里拿钱包……胸前小小的心脏如坐过山车一样高低起伏，跌到了谷底，又嗖地蹿了上去，好在这次没有再次掉下去，虽有一阵晕眩，最终央啦还是稳妥地坐在沙发上。

可是，接下来亟待解决的问题是，拿什么去付饭钱？

央啦聪明伶俐，小主意自然信手拈来，用微信红包换现金。可问题是，这个咖啡厅里有人会愿意相信她，来帮这个忙吗？

央啦环顾四周，仔细观察，她首先相中了一个独坐的、一直在玩手机的中年妇女，可央啦把自己的意思表达过后，她立即显得特别警觉："我不用微信的，也不知道微信红包。"

央啦第二个相中的人是一个中年男人，和两个朋友在喝茶，大概是去洗手间，正好路过央啦的桌子。他知道央啦的意思之后，用很奇怪的眼神打量着央啦，迟疑了一会儿，也婉言拒绝了。

不过就是几十元钱而已，难道人和人之间连这点信任都没有了吗？可转念一想，遇上这样的事情，自己也会多疑犹豫啊！所以不能责怪别人，只能再试试了。

正这样想着，一个身材中等的男人走了进来，央啦赶忙迎了上去，话只说到一半，他就已经掏出了钱包，拿出了一张百元钞票，递了过来。

"谢谢您的信任，我马上把钱从微信转过去。"央啦特别高兴，"先生，您的微信号？我马上加。"

"不用转给我了，今天是'白拉日追'，可一整天都没有仙女搭理我，算是节日礼物吧!"

"这怎么可以呢?"央啦觉得很不好意思,"我真的就是忘带现金了,没有别的意思,如果您不收,我就找别人帮忙了。"

"好吧!"他笑着说,"今天仙女说了算!"

这真是一次很愉快的经历。央啦乐呵呵地回家了。

挤公交车可不是一件舒心的事情,可今天,在这样拥挤的瞬间,央啦却觉得心头泛起温暖的光……这真的只是一次偶遇,却让央啦心起涟漪……温暖的偶遇! 央啦在"偶遇"的前面加了一个形容词。

萍水相逢,却能"拔刀相助",尽显男人的风度和雅量。央啦觉得那个男人的形象瞬间高大起来。可见,身高和高大是两个完全没有关系的词。

也许,慈悲的女神听到了我的祈祷! 想到这里,央啦窃喜!

几天以后,那个微信名叫"浩然君子"的偶遇男给央啦发来了一个"早上好"表情,这就成了他们微聊的开始,你一言,我一语,默契,并且舒心。

央啦很喜欢看他发来的文章。她觉得这些文章就是他性格的体现:幽默、有内涵、文字精致,字里行间透着儒雅的气息……

似乎水到渠成,他们约着喝茶吃饭……他是一个善谈的男子,天南海北,侃侃而谈……央啦不明理由地对他怦然心动,一下子变得特别的小女人,看着他指点江山的样子,心中满满的仰望和幸福。

"想带你去我的家乡看看,最好夏天去,一望无际的大草原,宽阔豪迈,绿色里透着油润……"他说着,双眸中有一种温暖的爱慕。

央啦有些激动:这是某种暗示吗? 带自己去他的故乡,是想让自己进入他的未来吗? 央啦在他的眼神里看到了一个豪迈温暖、风光无限的故乡,更重要的是,这个故乡在未来有可能是他和自己共同的故乡。

他们的电话越来越频繁,见面的次数越来越多,话题也越来越细微了……有一次,他们一起吃过饭,见天色还早,就在老城区的巷道里瞎逛,天渐渐阴暗,下起了雨,正好路过一个小小的酒吧,两人进去避雨。这是他们第一次在一起喝酒。

央啦平日里不喝,而他的酒量似乎也不行,几杯下肚,他已经醉意蒙胧，说着说着，便抓住了央啦的手。“过几个月，我要休假，和我一起去家乡看看吧，你会喜欢的。”他说，“我妈妈也想见见你。”

其实在那一刻，央啦也有些手软脚重，可他的话却让她在那一瞬间保持了绝对的清醒。“你怎么不说话？不想和我一起去吗？”他问得很执着。

“好啊！”在那个弥漫着烧烤气息和喧嚣嘈杂的小小酒吧里，央啦这样回答着。她的心狂跳，喜悦，又很激动，但语调却很平静。仿佛她答应的真的只是一起去某一个地方看看风景，并没有任何特别的意思。

自从喜欢他以后，央啦便不止一次地期盼着他能这样和自己说话，她一直等待着。也曾经觉得，这样的等待会很漫长，她害怕太漫长了，害怕自己的深情如一杯滚烫的热水，终究会在这无止尽的等待中慢慢耗尽热量，变得冰冷。

可是，此刻，在这间小小的嘈杂的酒吧里，他竟然这样和自己说话了。央啦觉得很突然，又很幸福！

透着朦胧的灯光，他的脸棱角分明，温柔又刚毅，嘴很性感，两边嘴角微翘，嵌着两个深深的酒窝，这一刻，央啦怎么看他，就觉得怎么好！

雨终于停了，他们手牵着手一起离开。他把她拽得很紧，戴着戒指的手被勒得很痛，央啦试着挣脱，却被拽得更紧了。“我想一辈子都拽紧你的手，”他轻轻说，“你愿意吗？”

央啦不知如何回答。原来你若真爱一个人，内心酸涩，反而会说不出话来。

“不回答，我就当你默认了。”

央啦还是没有回答，其实她真的想说“我愿意”，可就是突然间出不了声。

小女子爱恋情深，却难以启齿，也是可以理解的吧！

……可是，几个月后，又一次的偶遇，让他们一起回故乡的期盼，让这样牵手甜蜜的日子戛然而止了。

又是一次偶遇，央啦见到了让她的爱情坠落冰窟的一幕：他有别的女人。不论是他移情别恋，还是早就心有所属，又或者只是简单的逢场作戏，央啦都没有再听他的任何解释。她是一个固执的人，也有一颗固执的心，虽然心疼痛异常，可心中的深情已经荒凉了。她记得他离开时候的样子，逆光而行，渐行渐远，不再转身回眸。

那个她以为可以一辈子走下去的人，从此以后，却只是她的路人甲了。

也许在遥远的未来，无论经历多少岁月，他都会是她午夜梦回，悄然忆起的身影。

锦书难托

大学毕业以后，仓很顺利地就考上了自己家乡的乡镇公务员，虽说分配的那个村子自己之前并没有听说过，但报到之前，她在地图上找到了那个小小的点，感觉离自己的村子并不是特别远，她便已是满心欢喜……于她而言，毕业了，有了公务员的工作，又在自己的家乡，她已是万般感激，并不敢奢望还会更好。

可是，真正去报到那天，她却发现地图上的那个短短的距离，实际上花费了自己整整6个小时的时间。大多是盘山的土路，一个弯接着一个弯，不免会头晕恶心，好在还有车窗外的景致可以分分心思，再想象一下自己即将开始工作的村庄，仓也觉得不算特别难挨……一段下山的道路，突然拐弯，再直走，尽头，一个绿树环抱的村落赫然显露……此时，已是黄昏，金黄色的阳光落满整个村庄，暖洋洋地照着；几只牛夹在一大群羊中间被赶回村子，到了路口，各自寻着回家的小道，"咩咩"地道别；小羊倌得意洋洋地背着一大筐牛粪，这是他今天的"副业"……这样的画面让仓觉得熟悉，舒适……也许，唯有农村的孩子，才可以感觉到这份最质朴最田园的舒适和温暖！

农村的孩子自然很容易适应农村的生活，一起分配的其他两个城里来的女孩还唉声叹气抱怨不止的时候，她已经收拾好小小的房间，生火做饭，熟悉工作，去周围的人家串门聊天，看书散步，怡然自得。

"我们都觉得太难受了，可你怎么会这么快乐？"

"因为这就是我最熟悉的生活，我从小长大的村子和这个差不多，我喜欢这样的生活。"

“可是，我们连一天都待不下去了！”城里的小姑娘满面委屈地说。

“可是，我们还是要待下去的。”仓笑着说，“别想太多，土豆煮好了，这种新鲜的、不加化肥的土豆，可是城里吃不到的喔！”

于她们而言，新的生活新的工作就这样开始了！

虽说在拉萨城里上了四年的大学，可仓骨子里还是个农村的孩子，她熟悉这样的生活，习惯这样的生活，所以也喜欢这样的生活。

在这个小小的乡里，她说着家乡的话，吃着家乡的食物，体会着家乡人的难处和快乐，也尽力为家乡做着事情……她觉得这样的日子是她喜欢和愿意过的。

可是在她的心底，她也有悲伤的事情……初恋的男友也回他自己的家乡了，在西藏的最东边，离这里很远很远。那天在拉萨分别的时候，他还承诺等一切安置好以后，就找机会来看自己，或是在拉萨见面。可是实际的情况却不是他们想象的样子，电话越来越少，短信越来越少，思恋也是越来越少了，又或者说，是现实打败了他们的初恋，曾经最好最好的爱情还是被隔山隔水的遥远轻轻地擦拭掉，一点一点地变得模糊，变得淡漠，变得似有似无，变得不那么重要……终于有一天，那份爱情在不知不觉中悄然消失，恍惚中都不知道是何时消失的……他们之间没有谁对谁错……也许，这就是真实的生活，或者说，这就是命运的安排！

失恋的时光，如果在热闹喧嚣的城市里度过，也许会好受一些，因为可以很容易转念而它，比如购物、看电影、去餐馆吃饭；可是仓却在这样一个清冷寂寞的小乡村里，没有超市、电影院、餐厅，她只能白天去村里人的田地帮忙，晚上待在屋里看电视，看着看着，她就能睡着，而电视总是通宵地开着。

一年多以后，在整理邮箱的时候，她突然看到了他发来的一封邮件，日期是半年前，标记未读，她不知道怎么就没看到这封信，信里是她熟悉的语气，前面聊了几句天气，谈了谈日渐熟悉的工作和同事，然后提起了两个人的未来，字里行间浸润着迷茫和不舍，最后轻描淡写地提了一句：其实，也有和我们相似的情况，总有一个人要付出得更多，离开家乡和工作，只为了和爱的人在一起。

这就是他习惯的表达方式，不说得直截了当，而是模棱两可，你可以用自己的理解去诠释，而他转而通过你的诠释去体会你的决定。

“为什么就会没看到这封信呢？”仓一直问自己这个问题，如果她看到了，也许会理解对他的意思，离开家乡和工作，奔他而去。可是，她终究是错过了这封信，于是便也错过了自己的初恋和初恋的他。

可是，这封信也让她心生满足，至少，她被她爱的人期待过！

她对这个男人没有恨意。是啊，谁会恨一个曾经让自己一往情深的男人呢？

无论如何，生活总是要继续下去的。又过了两年，同来的两个城里的小姑娘，一个调到了县上，另一个也有了在县上工作的男朋友，正在借调期，不仅婚事已经提上了日程，大概不久也会调走的。

独自一人的时候，仓也不免有些悲凉，可是，悲凉又能如何啊？

这天，根据县里的通知，上面有人要来考察种植核桃树和花椒树的项目，如果项目论证成功，那乡里就要大规模地种植核桃和花椒，如果收成好，还会有扶贫资金进一步支持，解决道路交通和相关再加工产品的生产问题。这个项目是县里今年的重点扶贫项目，若在乡里试点成功后，将进一步推广，根据不同的地理气候条件，引进不同的经济树种，力求增加几个贫困乡的收入。

乡长对这个项目也一直翘首以待，这次接到通知，就带着大家忙活开了，生怕出什么漏子，心中忐忑，不免有些急躁，平日里温和的人也发了几次小脾气。这天11点左右，县里陪着专家考察组到了，安静的村庄一下子就像过年一般热闹起来。

这次可来了不少人，地区上的专家组就有八个人，再加上县里的领导和相关陪同的人员，有近二十个人呢。小小的乡委会一下子挤得满当当的，乡长介绍了情况，虽说有些紧张，但汇报得蛮清楚，专家提议，去实地看看。

一行人往村外走，仓陪在旁边，突然她听到有人叫了声“仓啦”。

她抬起头，目光中有一丝诧异，最后惊喜地说："老师。"

那个被她称为"老师"的人此时已经站在了她的身边，看着她这样小小的表情，心情愉悦。

"老师，真的没想到是您，"仓说，"我就觉得像，但不敢叫您，怕叫错了，让人笑话。"她红了脸，原因不细说，终究还是因为他。

"我倒是认出你了，"老师说，"可是刚才在听你们乡长的汇报，就没能和你打招呼。"

"您不在学校了?"

"不，还在学校当老师，我有一个课题正好是花椒种植推广，这次被安排到专家组，也是为了更好地把这个课题做好，真正应用到实际的生产中。"

"能见到老师，真是太好了!"仓由衷地说。

"我也很高兴啊!"

这个老师，是仓大学里的农科老师，讲课诙谐有趣，能把枯燥的农科讲出生活和梦想的味道，是学生们的最爱，又因为长得儒雅有风度，所以更是女生们的最爱!

项目顺利通过论证，冬去春来，开始引进树种，大规模地育栽，老师作为这方面的专家，住进村里，实地开展指导。

仓负责给老师做助手，除了工作上的事情外，作为乡里的工作人员，她还要负责几位项目组人员的生活起居，这可是她的强项，做起来得心应手。

工作进展甚是顺利，连老天爷也帮忙，雨水来得合适，气温更是适宜，树苗绿芽满枝，没病没害……项目组的工作逐渐进入正轨，于是大家轮休回城里。

"五一"长假，轮休的，请假的，乡委会的院子里就只剩下仓和老师了。毕竟也是一个节日啊，应该改善伙食，仓多做了两个菜，开了一箱拉萨啤酒，叫上乡长，三人聚餐。

不凑巧，吃到一半，乡长被妻子叫走了，说是一个亲戚来家里，需要人陪。于是，吃饭的就只剩下仓和老师两个人了。幸亏老师很是善谈，在他的引导下，他们分享对各自家人的关心，回忆自己成长的经历，家长里短，谈天说地。

两人都不胜酒力，微微有些飘然。

老师高高捋起衣袖："看看我的胳膊上。胳膊的最上边。"

老师的胳膊上有几个字母，仓脱口而出："两个英文字母？"

"是两个拼音字母，"老师说，"确切地说，是一个人的名字。"

"ZY？"仓问，"扎央？"

"不是，再猜猜。"

"扎雍？"

"还是错了。"

"老师还是告诉我吧！我这个人笨。"

"卓玉。"

"这是个对老师特别重要的女人吧？"

"是的，特别重要的女人，所以把她的名字刻在我的身上。"老师说，"那时候年轻，以为刻在身上，就会陪在身边。"

"可是，老师并没有和她在一起？"

"是啊，她最终还是离开了。"

"因为另一个男人吗？"

"我不知道，"老师说，"也许是因为我太在乎她了。"

"可是，老师不觉得把自己喜欢的女孩的名字刻在身上是一种变相的要挟吗？"也许是喝了酒的缘故，这样的话仓竟然脱口而出，要在平日里，她是断不会说的。

老师也被她的话一惊，看了她好一会儿，才说："也许这正是我那时候的心意，爱得深，便想着抓紧她。"

原来成熟儒雅如他，也曾经为了爱情而如此幼稚狼狈过。仓觉得眼前的他，不再是课堂上侃侃而谈的尊师，而是促膝长谈的同辈，亲近感油然而来。

“在学校里的时候，你是有一个男朋友的，怎么毕业了，你们却分手了?”老师又开启了新的话题。

“他在遥远的藏东，我们隔得太远了。”

“仅仅是因为距离远吗?”老师说，“我倒是觉得，他在学校里就有些花花心思，喜欢和女同学在一起。”

“你错了，他不是那样的人。”仓急忙反驳。

“你们已经分手了，为什么还这么维护他?”老师狡诈地问，“你还在想着他吧?”

“谁和你说的？我已经忘记他了。”

“那你为什么对乡小学的那个老师不理不睬?”

“这完全是两码事。”仓的表情明显有些尴尬。

夜悄然而至，他们继续这样聊着……继续喝酒，喝得越发多了，话却越发少了，后来索性就不说话，只是喝着酒，喝着喝着，醉了！

半夜仓被冻醒了，发觉自己竟然靠在老师的怀里，而老师身上半裹着沙发上的布垫。即便是醉了，人对寒冷还是有本能的抵抗的。

仓爬起来，费了九牛二虎的劲把老师拖到了里屋的床上，连鞋也没脱，就盖上了被子，正想着离开，却一把被他抱住了，紧紧的，根本没法抽身，她索性就躺了下去，想着先暖和暖和，等会儿他松手了，再回自己的房间。可没想，这一躺，自己竟然也睡着了。天亮，两人醒来，都好尴尬，恨不得有个地缝可以钻进去。

那个“五一”长假，仓觉得时间过得好慢，索性装病，躲在自己的屋里不出来。

老师毕竟年长，经历得也多，阅人也无数，自然不会慌张，失了分寸。所以，仓躲在屋里不出门的时候，他该干什么还干什么，白天还去种植地，记录下各种数据，为日后的论文做准备，晚上回来，也下面条，做蛋炒饭，招呼仓吃饭。

这是第三天，他端着碗敲她的门了。

“仓，开门，我今天做了蛋炒饭，加了些午餐肉，是你喜欢的那种。”

"老师,我不饿,你吃吧,我不想吃。"

"病了就更不能不吃饭,你这都三天没吃饭了。"

"我吃了饼干,现在什么都不想吃。"

"无论如何,今天你一定要给我开门。"老师说,"其实,你真没有必要躲着我,那天我们什么都没做。"

"我真的就是有些不舒服,想自己一个人躺着。"仓说,"我真没有躲着你。"话虽这么说,可谁又会相信呢?

那天下午,仓终于出了房间,两人没有太多的话,就如往常一样各自做着自己的事情。老师依然去了种植地,仓洗了一颗大白菜,加了些粉条、午餐肉和猪肉,包了饺子,这是老师很喜欢的食物。

吃晚餐的时候,仓还是觉得尴尬,脸自然绯红,有些发烫,就是消不下去。

而老师,看着眼前的仓,不免心生爱怜。是啊!那个叫仓的姑娘,他曾经悄悄地注意过,娇小的身材,娃娃脸,大大的眼睛,浑身散发着一种单纯的味道,和班里的大多数女学生不一样。

他的眼神中似乎多了一些什么,她看不懂,就越发尴尬慌张。

"'五一'长假,其实你可以要求休息的,家也不远,怎么不回去啊?"老师觉得应该找个话题说说。

"弟弟还在上大学,家里就奶奶和姨姨,过年的时候回去过,今年的休假想趁暑假的时候去看看弟弟。"

"弟弟在哪里上学?"

"拉萨,藏大。"

老师没有再往下问,显然这是一个已经没有父母双亲的孩子,怪不得在学校的时候就是办助学贷款上的学,如今工作了,也没有像别的小姑娘那样天天忙着网购,日常的穿着也是普通简单的,想必还要负担弟弟的生活费。

想到这些,老师更是不免心生爱怜:"你要多吃点饭,看你瘦的,暑假弟弟看到了,会心疼的。"老师说着站了起来,倒了两杯自己泡制的枸杞酒："来，虽说饭是简单了一点，但酒还是要喝一杯的，对身体好，况且再怎么说也是一个节日，我们这些地道的、田地里的劳动者，也要过过自己的节日。"

话题有了开头，就好继续下去了，于是，老师海阔天空地谈了起来，先是谈到了工作，花椒树和核桃树的培育种植，然后聊到了天气，再然后就提起了两人都认识的老师和同学，共同的话题一下子就有了，仓的话也多了起来。

在一个清冷的小村里，在村子边安静的乡委会里，在已然寂寥的黄昏里，一男一女相对而坐，吃着饺子，喝着酒，天南海北地聊着。这种气氛，很容易让人产生亲近感，会觉得坐在对面的人就是自己的亲人，可以信赖和倾诉，这样的感觉仓好久好久都没有过了。

其实，于老师而言，这样亲近温馨的感觉也是好久都没有过了。

于是，不知不觉中，他们的心就靠近了，很近很近，连他们自己也没有意识到这样的亲近感会这样突然地到来，有些突兀，却又充满吸引力，诱惑着人，让人心甘情愿地接受。

这种气氛，真的很容易让人产生幻觉，以为这就是恋爱的味道。

……

他们曾经是互相倾慕的师生，曾经好几年了无音讯……可是，他们竟然在这个偏远的小乡村里又见面了，竟然成了每天形影不离的工作和生活伙伴，成了最寂寞时亲近的朋友，成了倾诉的亲人……于是，尽管他们相差十八岁，尽管他在城里已经有妻有女，可是他们还是相爱了……他虽说年岁要长些，可是性格热情奔放，有时候也矫揉造作，便爱她如一个孩子；而她，家中的长女，父母早逝，很小就当家，性格安静平和，便爱他如一个母亲……其实他不用总待在乡下，一个月住几天就行了，可是因为有她，他便不太愿意回城里。他们都恍惚觉得这样的爱就是生活，就是最实际的生活……其实，是他们自己蒙蔽了自己的双眼，自己欺骗自己，自己躲避现实的生活。

第二年，花椒和核桃树都挂果了，他的工作任务结束了，不得不离开，而她还要在这个小乡村里继续待着……可是,他们都无法抑制心中的爱,便找千般的理由见面,他回来看她,或是她去城里看他……整整三年,他们都这样在思念、矛盾、伤感和期盼中度过……尽管他们还想继续蒙蔽自己的双眼,但仓的家人终于还是坐不住了,仓已经年近三十了,终身大事已经拖不得了。

想要结婚的时候,才知道遇上一个对的人,这么难!

无论如何,仓决定再去见老师一面。

那是初夏,温度刚刚好,很舒适。她在熟悉的餐厅里等他,而他终于来了。

"我今年三十了,"仓打算有话直说,"奶奶和姨妈都催我结婚。"

他没有接话茬,而是看着她。

于是仓继续说:"我想听听你的意见。"

"你知道我的情况,所以……"他真的有些羞愧。

"如果你不想让我结婚,那我就等你,"仓说,"可是,你让我等多久?"

沉默,好一阵沉默……他终于还是开口了:"我没有权利说这样的话,你知道的。"

又是沉默,又是好一阵沉默……

不管他们曾经多么相爱,不管他们现在有多么不舍,不管他们是否依然对彼此有多么地幻想,心神荡漾,心存不甘,可现实就是这样,一切都无济于事。

山盟虽在,却锦书难托!

"那我,"仓虽有些迟疑,但还是说了,"我就'十一'结婚。"

"他是做什么的?"

"老师。"仓说,"你知道的,就是他。"

"挺好的,踏实。"

"是个数学老师。"她说,"记得你说过,教书的人,特别是教理科的人,木讷,太理性。"

"太理性,或是木讷,其实都不是缺点,换个词,就是踏实。"他说,"结婚，就应该找个踏实的人。”

“你说得总是有道理。”她紧紧攥着手中的杯子，尽管极力掩饰，但还是无法隐藏心中漫溢的悲伤。

“你哭了？”老师问。

“没有。”

那是他们最后一次见面，后来，她真的结婚了，就在那年的“十一”，丈夫也正如老师说的，虽然有点木讷，但很踏实，最重要的是，他给她的爱是父亲一般的爱，深沉，一点也不矫揉造作。

微风穿堂

一直以来都想写一个充满温情的爱情故事，没有背叛，没有对抗，没有狡辩，没有悲凉，没有伤害。当然也不必轰轰烈烈、大悲大喜。只要小桥流水，云淡风轻，温情优雅，执子之手，与子偕老。

可是，左右顾盼，纵观四周，多少人与事，多少浪漫和醉痴，多少传奇和惊讶，多少坚持和奉献，却总还是看到伤害和心痛，处处有遗憾和委屈！年年岁岁的更迭，明明暗暗的交接，多年以后，白鬓斑驳，一切又似乎安静了下来，流淌的往事，所有来往的人们注定成了回忆。

这是完美吗？原来完美，只是字面上的奢望和期盼啊！

如此，下笔写出的就还是一个有很多遗憾和伤感的爱情故事了。

妮啦是故事的主角，十七八岁的时候长成了婉约柔美的姑娘。白皙的皮肤，亮晶晶的大眼睛，永远是乌黑的、长长的辫子，喜欢素净的颜色，透着安静的气息，让人想起深宅大院里长大的纯净姑娘，恍若隔着百年的岁月穿越而来。

那时候的妮啦正在大学的校园里上学，功课很好，素净秀丽的气质和周边招摇的女生显出鲜明的对比，男生们最怕却又最喜欢她的沉默和矜持。没有课的下午，她最喜欢待在阅览室里，于是，就有仰慕她的少年也来到阅览室里，想要坐在她的旁边，最好能够搭讪，说些引起她关注的话，交流交流，这样再找机会见面，就不会那么唐突。在这些少年的心里，优雅美丽的妮啦是他们未来客厅里最完美的女主人。

可那时候的妮啦，对未来生活的想象是有一个小小的院子，种一大片一大片的花，四季不败，一茬接着一茬，总是静静飘香，她坐在庭前闲闲地看，闲闲地等，等她应该走过的一生一世，和那个陪她走过一生一世的人。

她是个宁静温婉的姑娘，因此她的想法也是宁静和温婉的。

校园一天的生活从钟楼的钟声开始了，即使是云淡风轻的周末，妮啦也如往常一样坐在了阅览室的桌子前。这个周末，她在翻看《飘》的英文版，旁边还有一本词典，实在看不明白了，她就查词典，在这简单诗意的日子里，这样的阅读让她的心中充满幸福的感觉。

安静雅致，她是阅览室里特别的风景，如水如梦的眼眸让少年们魂牵梦萦，仿佛跌落在梦境之中，久久不能出来，又或者是不愿意出来。

安静的阅览室突然热闹了起来，原来是外宾来参观，英语老师被安排做翻译，他铿锵的声音穿过宽阔的大厅，飞到妮啦的耳边。妮啦回过头，看了看，英语老师也正好在看她，外宾听完介绍散开，走向里边的书库，而英语老师则走向了妮啦。他看到了她桌上的书："你在看《飘》?"

妮啦觉得有些不好意思："看过了两次中文版，这本英语的，边猜边看，还是不大看得懂。"

"这是原版的，是有些难，不过，看着看着，你就会有提高!"他继续说，"我那里有精华版，简单一些，你看着会更顺一些。改天上课我拿给你。"

"不用了，我看这个就行了。"妮啦连忙说。她和这个老师不熟的。

"也好，就看这个原版。"英语老师说，"最喜欢《飘》里的哪个人物?"

"比较喜欢斯佳丽。"

"我倒是最喜欢玫兰妮。"

"我也很喜欢玫兰妮。"妮啦说，"和斯佳丽相比，她是个很简单的人。"

"我喜欢简单安静的人。"这时候散开的外宾已经浏览完了书库，在一个老师的带领下，他们陆陆续续离开了阅览室。英语老师边转身边说："很多人说你很像《飘》中的玫兰妮，我也觉得你像。"

妮啦看着英语老师的背影，心莫名地跳动起来，更不巧的是，正是这时候，英语老师却转过身来，两人四目相对，妮啦连忙低下头，而他却有些坏坏地笑了。

两天后的英语课上，英语老师真的给妮啦带来一本精华版的《飘》。

回到宿舍妮啦才小心翼翼地把书翻开，她不知道自己为什么被一本书弄得如此紧张，可等到她真正翻开书的时候，她就更紧张了，心剧烈地跳着，静静的空间中竟然有“扑腾扑腾”的声响。

书中夹着一张纸条：我有《飘》的影碟，每天晚饭后，我都会在宿舍里等你，希望你能赏脸一起看。一直等你！

这个邀请，妮啦一直没去。可是从那天以后，英语老师的样子就总是在她的眼前浮现，他的声音在耳边若有若无地波动着，他的目光在所有的角度闪烁着，总之，他无处不在。

毋庸置疑，从那天开始，她就被焦灼的挂念牵动着，被无声的眷念弥漫着，被莫名的激动敲打着！

而他，似乎还是那样的从容，总是盯着她看，坏坏地，却又充满着温柔。这坏坏的温柔，她已经快没有办法抗拒了！

那天，他们在楼道相向而遇。他看着急促的她，还是坏坏地笑：“我把你吓着了？”他接着说：“我有那么可怕吗？别人都说我挺面善的，只有你，见了我就像见了鬼。”

“没有啊！”

“怎么没有？”他反问。

“真的没有啊！”妮啦说。

“行，我信你。”他说，“对了，我有一个很重要的问题想问你。”

“嗯？”妮啦觉得很奇怪。

“我想要知道你什么时候能接受我的邀请，去我宿舍看影碟，我等得很辛苦的。”

“这……”妮啦不知怎么说。

“择日不如撞日了，就今天。”他说，“你看，今天正好是周末，不用完成作业，而且，我正好还有一些菜，让你尝尝我的手艺啦！”

去了宿舍才知道，他准备的何止是一些菜，他还准备了生日蛋糕，准备了鲜花和巧克力。“生日快乐！”听着房间里飘荡的生日歌，看着蛋糕和鲜花，妮啦不知道自己该说什么，她只觉得眼泪好像不听使唤，固执地流了下来。

“怎么了，小姑娘？”

“你怎么知道今天是我的生日？”

“很简单，我看了你的学籍表。”他说，“我不想说假话，今天我打定主意一定要给你过生日，不单单是想要哄你开心，最重要的是，我实在不能再等下去了，我是急性子，想说的话憋不住。”他很认真地说：“你一定知道我想要说的话。”

妮啦确实知道他想要说的话，但她不想猜测，不想模棱两可，她想要他自己说出来。于是，她把头仰起来，摇着头，表示自己不知道。

“好啦！既然你要装糊涂，”他说，“那我来说，我要做你的阿希礼。”他还是坏坏地笑着，表情温柔，语气却是不容辩驳。

那是妮啦十八岁的生日，虽然没有妈妈做的丰盛的晚餐，但她却有了一个温暖怀抱，在这座寒冷的、冬日的拉萨城里，这份温暖足够暖化一切已知和未知的寒意。

在最美的十八岁的年龄，妮啦遇到了一个让她沐浴春风的男人，她把一生中最纯粹的爱给了那个青春里最爱的人！

那是她最初最纯粹的爱情。在这份爱情的陪伴下，她度过了最青春最美好的大学时光。然后，就是毕业，工作。再然后，他向她求婚了！想到要和最爱的人结婚，妮啦觉得自己被幸福包围。

可是，某一天，他突然有了去美国学习的机会，结婚不得不先缓缓。她等了三年，他终于回来，却不是回家，而是来接她的。在纽约他有了很稳定的工作，收入不错，前途美好，他希望妮啦和自己去美国生活。

可妮啦的话却似晴空霹雳。妮啦说，好男儿志在四方，可女孩子不一样。妮啦想要陪在母亲的身边，“父母在，不远行”。

女孩子的青春很短暂，放弃青春岁月里最纯真的爱更是一件很奢侈的事情。原来，妮啦不是外国的玫兰妮，而是穿越百年尘封岁月的小女子，满脑子的传统思想。

没有埋怨，也没有委屈，妮啦留在了拉萨。

满是眷恋，满是遗憾，英语老师最终还是飞回了纽约！

也许，生活就是这样，总会在最青春的岁月里，碰到最爱的人，然后把我们最珍贵的感情捧到他的面前，尝遍爱情的每一种滋味；再然后，就会磕磕绊绊，摔倒，爬起，痛着哭着慢慢长大；再再然后，会遇见那个最适合的人，会把一生的时光交给他。

人生也许就是这样啊！

于是，数载春夏秋冬，妮啦终于把自己一生的时光交给了一个最适合的人。她有了一个小小的院子，真的种了一大片一大片的花，虽不是四季不败，但一茬接着一茬，花开之时，总是静静飘香。

很多年后，妮啦收到了英语老师的邮件：数年未见，在忙碌奔波的生活中，我也许已经很少回忆起你，但今年生病住院，最危急的时候，我第一个想到的却是你。唯愿你一切皆好！

妮啦又何尝不是啊！

就让那阵微风，穿堂而过吧！

冥冥之中早有定数

今年夏天，拉萨好像特别的干，几乎没有什么雨水，温度倒是一天高过一天，今天的朋友圈都是拉萨最高气温创历史新高的消息，竟然到了30.8℃，还说这个气温相当于新疆吐鲁番的50℃。也许是心理作用吧！此刻，央啦走在大街上，阳光火辣辣地照着，她只觉得浑身上下都在冒着汗，打伞，戴口罩，涂防晒霜似乎都无济于事……央啦加快了脚步，只想快点到目的地，那个小姨指定的咖啡屋……

相亲，这是小姨安排的第三次相亲。电话那头她对着央啦直吼："家庭好，出身好，学校好，单位好，个子高，性格好，还长得帅。"

"可这么好的人，怎么会都三十了，还单着？"央啦满心疑惑，嘟囔着……小姨总是喜欢夸张，只要是她喜欢的，她都能夸到天上去，可问题是，这牛皮吹得再高，也有泄气掉到地上的时候。

"大男人三十怎么了？大男人四十也不是大问题，这说明人家自身条件好，眼光高。"小姨拉高了声调，"倒是我们女人，要好好想想，现在是一朵花，过了三十，就真是豆腐渣了，想鲜花插在牛粪上，还没处插呢。"

"小姨，真有鲜花愿意插在牛粪上，牛粪有营养啊，味道也不大。"

"我是提醒你别拖成豆腐渣，"小姨说，"再拖，豆腐渣也会被牛粪嫌弃的。"

"好吧！"央啦说，"把地址发给我，我会按时去的。去看看你说的那个人是男神，还是牛粪。"

在这个偌大的拉萨城里，小姨是央啦唯一的亲人，打小就操心着全家人，央啦考拉萨的公务员，小姨也是又出力又出钱的，如今总算是安顿下来了，便又操心上了她的终身大事，所以就总是张罗着安排相亲，小姨真是央啦的第二个母亲。央啦好几次都想要打退堂鼓，但架不住小姨又威逼又利诱，终究还是决定去了，没指望有什么好的结果，不过是为了给她一个交代，免得她天天捣鼓。

大太阳下，紧赶慢赶的，央啦终于到了泰和大厦……出了四楼的电梯，咖啡厅就在电梯口的对面，对方发短信说已经到了，在窗边的卡座里。央啦寻着窗边的位置，特别不巧，竟然有两个卡座都坐着单独的男性，年龄也都三十上下，这可怎么办，她之前没有看过对方的照片。那个人被小姨形容得又高又帅，可央啦怎么瞧也都没看出这两个中有哪个是帅的！

正当央啦不知所措的时候，其中一个男人竟然对自己点头微笑，还招手示意。糟糕！这个主动打招呼的竟然是其中一个更不帅的，而且，怎么还感觉不高，简直就是一个普通得不能再普通的人了。小姨的眼神可真一点可信度也没有啊！

肯定就是他了！央啦想，也许小姨把自己的照片给他看了呢。这样也好，不然一个一个地问，多尴尬啊！反正也没抱多大的希望，聊几句，应付一下，交差而已，不用太认真的。

“你好。”微笑的男人主动说，“外面太热了，先点个冰镇的果汁吧！”

“你好。”央啦还是想确认一下，“是洛桑吗？”

“对啊！”

“我是央啦。”央啦这才放心地坐在了对面。

“这几天拉萨的天气可比内地热多了。”对面的男士说，“我刚从成都回来，以为这里会凉爽舒适，结果真和成都有一比，而且太阳底下更热。”

可是，小姨不是说，他前一阵子下乡了，所以见面的时间就拖到了今天，难道是自己听错了？央啦有点疑惑，应该不会啊。出于礼貌，央啦应付着：“是啊，今天的朋友圈，最热门的就是拉萨的天气，说是创历史新高，竟然到了30.8℃，还说这个气温相当于新疆吐鲁番的50℃。”

“这句话，大概是小编博眼球的吧。”男士说，“我就是从新疆回成都，再回拉萨的，我去的那天吐鲁番39℃，真比拉萨热。”

“是这样啊!”

“现在的小编全是标题党。”

天气的话题说完了,两人都有些沉默,不过,好在冰镇的果汁上来了,央啦一口气喝下半杯。

“再来一杯? 这个口味? 还是换一个?”

“不,我一杯就够了。”央啦有些不好意思,“外面太晒了! 我又担心迟到,走得急。”

“我提前到了,”他说,“其实,你也是提前到的,有时间观念是很好的品质。”

“这是夸我? 还是夸你自己呢?”

“主要还是夸你。”他说,“大部分男人都比较守时,女人好像守时的少些。所以,更显得这种品质的宝贵。”

“夸赞别人也是一种很好的品质啊!”央啦说,“你总是这样夸赞人吗?”

“确切说,我喜欢夸赞女人。”

“为什么?”央啦很好奇,“是女人更肤浅,喜欢这种华而不实的东西?”

“可真不是这样的原因。”他连忙解释,“大概是我自己的原因,我觉得夸赞大男人会显得很矫情,特别是男人夸男人。”

这个第一次见面的他,决然不是小姨描述的男神,但还算顺眼,央啦觉得若是普通的男同事,一定可以相处融洽。可问题是,她现在要找的,是一个托付终身的男人,那就应该有爱情的样子,激情澎湃、诚惶诚恐、小鹿撞怀……弥漫着爱情的味道。

这些日子,央啦喜欢上了看抖音,里面有这样一段话:习惯、温暖和舒适都不是爱情,爱情就是心跳、脸红、亲吻,并且想和他有没完没了的肢体接触……

央啦觉得这真是对爱情最好的描述。因此,她便确定,自己决然没有爱上坐在对面侃侃而谈的男人,因为自己既没有心跳,也不脸红,不想亲吻,更不想和他有没完没了的肢体接触……她只觉得听他聊天是一件挺舒服的事情,好像没有压力,也还有趣。

这顿饭吃得很愉快,上班的时间快到了,两人一起出了餐厅。此时,之前单独坐着的另一位男士也和一位女伴一起往外走,大家碰巧一起进了电梯。央啦看了看另一位男士,显然更高更帅气一些,气质儒雅,是央啦喜欢的类型。他的女伴自然也是非常漂亮,就是整个感觉艳丽时尚了一些,两人似乎不太搭,有些怪……央啦也觉得自己的想法有些可笑,别人是否搭,和自己有何干系?不过,仅从外表来看,另一位男士真的好像更入自己的眼。可见,女人,也和男人一样喜欢颜值高的。

出电梯口的那刻,两位男士几乎同时开口:“你开车了吗?我送你吧?”

“那就谢谢了!”这是另一个女人的回答。央啦想自己走路回去,虽然有些晒,但还是不想再麻烦对方了,已经打搅一个中午了。

不出所料,小姨的电话很快就追了过来:“感觉如何?”

“还行吧,和他聊天挺舒服的。”央啦说。

“小姨说得没错吧?是又高又帅吧?”

“这倒真没看出来,”央啦说,“你的又高又帅的标准太低了吧?”

“别要求太高,你又不是篮球教练,要挑运动员。”小姨说,“不说废话了,你既然觉得他还可以,那我去探探他的口风。”

“你别理解错,我可没有说他还可以。”

“你就放心,我是不会把自己的底先透过去的。”小姨在电话那头嚷嚷,“我知道女孩子要矜持,不说了,我还有事。”小姨总是喜欢这样突然挂电话,央啦也习惯了。

可还没过一会儿,小姨的电话就又来了:“我和对方联系,虽然说得很婉转,但我还是听出来了,他好像不是太满意,觉得你还太年轻太漂亮太娇嫩。”小姨继续说:“总之,他觉得虽然实际年龄只相差七岁,但性格年龄相差很多。”

“太年轻太漂亮太娇嫩,难道他喜欢的是大婶?”虽然相亲失败,但对方说出的这个原因倒是让央啦有些窃喜。

挂完电话，央啦去洗手间，对着镜子左右看，越看越觉得自己又年轻又漂亮又娇嫩，再想想，今天中午坐在对面侃侃而谈的那位确实有点大叔的样子，俩人真是不太合适。越想越开心，坐在办公桌前，央啦还是忍不住窃喜，脸上笑开了花……

快下班的时候，央啦突然收到了一条微信：中午意犹未尽，晚餐还可以一起吃吗？

竟然是那个说俩人有性格差异的大叔发来的。央啦几乎不相信自己的眼睛。什么情况？难道是思考了几个小时以后，发现年轻漂亮娇嫩都是优点了？这样矫情的男人，还是离远一些，央啦出于礼貌，发了个很忙碌的表情。

再然后，好像就没再提吃饭的事情，但总能收到他发的一些文章和问候……

一个多月以后，单位项目验收，外单位请来的专家陆续都到了，央啦拿着签名单，请他们签字，走到其中一位旁边，央啦突然觉得很眼熟，对方也是笑容满面，打招呼："最近还好吧？"听到声音的一瞬间，央啦反应了过来，原来是那个在咖啡厅里侃侃而谈的大叔，但名字怎么是次仁，上次她清楚地记得小姨说他叫洛桑，自己也是和他确认过的呀，连单位也完全不一样，这是怎么回事？……会议主持人逐个介绍了各位专家，那个次仁是刚回国的博士后，还有专利……央啦更是糊涂了，小姨给自己说是本科学历，这也相差太大了吧！央啦惊诧得都有些恍惚了……

验收会开得很顺利，专家们都侃侃而谈，那个叫次仁的大叔真是口才最好的一个，条理清楚，用词严谨，指出了几个有问题的数据，提出的修改建议也很合理……央啦可没心思关注那些需要修改的数据，反正项目组负责人会做仔细的记录，然后再给大家做分工……此刻，她真的有些恍惚，两个名字，两个学历，两个单位，却是一个人，真是太不可思议，难道自己遇上了骗子？可好像也没有骗什么，那顿午饭还是他付的费。又难道是想放长线钓大鱼？自己根本就不是什么大鱼，在海归的博士后眼里，也许自己确实太年轻太漂亮太娇嫩，这当然是婉转的说法，直接说的话，也许是嫌弃自己太肤浅太幼稚……如此一想，央啦倒真是想通了很多，可还是有不明白的地方，那小姨怎么连他的基本信息都没有搞清楚。平日里小姨虽说有些大大咧咧，但还是很靠谱的，特别是自己的终身大事，她一定会仔细了解调查过……

既然想不明白，也就不想了，反正他和自己真的一点关系也没有。

验收会结束了，央啦开始对其中自己负责的数据做更细致的整理，这次只是初审，终审的时候，不能再让那个博士后大叔挑毛病了。

完全没想到，第二天的下午，央啦又收到了大叔的微信：上次聊天真是意犹未尽，晚餐还可以一起吃吗？紧接着又收到一条：大概你也有疑惑，想要搞清楚吧？

这次的见面还约在上次的咖啡厅，央啦早到了些，还选了上次的位置。博士后大叔还真是有时间观念，卡着时间点走了进来，手里拿着两本厚厚的杂志："本来我出门的时间很充裕，可半路接了个电话，让我去取两本杂志，耽误了一小会儿，让你等我了。"

"没有，我来得早一些，您是准时。"

"还是上次的位置，"他说，"我还想点上次的拿铁和披萨，你呢？"

"我点了上次的冰镇果汁。"

"那晚餐想吃什么？上次你点的是排骨饭。"他说，"不过，好像剩了一大半，应该是不太喜欢，今天换一个吧。"

"您记忆力真好！"央啦说，"我想要份扬州炒饭。"

那天的验收会似乎是他们唯一可以聊的话题，他再一次侃侃而谈。央啦觉得如果来吃饭的是自己的处长大人，那一定受益匪浅。而自己不过负责其中的一小部分，而且还是很不重要的一小部分，因此只觉得他的分析和观点很深刻，但就是太深刻了，所以她听得有些糊涂。一个普通的本科生不理解海归博士后的观点，特别是针对具体科研项目的分析，应该是件很自然的事情。

"我想你的疑惑不是在项目上，你有别的疑惑吧？"

既然大叔已经开了口，那央啦也就打算有话直说了："我记得那天您说您的名字是洛桑。”

“我真的名字是次仁，单位你也清楚了。两个月前我刚从澳大利亚回国，之前在那里学习了整整八年。”

“可是，我们上次见面的时候，您……”

“我那天确实是来见一个姑娘的，年龄应该和你差不多。”他说，“我在国外八年，学业终于完了，年龄也不小了，家里人都在催我把自己的终身大事解决一下，所以那天我真的是来相亲的。”他继续说：“你走向我的时候，我真的以为你就是我要见面的那个姑娘，当你向我确认名字的时候，我反应过来了，你不是我等的那个人，但我也不知道怎么回事，阴差阳错的，脱口就应承了。”

央啦听着，没有说话。

“后来，几分钟后，另一个姑娘走了进来，坐在了另一个男士的对面，我突然意识到，我要见的人是她，不是你。可是，我真的不想把事情说明白，因为我觉得你是我很喜欢的类型，那个她，真的太艳丽太时尚太年轻。”他继续说，“你坐在了我对面，我由衷地欢喜，觉得你就是我一直想要找的人。我一直都相信缘分。”

博士后大叔终于说完了，他看着央啦，那双真诚的眼睛，让她有一种莫名的感觉。

“我将这归结于冥冥之中自有定数。”他继续说，“本来当天晚上就想和你解释，可是你没有给我机会。再后来，验收会上见到你，我觉得好像又是上天的安排，我和你真的很有缘分。”

“博士后也会信缘分吗？”央啦说，“我总觉得学历高的人都只相信科学，要求各种数据严谨，思想深邃，别的人在你们眼里都很幼稚吧？”

博士后大叔并没有回答央啦的话，只是走向了旁边摆手工挂件的壁橱，打开，挑了一件，拿到央啦的面前：“我觉得这条复古风的手链很衬我喜欢的姑娘。你试试，可好？”

那一刻，央啦突然诚惶诚恐、小鹿撞怀……刚才，在进门的那刻，这个手链真的一眼就入了她的心，不过还想着要见个不熟悉的人，就没有仔细看……而此刻，这手链真被放在掌中，她便突然觉得有点不知所措，仿佛关闭已久的心门在被缓缓打开，门口站着的是自己冥冥之中早有定数的他……

也许，这就是缘分，冥冥之中，老天都已经安排好了……不知道是那条复古风的手链打动了她，还是他后来说的那句话：第一眼看见的那刻，就觉得我这辈子，是你了。

其实，真正打动人心的东西，都很简单很平凡：一句话，或是一条几十元的手链……

纪念社科院的玫瑰

那年姑娘芳龄二八，青春洋溢，情窦初开。

那年姑娘刚上大一，青春的校园里满是玫瑰和书本的清香，姑娘就在这清香中上课、背书、运动、聊天、吃饭、睡觉……

姑娘学的是数学，但她喜欢英语，学校里倒不要求一定要过国家四级或是六级，但她希望自己能够拿到证书，那是她对大学生活最初计划的一部分。简而言之，她想要一个充实、愉悦和可以回忆的大学生活。

上中学的时候，姑娘是个好学的好孩子，在家乡县城的中学里，是众口一词的尖子生，英语基础不错，如果不是老师劝说她报理科，她心中真正想学的是英语和历史。在一个宽大的桌子上，翻译厚重的历史书，是她心中对自己未来职业最有幸福感的想象。

因此，虽然姑娘学的是严谨而刻板的数学，且英语和她的专业并无特别大的关系，也不影响她的学分，但她还是报了社科院的英语补习班，并以十二分的热情来学习。社科院和西藏大学隔着好几条还算繁忙的街道，每周一、三、五下午，在下了最后一节课后，总可以看到一个垂着大辫子的小姑娘，她骑着一辆有些破旧的自行车，在下班回家的人群中穿行。姑娘骑车技术欠佳，不过姿势好看，加上她略显幼稚的、被太阳晒红的小脸，以及脸上青春的微笑，总算可以弥补偶尔的磕碰。

在学校之外，去上补习班，姑娘真的特别忙，但心中的充实和愉悦，让她保持着旺盛的精力，觉得自己好有干劲。在那样青春葱郁的岁月里，心中的感觉真好，连过往的行人看了，也觉得愉悦之情荡漾而出，像波浪一样层层传递。

这天，补习班里来了一个插班生，本来并没有让人特别注目的地方，但他却坐在了第一排，而且，外籍老师一进来，他就开始用英语打招呼，介绍自己。他说话的声调特别高，旁人想不听都难。

可惜的是，实际上他的口语并没有自己想象的那样好，几句对话之后，外教的问题就让他露出奇怪的表情，他反应倒是很快，夸张地笑了起来，举着双手，作揖。仅仅一节课，他就成了班上最活跃的人，这样的性格，学外语最合适，坚持一下，想学不好都难啊！

英语补习班里的学生大都是上班族，因为工作需要或是爱好来这里学习，没有特别大的压力，所以在学习上也自然是做不到特别刻苦认真。而姑娘不一样，她还是一个在校的学生，一贯认真努力，把学习当作本分，老师布置的任何作业，她都按时完成，上课笔记也记得一丝不苟。在补习班里，姑娘应该是最用功的学生了，加上她不善言谈，又梳着一条大辫子，有一种二三十年代电影中教会修女的气息，所以班里那位新来的同学在背后叫她“修女”，渐渐大家都这么叫她，姑娘听了，并不觉得有什么不好，修女就修女吧，总比“小猫”“小兔”之类的称呼要好多了。

新来的同学虽然学习并不认真，但他喜欢说，不论在课上，还是课下，他都不停地说，说着说着，他就有了进步，几个月之后，他的英语口语就完全可以进行一般性的对话了，甚至还可以和外籍老师聊一些私密的话题。外籍老师说他是最好的学生，姑娘不太服气，因为他好像从来就没有做过任何家庭作业，当然也没有背书，还时常逃课，可是，他的进步却是显而易见的。姑娘疑惑了，难道在学习语言上，真的有天赋存在？在这之前，姑娘对于好学生有着传统而固定的标准，这位新同学的到来，让姑娘对这个标准有了疑惑。

疑惑在大多数的情况下，会让人思考，姑娘思考了，对事，也对人。

一个星期天，姑娘去学校附近的邮局寄书，刚踏进大门，就被迎面突然冲出来的人撞了一下，两人都愣了，姑娘觉得此人面熟，那人反应倒快：“噢，我记起来了，你是‘修女’。”

“‘修女’？”反问过后，姑娘才反应出这是自己在补习班里的绰号，而撞了自己的人就是给自己起了这个绰号的新同学:"'修女'不是我的名字,老实说,我不喜欢自己被别人起绰号。"

"我也老实说,这个绰号真的没有恶意。"

"但绰号终究是绰号,不好的。"

"如果你真的介意,那么我下次绝对不这么叫你了。"新同学说,"如果你还是觉得不好,那你给我取个绰号好了,怎么样的绰号,我都不介意的,真的。"新同学说得很认真。

"我不会给别人起绰号。"姑娘也很认真地说。

"那你总不会让我自己给自己起绰号吧?"他说,"我叫我自己白马王子,你大概不会愿意这么叫我吧?"

他的话把姑娘逗乐了。姑娘想,这个人在语言上,也许真的是有天赋的,他多么会说话呀!

在这之后,虽然两人在补习班上总是见面,但并没有什么交流,姑娘还是认真地做着所有的功课,而那个新来的同学,还是一如既往地散漫着。他偶尔还会逃课,在补习班里这是司空见惯的,因为大部分人都是上班族,有加班、有应酬、有懒惰、有娱乐……单纯的爱好往往要放在倒数的某一个位置上。

其实,细细想想,在应付完所有的工作任务之后,还能抽出时间来学习,真不是一件容易的事情。现在的人都越来越浮躁,学习一门外语倒显得有些矫揉造作了。

那年的夏天来得特别晚,"五一"过后,天还冷着,穿着大毛衣,中午倒是有些许热,但脱了,又感觉冷。就在这一穿一脱中,姑娘感冒了,精气神差了很多,还总是咳嗽。不想耽误任何课程,姑娘穿着一件冬天的棉衣还是去上补习班了。

抱歉的是,上课的时候,她止不住地咳,想到影响同学听课,拼命忍着,但反而弄巧成拙,咳得似乎更严重了。

无奈,第一堂课之后,她向老师请假,准备回学校。

推着车刚出社科院的大门,迎面碰上了那个给自己起绰号的同学。

“你不上第二堂课了?”

“不上了,我有点咳嗽。”

“那我开车送你。”

“不用,我骑车回去。”

“在风里骑车,对你的咳嗽更不好。”他不由分说,“你的车放在后备厢里。”他说话的语气不容置疑,像是在下命令,没有丝毫商量的余地。

到了宿舍楼下,他帮姑娘拿出自行车,还塞给她一个放了几个小盒的塑料袋:“这是感冒和咳嗽药,你回去看说明,马上吃,早点睡。”

这几盒药把姑娘弄糊涂了,应该不是车子里本来就有的,因为刚才在社科院的大门遇见的时候,他的手上就拿着这个袋子。课一结束,他就往教室外冲,不会是去买药了吧?他大概看出了姑娘的疑惑:“你一整节课都在那里咳,大家被你弄得连课也听不好,我不知道你准备请假,所以,刚才下课的时候,在大门旁的药店买的。”他继续说:“别在楼外站着,快进去吧,我也赶着去上课呢。”

他买的药还真是齐全,连糖浆和含片也有。姑娘看着这一袋药,心怦怦直跳。她不知道这袋药真的只是同班学友之间的关心,还是有更多更深的意义。

姑娘二八芳龄,心中应该有自己的领悟。

而此刻,在校园的某一个停车场里,那个说自己赶着要上课的人正呆呆地坐在车里,他也在思量自己的行为,为什么要担心她的病?为什么要买药?为什么要送她?又为什么要说那样的话?难道怦然心动了?

已经做了好几年上班族的他,原本是个不太拘小节的人,一直散漫,性子既是如此,对感情也自然是散漫的。

散漫惯了,到这一刻才发现,自己因为一个姑娘怦然心动了。目光在哪一刻凝结,被哪一点所吸引,他不知道,他明白的只有一点:这个姑娘被自己爱上了。

他相信这种感觉,在一起上补习班一年多了,这种怦然心动应该也是点滴积累的结果吧?

不论心中的波浪多么汹涌翻滚，两个人的外表倒是平静如镜面的。课还在继续上，见面了也依然只有轻轻的点头，放学后，她骑着自行车，他开着小轿车，出了大门，一个往南，一个往北，再一次见面是隔天的黄昏，却也还是默默无语，连眼神也似乎是相互躲避的。

但忽然，却有一天，姑娘在自己的书桌里，看到了一朵打着蝴蝶结的玫瑰花，花是火红的，蝴蝶结是黄色的。

玫瑰是他放的吗？是给自己的吗？

从那以后，每堂课都有一朵玫瑰在等待着姑娘。虽然只是一朵，但姑娘的心被塞得满满的。

终于，有一天，姑娘下晚自习，在教学楼的出口看到了那个熟悉的身影，这可不是在社科院，是在自己的学校里，姑娘脱口而出："真巧。"

"不是巧合，我在等你。"他说，"现在还不算很晚，我们在你们学校逛逛吧？"

两人默默走着，此刻，交谈，或是沉默，于他们的内心都是自然而然的。

"谢谢你送我这么长时间的玫瑰。"姑娘说。

"你知道是我？"

"我知道。"

"你怎么知道是我？"

"我觉得就是你。"

"你还想我继续送你玫瑰吗？"

"我想，或是不想，于你而言，有什么不一样吗？"

"你想，或是不想，于我而言都是一样的，但于你不一样，如果你想，那玫瑰就是快乐的，如果你不想，那玫瑰也许就是你的烦恼了。"

姑娘没有回应他的话，她只觉得诧异，这样的话和他一贯的说话风格真是截然不同，让她觉得好不习惯啊！

"于我，倒是想一直送给你玫瑰。"他接着说，"如果有一天你烦了，我就改送你向日葵，让你边看书边嗑瓜子，一点也不浪费。"

“这才是你说话的风格，刚才那个你被鬼魂附体了吧？”

“不是什么附体，刚才我好紧张，现在，我又是我了，这样的感觉真好啊！”他突然觉得好放松，自然而然地牵起了姑娘的手，姑娘下意识地往回缩，但他很用力，紧紧地握着。

也许女孩子就是这样，喜欢有些霸道的男人，喜欢被霸道地爱着。

就这样，他们漫无目的地闲逛在安静的校园里。那天，有点冷，一阵风袭来，姑娘不由自主地哆嗦了一下，她希望他能像浪漫的电影情节里的一样，脱下自己的大衣，给她轻轻披上。但他只是吸了一口凉气，牵着姑娘继续向前走。

姑娘有些失落，毕竟如果这算是开始恋爱的话，那现在这一刻是她人生第一次情感的第一刻。而后，他的话让姑娘更是失落了。因为他说：“我明天要飞北京，最早的一班，后天，我就飞澳大利亚了。”

“什么？”

“我拿到了一个去澳大利亚学习的机会，两年，我就是为了这个机会到社科院学习的，我没有想到会遇上你，我本来只想送你玫瑰，不想告诉你，但是……”他迟疑着。

“那你为什么又要告诉我呢？”姑娘问。

“不告诉你的话，我觉得自己会后悔的。”他说，“我不能让你等我，但如果我回来的时候，你的手还没有人牵，那你能像今天一样，让我握紧你的手吗？”

姑娘正要开口，却觉得手臂上突然有一个东西，一摸，蜘蛛，姑娘大叫了一声，话题就此结束。

蜘蛛来得真不是时候，姑娘一向怕蜘蛛、怕黑、怕打雷、怕上高楼，但此刻她最怕的是他真的永远离开。

这之后，他当然是走了，远走澳大利亚，寄过一个毛茸茸的考拉，也寄过一大袋当地的美食，但唯独没有玫瑰，连画在纸上的玫瑰也没有了。

不知道两年之后他是否回来过，拉萨城不算大，但姑娘毕业六年了，他们竟然再也没有见过。

姑娘的手终于有人牵着走了，而他，为事业打拼多年，此刻的身边也会站着一个成熟娴雅的女子吧！

时光悄悄翻越万水千山，那条过往的幽径已无从寻找，连曾经是真有或是无，也不敢肯定。但倘若记忆不会褪色，不染纤尘，或许只有你，能窥探我虚掩的往事的斑驳，又或许真的只有你啊！

青春的故事就是这样美好而伤感吧！

无论如何，纪念社科院的玫瑰吧！

有种爱情叫依赖

第一次去爬南山公园，央啦一个人去的。

之前，确切地说是从去年开始，她就好几次计划要去爬南山，看看拉萨家喻户晓的"树上山"是个什么传奇的样子。可是每每都被突如其来、莫名其妙的事情耽误了，一直未能成行。甚为滑稽的是，这一次却并没有事先的计划，只是坐在办公室里，遥望前方，南山就赫然立着，自然看不见大名鼎鼎的"树上山"，但满山坡的绿色，油润油润的，心中甚是喜欢，正好手中也没有特别的事情要去做，便寻了一个借口，早点开溜，在大门口的杂货店里买了两瓶水，开始了一个人的爬山之旅！

车停到山脚下，央啦挎着两瓶水开始爬山的时候，也是大部分人陆续下山的时候，也难怪啊，她虽然是早退了，可也快五点了，这个时候才爬山，时间也确实有点奇怪。不过，重要的是取悦自己啊，自己开心就好了！

这家喻户晓的"树上山"还真有些传奇的样子，虽不是参天大树，倒也绿树成荫，小桥流水。真是别有洞天，自有一派风情。

央啦没有七拐八拐，而是一直朝正前方走，她希望自己花两个小时爬到山顶，然后天黑之前回到停车场。刚才进南山公园大门的时候，和善的保安大哥大概是看到她一个人，便好心地提醒着：八点左右会开彩灯，最好别爬得太高，高处是没有灯的……

"知道了，谢谢！"央啦回应着，"我不会爬得太高，就到半山腰。"话虽这么说，可央啦却打定主意要爬到山顶，她今天觉得浑身都是劲，信心满满。

越往上爬，人就越少了。即便偶尔看到一两个人，也是下山的。确实有些累了，央啦找了一个路旁的石块坐了下来，刚喝了两口水，突然听到旁边有“簌簌”的声音，她四处张望，心里不免有些紧张，猛然瞧见不远处有个大大的黑色的身影，一慌，脱口而出：“谁？干什么的？”她只觉得胸前的心脏“扑腾扑腾”地蹦跶着，好像要从胸口蹦跶出来。

“爬山的。”对方的语气显然不太友好，“在这里不爬山，难道来吃饭啊？”

“突然看到一个大黑影，”央啦实话实说，“我还以为是个狗熊。”

“你倒是想得很美。”他说，“爬个小小的南山，就想看到狗熊？真是白日做梦。”

“你这人怎么这么说话？”央啦有些生气了。

“那你是怎么说话的呀？”他还是那个漠然冷酷的语气，“简直就是一副审问犯人的腔调。”

“没空搭理你。”央啦决定继续爬山。

“喂，”他在后面喊着，“再往上走，就是山顶，可以爬的最高的地方。可是什么也没有啊，没有人。”他又加了一句：“但不确定有没有狗熊。”

他前面的话本来还算是一句人话，让央啦有些感动，但后面加上的那句，突然又让这感动荡然无存，央啦没好气地回复：“不劳您担心了，我倒是偏偏就不害怕狗熊，怕的是人，那种特别不讲道理的奇怪的人。”说完她头也不回地往前走。后面倒是没有反驳的声音，一场莫名其妙的口水战就此结束。

央啦觉得这场舌战自己占了上风，心中不免有点得意，喜滋滋地爬着，倒也不觉得很累。这最高处确实正如刚才那个人说的一样，除了低矮的灌木和雨水滋润的小草之外，什么都没有，连人也没有看到一个，大概都已经下去了。不过，站在这样的高处，看看远处的拉萨城，倒真是有“会当凌绝顶，一览众山小”的感觉，一激动，央啦没忍住，不禁高声地喊了起来：会当凌绝顶，一览众山小！会当凌绝顶，一览众山小！会当凌绝顶，一览众山小……喊完了她还想唱首歌，想了好一会儿，也没找出个合适的，突然抗美援朝时的战歌调子就到了嗓子眼：雄赳赳，气昂昂，跨过鸭绿江……也许歌词不应景，但调子好啊，铿锵激昂，掷地有声，正如央啦此刻的心境。

诗也吟了，歌也唱了，水也喝了，巧克力也吃了……央啦隆重庄严的登顶仪式在最后一片巧克力融化的快感中结束了。她开始下山了……走到刚才半途休息的地方，央啦看到了那个舌战的对手，他坐在自己曾经坐过的石块上，玩手机，彼此对视，自然没有友好的氛围，好在也没有爆发新一场舌战……

下山自然要快很多，彩灯已经开了，央啦又噼里啪啦一阵乱拍，发了朋友圈，感觉有点饿了，才往停车场赶……走到近处，看到一个人在自己的车旁似乎在贴什么东西，央啦高声喊着："干什么啊？"

那人一转身，就是在山上舌战的对手，央啦没好气地又加了一句："怎么又是你啊？"

"今天什么破日子，"那人也不示弱，"怎么又是你？"

"你在我的车上贴什么呢？难道车子放在停车场也不行啊？"央啦嘴巴不饶人，"是不是刚才在山上没有发挥好，现在要再一分高低啊？"

"刚才倒车的时候，我把你的车刮了一下，"他说话的口气倒是很理直气壮的，完全没有歉意的样子，"给你留个电话，修车费我来出。"

央啦赶忙去看刮痕，还好，不是很明显，就一道浅浅的小道，他要不说，央啦也许一时半会儿还看不出来。换个角度来看，这个讨厌的男人倒也是个诚实的人，至少没有悄悄地溜走。

"这是我的电话号码，你修车用了多少钱，告诉我一下，我从微信里转给你。"

"先修了再说。"央啦拿了纸条，上车，发动，走了。

央啦今天本来很开心的，但是偏偏两次碰到那个讨厌鬼，真影响情绪。

影响情绪的直接结果是央啦吃了一大锅热气腾腾的麻辣烫。她旁边的桌上，坐着一对矫揉造作的情侣，女的戴着个银色的牙齿矫正器，一笑整个面孔都跟着闪闪发光，男的乍一看倒还顺眼，可是一笑起来，眼睛就眯成了一条似有似无的线条，滑稽不堪。他们俩不时转过头，表情可疑地偷窥，毫无意义地交头接耳，自然是在调侃央啦的胃口，不过她倒不在乎，不吃饱饭，睡不着觉，不是自讨苦吃吗？

这之后的很长时间，央啦都没有去处理那条刮痕，一来没有特别的空闲，二来也是无伤大雅，似有似无，也就不想花时间去处理了。那个写着讨厌鬼电话号码的纸条也早就不知道扔到什么地方去了。

人生总有比较糟糕的一天。

某一个电闪雷鸣的晚上，央啦加完班，从单位大门出来，刚拐弯就被后面一辆车子追尾了，动静不小，央啦吓了一跳，也顾不上拿伞，冲到车尾去看，对方也下车了，自知理亏，一个劲地道歉："抱歉，全是我的错，我开得急了，又没有刹住车，我负全部责任。"他的声音似乎在哪里听到过，透过连绵的雨珠，央啦看清了对方的脸，他就是南山公园舌战的对手。

真是冤家路窄啊！

他显然也认出了央啦："再怎么说，我们之前也见过的，这次错也在我，我一定负全责。"

吵归吵，就凭他上次留电话号码的行为，央啦也是相信他的。

这一次，他们不得不又见了好几次面。

事情处理完了，他们也熟络了起来，有时还在微信里聊聊天……也许人生就是这样，该遇到的，隔着十万八千里，跨过万水千山，也总是会遇到的……

当然这可不是爱情啊，一男一女两个人相遇，也许真的不是为了爱情，而是为了相识，聊天，倾诉……亲近，再亲近，熟悉，再熟悉……可就是不会有爱情，爱情应该是一见钟情，如胶似漆啊！

于是，他们经常一起吃饭喝酒，推杯换盏，漫谈着微不足道的理想，也吐露心事。央啦告诉他，自己这段时间正被一个男同事弄得有点焦头烂额。"说详细一点，怎样的一个男同事？"一个大男人，他倒显得很八卦。

"就是一个比我大几岁的男同事，我们在一个楼里上班，他在五楼，我在二楼。"

“隔着这么几层楼，你们怎么认识的？”

“工作还是要接触的嘛，”央啦说，“况且本小姐长得闭月羞花，自然招蜂引蝶呀！”

“那他肯定长得不怎么样。”他不屑一顾地说。

“瞎说，他可是我们单位的大帅哥，”央啦说，“满楼道的小姑娘都暗送秋波。”

“你们单位的颜值，不论男女，确实都有点太低了！”他满是同情地说，“这个低颜值其实是会互相影响的，过两年你就更没有看头了。”

“彼此彼此！”

这样的对话，是他们习以为常的聊天形式，彼此诋毁，但从不在意。

这样的日子过了整整一年，夏季又到了，某一个电闪雷鸣的晚上，央啦突然胃疼，呕吐，还全身抽搐，这一刻，她下意识地拨了他的号码……于是，她被他抱着送到了医院，检查，输液，一夜未眠……

“你昨天晚上把我吓坏了。”他说，“记得下次不要总是嚷嚷着要吃火锅，火锅这个东西，最不健康了！”拉开窗帘，他由衷地说：“这个房间临街，车水马龙的，真吵！怕是要影响你休息了！”

“我习惯喧闹了，单位的宿舍也是临街的。”央啦说，“谢谢你，有你真好！”

这也许是央啦第一次这样温柔地对他说话，其实她是真的喜欢这车水马龙的喧嚣，但最喜欢的还是此刻一夜未眠的、有点憔悴的他，那句“有你真好”是央啦最自然最坦率的表达！

这个喜欢有点突然，但也似乎顺理成章，小女人最脆弱时候的依赖和唯你情之所衷的依托也许就是最最朴素的爱情。

真正有缘的人，大概真的会像磁铁一样相互吸引，跨过高山沟壑，寻遍万水千山，风尘仆仆，日夜兼程地赶来相见。

他们之间的感情突然发生了某些莫名的改变。于是，他鼓足勇气终于问她：“你说，被依赖是不是一种爱情？”

央啦没有回答，他继续说：“那天在南山公园，我并不是在路边玩手机，我是在等你下山。”

“干吗要等我下山呢？”央啦好奇地问。

“我知道山上已经没有人了，怕你害怕！”他的回答很诚恳。央啦有点感动，可接下来的一句，呛得央啦一阵咳嗽。他说：“当时我差点就不想等你了，你的歌声在山上飘荡，简直太瘆人了。”

“那你干吗还等我，还对我这么好？”

“你长得好看。”

“这个我知道，但还有没有别的原因？”

“我喜欢和别人舌战，特别是和你。”他说，“我们俩旗鼓相当！”

“好吧！”央啦说，“那我们要舌战一辈子了。”

“下个星期三就是黄道吉日，宜嫁娶！”

幸好，这句话他说得还算诚恳！

当爱情遇见柏拉图

第一次见面的时候，他打量她只是为了吹毛求疵。

他们面对面地坐着，咖啡厅里放着一首萨克斯名曲《回家》，清纯悠扬的清音效果，音质柔和，富有穿透力，给人以无限美好的遐想和向往……

她坐在他的对面，不免有些拘谨，好在空气中飘荡着一股似有似无的幽香，加之圆润、沉郁、空灵，又有铜质震颤的乐曲，她的心便慢慢沉寂下来，落在某个心灵的归宿……这样的时刻，无话可说，又有何妨？

她抿了一口咖啡，并不打算开口说话，这样的安静也挺好的，反正她不觉得尴尬。

"听过这个曲子吗？"他显然觉得还是要找个话题。

"听过。"她回答，"在上海读大学的时候，坐过几次末班的地铁，就是放这个曲子。"她继续说："很好听，有点凄婉，但也有回家的味道。"

"我在北京读博士的时候，我们学校是地铁的终点站，也放这个乐曲，提示人们该下车了。"

"选曲子的人，也算是用心良苦了。"

"是啊！"他说，"也因此我学了几首萨克斯曲，最喜欢的是这首《回家》，另一首《军港之夜》我也很喜欢。"

"你还会萨克斯啊！"她的声音里明显带着羡慕和敬佩的语气，"我连这首萨克斯曲的名字是《回家》都不知道，只是听过，只是很喜欢。"

"这倒是没什么，反正大部分人都不知道。"他的声音里有明显的优越感，他说者无意，她听者无心。

话题就这样开始了，不算热烈，但至少没有冷场。他们先后聊了莎士比亚、霍金、伊拉克战争、赵武灵王和苏联解体，这些话题单就字面上来讲，她确实都听说过，但也仅仅是听说，除了莎士比亚她还可以聊聊罗密欧与朱丽叶之外，其余的话题，她什么也聊不出来，就这样听着他说，说得很有趣，她便越听越崇拜，恍惚中，她仿佛回到了大学的课堂，博学的教授侃侃而谈，她似懂非懂，崇拜和敬仰之感油然而生。

“《罗密欧与朱丽叶》是大家最熟悉的莎士比亚的作品，除了这个，还读过别的吗?”他很严肃地问，颇有几分教授提问的架势。

“好像还看过《威尼斯商人》，不过没有全看完，就是段落性地翻了翻，现在基本上没有什么印象了。”这样的大实话，让她有点不好意思。

“其实，我觉得莎士比亚最好的作品是《皆大欢喜》，虽说好人得到好报，坏人得到感化，有情人喜结良缘，终成眷属，大家都圆圆满满的结局似乎不够深刻，但我读的时候觉得很快乐，很舒畅，特别是读英文原版，那真是太过瘾了。”

“英文原版!”她由衷地说，“你太厉害了，我觉得中文的我都读得不太舒畅。”她带着无限崇拜和虔诚的眼神看着他，仿佛在瞻仰一个伟大的先哲。

“莎士比亚的作品，确实应该读英文原版，换了柏杨的作品，那就要读中文的，才能读出他最真实的表达，才有韵味。”他停顿一下说，“当然，如果你要读更顿群培和仓央嘉措的文章或是诗歌，那就要读藏文的，翻译的终归是少了一些韵味，不可能把作者最深刻的情感完全表达出来。”

“您读仓央嘉措的诗歌，是读藏文的吗?”连她自己也没有注意，自己对他的称呼竟然不经意间就从“你”变成了“您”。

“是啊! 那是当然。”他确切地回答。

她看着对面的这个男人，突然觉得很不真实，这是一个理工科的博士，做自然科学研究，却能对音乐和文学侃侃而谈，分析苏联解体、赵武灵王和伊拉克战争，而且分析得很有趣，让人有聆听的欲望，完全可以做一个最合格的历史老师或政治老师。

她想，如果在上中学的时候，自己碰到这样一个历史或政治老师，那绝对不至于经常挂科，毕业的时候只记得死记硬背的秦始皇和汉武大帝。

他应该去当一名教授、作家或是音乐家，真不该做科学研究。不过，她想，若是话题换成他研究的自然科学领域，他一定说得更精彩更专业，那自己也就更听不懂了！

“对牛弹琴”的感觉肯定很不好，当然，那个被当作牛的她也一定感觉更不好！此刻，她突然意识到自己属相就是牛，踏实、忠厚和勤劳的牛，这些优点，在这个博学优质的男人面前似乎有了另一种诠释：呆滞，并且愚笨。

这是他们第一次见面，确切地说是一次相亲，但却给了她一种诚惶诚恐见导师的感觉。

大学毕业的那年，她本来是想继续读硕士的，考试也过了，也见了导师，却因为一些变故，回拉萨找了一份稳定的工作。父母自然开始操心她的终身大事，她也没有拒绝相亲，二十五岁了，她还没有恋爱过呢，不是没有男生追她，是那些男生没有让她心动，而让她心动的那个学长，却在大学的几年里始终对她严肃疏远，甚至是有点冷漠。而她也绝对不是热情的女生，便把心动藏在心底，表面上更加拒之千里，冷若冰霜……因为那个冷酷的男生，她过了一段没有恋爱的大学生活，如今两人隔着上千公里的距离，在各自家乡的城市生活，春夏秋冬，她也释然了……她真的想要有一场真正的恋爱，彼此怦然心动……

于是，她没有拒绝父母安排的相亲，也许让视野更开阔一些，那个她想要恋爱的对象就会出现了。

可是，这第一次相亲，出现的竟然是一个让她崇拜的“导师”。她糊涂了，这是恋爱的感觉吗？好像不是吧？可是自己又好崇拜他。一本书上说，女孩子的爱情一定要有崇拜的情愫，现在她有强烈的崇拜的感觉，就等着这崇拜慢慢变成怦然心动，然后再转化为悠长真挚的爱情。

因此，她没有拒绝他的约会，她觉得自己要有些耐心，慢慢地等待那份怦然心动！

几个月过去了，她好像并没有等到自己一直想要的心动，而是越来越感觉到两人的反差，她越是崇拜，便越发觉得自己渺小，恍惚中，她突然觉得自己这个恋爱好像是“师生恋”。“师生”这个词倒是比较确切，他们在一起的时候，她可以学到很多东西，她扮演着一个善于倾听的好学生的角色，而他绝对是一个最好的老师，博学，善谈，用词精致，循序渐进中就把知识灌到了学生的大脑里；可是“恋”这个词，好像不太准确，或者说，真没有“恋”的感觉，一点点都没有。她想，他会有恋爱的感觉吗？似乎也看不出来！

她安慰自己，一个高高在上的、严肃的、博学的导师，在自己的学生面前流露出恋爱的、缠绵的、宠溺的样子确实不太可能，也有辱斯文，不表达，也许并不是没有爱，而是他的性格使然，自己也是如此啊！

想通了，她的心便也安了。他们一周见一次，每天都通电话，每天都有信息，没有特别的思念，见面也有淡淡的愉快，她还是没有心动的感觉，但她觉得踏实安稳，也是一副岁月静好的样子。

可是，某一天，她接到了一个陌生的电话，犹豫中，还是接了，号码确实很陌生，但声音嵌入心底，很熟悉。

“你好。”对方说，“听出我的声音了吗？”

“我记得这个声音。”她有些激动，控制不住自己的激动，连声音都有些沙哑了。

“你感冒了？”

“没有，我很好。”她竭力安抚自己。

“我来拉萨出差，有空见一面吗？”

“好的。”他们约定了见面的地方和时间，电话挂断了，她的心还在怦怦作响！好一会儿她才反应过来，那个约定的时间就是自己已经和“导师”约好看电影的时间。她不假思索，立刻就拨通了电话：“我明天不能去看电影了，一个老同学来拉萨出差，我需要去见见他，我们快两年没有见了。”

“没关系，电影可以改天，需要我去接你吗？”

“不需要，我自己吃完饭就回家，到时候再给您发信息。”她已经习惯用“您”来称呼他了，而他竟然也没有问那个“他”是女的还是男的。她突然有些失落。屏幕上看到的那些恋人，总是黏糊着对方，各种捕风捉影，掉进各种醋坛子里，严重缺乏理智，智商近乎于零。可是自己和“导师”却完全不是这个样子，永远理智，举手投足都显得礼貌，若是换个更贴切的词，那就是客套了，太客套，心底里实际上是生分的。

第二天，时隔两年之后，那个让她在整个大学时光里都念念不忘的学长终于坐在了她的面前。他还是一如既往的帅，甚至更帅了，少了一点年少的稚感，多了一点成熟，眉间轻轻一挑，露出难得的温和。“两年没见了，还好吗？”他说的每一个字都牵动着她的心，幸亏语速不快，否则心脏就要崩溃了。

“挺好的。”她有点好奇，“我的电话号码是谁给你的？”

“如果我想找，就总能找到的。”

她笑着，没有说话。

“有男朋友吗？”

她没有想到他说话会这么直接，一时半会儿没反应过来，他便又问了一次：“你有男朋友了吗？”

“有吧！”

“什么叫‘有吧’？是还没有确定吗？”他追着问。

“我有男朋友。”她确定地说，然后又问，“你呢？”

“男朋友吗？我自然有。”

“我问的是女朋友。”

“我没有，所以这次来找，家里也在催了。”

“到拉萨来找？”她有些不解。

“是的，她在拉萨。”

“那，应该叫她一起来吃饭。”

“她来了。”

“在哪里？”她糊涂了。

“我的对面。”他说，“从大学起她就是我心目中的女朋友，现在还是。”

他继续说："无论如何我想替自己争取一下。"

沉默，许久的沉默。

"我可以替自己争取一下吗？"他打算有话直说。

"可是，现在好像有点晚了，我有一个男朋友，本来这个时间，我应该陪他看电影的。"

"但你因为我拒绝了他？"

"不能说拒绝吧，你来拉萨出差，时间比较紧，所以，我们就改了看电影的时间。"

"改在哪天了？"

"还没有确定。"

"我在拉萨要待一个星期，我想每天都见到你。"

"可是我还要上班呢。"

"我不影响你上班，我每天下午下班的时间在你们单位门口等。"他的语气不容驳斥和拒绝，而她也没有拒绝他，因为她拒绝不了，也不想拒绝。

这之后的七天，他们每天都见面，吃饭，喝茶，看电影，到郊外兜风，爬南山公园……每天一早，她就盼望着下班，盼望着在单位门口看到他，盼望听他说话，盼望见面的每一刻时间都会无限期地停顿……爬南山公园的时候，她跟在后面，有点气喘，他很自然地伸出了手，她也极自然地牵了过去，那一刻，她突然意识到"导师"还从来没有牵过自己的手，是不敢牵，还是不想牵？相识有几个月了，他们竟然生分到连手都没有牵过！这也是恋爱吗？

心不免"咯噔"一下，她突然下意识地抽回了自己的手。"我自己可以走的。"她掩饰着自己的情绪。

"平地走路你没有问题，爬山的话你总是很吃力的。"

"你怎么知道？"

"我看到过你爬学校旁边的山，每次你都差不多是掉队的那个。"他说，"好几次，我想拉拉你，可是你很严肃的，拒人千里的样子。"

"你比我还严肃，当了一个学生会的部长就高高在上的，眼睛里什么都瞧不上。”

“瞎说，纯粹瞎说，我用眼睛瞧了你整整三年，毕业后，瞧不见了，就只好装在心里，已经放了两年了。”他说，语气里有深情，但似乎也有调侃，“怎么办？习惯了，拿不出来了。”

“那就再瞧瞧别的姑娘。”

“瞧不上。”

“总会有瞧上的。”

“还是我拉着你，就你这爬山的速度，天黑了我们都到不了顶。”他执拗地又拉住她的手。

“干吗一定要到顶呢？差不多就可以了。”她执拗地抽回了手。

那是她第一次去爬南山公园。这南山也建了有两三年了，她竟然一次都没有去过，和“导师”虽然每个星期都见面，但不是吃饭就是喝茶，偶尔也看看电影，他说，她听，不解之处，她也提问，他回答得很仔细，旁征博引，说得清楚透彻……单看这样的情景，两人似乎更像是师生。她细细想想，“导师”从来没有对自己说过一句“爱你”或是“想你”，甚至连和爱情有关的话都没有说过。这就是柏拉图式的爱情吗？这样的爱情在现实生活中行得通吗？

可是，他却给了她完全不同的感觉。这七天他们彼此试探和怜惜，彼此分享和拥有……牵手、拥抱、亲吻……一切都是内心最真实感情的流露……

“可是，我好像是有男朋友的。”她很纠结地说，“我应该离你远远的。”

“我在你身边的时候，从来没有见到你接过任何一个男朋友的电话，你确定他心里有你吗？”他继续说，“即便他心里有你，你确定自己心里有他吗？”

“你觉得柏拉图式的爱情靠谱吗？”

“你们俩是柏拉图式的爱情？”他笑着说，“你觉得靠谱吗？”

“本来我倒是没有觉得不靠谱。”她说，“他是一个学者，我觉得他很博学，在他的身边我学到很多东西，我觉得他是一个很棒很棒的导师。”

“还有呢?”他问。

“没有了,就这些。”她诚恳地说,“真的,就这些。和他在一起的时候,我都恨不得记笔记,多难得的学习机会啊!”

“那好,我建议,我强烈建议你向导师学习,和我恋爱。”他立刻纠正自己说过的话,“不过,我这个人爱吃醋,你不用向导师学习了,看书就好!”

“看书?”

“是啊,书中自有黄金屋。”

“可是,导师讲得更清楚。”她反驳道。

“他讲的都是高高在上的柏拉图,你这智商,确定能听懂吗?”

她好好审视自己,既没翅膀,也没灵异之功,怎样努力也到不了柏拉图式的精神恋爱的高度,还是踏踏实实过现实的日子,柴米油盐,茶汤酱醋,接着地气生活,当然,偶尔也可翻翻书,愉悦愉悦心灵……

拉萨好邻居

桑多啦和央啦是对门的邻居，和平友好共处快一年了，除了见面点头微笑，基本没有什么来往，倒是两人养的狗都是吉娃娃，一见面就亲昵，常常拉都拉不回来……有一次，央啦的“公主”跑到桑多啦的屋里，她不好意思进去，只能在门口叫唤：“公主，公主……”

“你还是进来吧，”桑多啦说，“看样子一时半会儿你是叫不动它的，它玩得正开心。”

央啦慢慢走进屋子，嘴里还低声地唤着：“公主，公主……”

“你们家小狗的名字很可爱。”桑多啦说，“你自己起的？”

“嗯，”央啦有些不好意思地说，“我瞎取的，让你笑话了。”

“挺好的，”他说，“你每天把它打扮得就像公主一样，好像每天都在换衣服和发卡。”他继续说：“我们家的可就没这个待遇了，一年四季从没穿过衣服，它也习惯了。”

“也正常啊，你们家的这位可是雄的，显得娘娘腔反而很难看，这样本色最好。”

两个吉娃娃在阳台上玩得正开心，“公主”显然很不情愿被抱走，一副依依不舍的样子。央啦边往外走，边点头致歉：“打搅了，抱歉！”

“有什么可抱歉的，我还真想替我家的‘骑士’挽留一下公主呢。”桑多啦说，“可以吗？”

“这个，”央啦有点为难，“我正准备回妈妈家，今天晚上也许就不回来了，所以，放在你这里，会很不方便的。它有点小娇气。”

“看得出来，你一直很宠它，被宠的那个总是很娇气的。”桑多啦说，

“那改天吧，我准备一点好吃的，好好招待你们家的公主。”

桑多啦倒是一个很讲信用的人，那个周末，他果然准备了两个小狗喜欢的食物，让它们在阳台上开心地饱餐。可问题是，没有人可以吃的食物，一点都没有，除了咖啡。

“你瞧，我刚才去超市，只想到买狗粮，把自己的食物给忘了。”他抱歉地说，“要不，我们去小区门口的那个藏餐馆吃包子吧？或者去门口那个据说是网红的火锅店，我倒是没去过，路过时经常看到人满为患的样子，味道应该不错。”

“大中午的，火锅就算了吧。”央啦提议，“如果你不介意的话，我冰箱里有妈妈包好的包子，蒸一下就行了，很快可以吃，还有真正大吉岭的红茶，我做的甜茶很不错的，你愿意尝一下吗？”

于是，两个小吉娃娃在他的房间里用餐，而两位主人，则在对面的房子里，吃着包子，喝着甜茶，天南海北地聊着。央啦一向不善谈，好在他却是个喜欢说话的人，于是，两个不算熟悉的人，气氛倒也不尴尬，很是自然惬意。

聊着聊着，央啦的电话响了，她没有接。

“干吗不接电话？”他问，“你要是不方便，我也吃饱喝足了，就告辞了。”

“不是电话，是我定的闹钟。昨天给物业打电话，厨房的水龙头需要换，他们说今天再和他们联系。我们的物业真是糟糕，需要的时候，总是拖着，今天我即便再找他们，也不一定能来修。”

“就这个事啊，你找我啊，我的技术不一定比物业的那些滥竽充数的人差。”他很自信地说，“换个水龙头，就芝麻大点的事情。”说着，他就往厨房走，看了看，很熟练地关了水管的总闸。

“我去附近买个水龙头，你先继续喝茶。”央啦说，“我是不是需要先拍个照片，要不然水龙头大小是不是会搞错？”

“没有那么麻烦，我家里没有食物，可这些东西都是有的，工具全套，零件备足。”

果然如他所说，央啦发现他的储物间里有一个特大的工具箱，一个大纸盒里，有很多备用的东西，水龙头、灯泡、胶布、插座、锯子、玻璃胶……还有几个瓶子，里面装着或白或黑的液体状的东西……央啦也说不出具体的名字，反正看样子就是家里做手工活的玩意儿……真是让人目不暇接！

换了水龙头，他又帮央啦修好了两个快掉下来的柜门，换了一个灯泡，似乎还意犹未尽，直问央啦还有什么要做的吗。

水电的事情，央啦完全是个外行，可每次水电还总是最容易出毛病，虽说不是大事，但挂在心上，常常拖着，很是闹心。每当这样的时候，央啦就恨不得自己就是水电工，或者嫁一个水电工，这当然是有点狗急要跳墙的思维。

央啦拖了很久的难题，就这样让他在短短十几分钟的时间里就解决了。央啦万分感激，一句有点唐突的话却脱口而出："你是做水电方面工作的吗？"

"不是，我是老师，"桑多啦说，"大学的老师。"

"教物理的？"央啦想当然地问。

"教外语的，"桑多啦补充说，"英语和日语。"

"我还以为你至少是理工科的。"

突如其来的一些小事情比很多惊心动魄的场面更容易让人与人之间的距离拉近，变得熟络和亲近。因为小事情经常发生，而惊心动魄的大事却很难遇见，即便遇见，能真正担当的人也很少，不是缺了勇气就是没有合适的身份。

央啦第一次真正体会到远亲不如近邻的深刻意义。

而不久之后，她又不得不敲开了对面的大门："桑多啦，我有一件事情想拜托你。"央啦用有点小心翼翼的声音站在门口和他打招呼。

"那我真幸福。"他的语气似乎永远都是这样油腔滑调，"请说吧，我感觉很荣幸。"

"我需要出差几天，想把我的公主托付给你，可以吗？"

“这对我们家的骑士来说，是个大大的惊喜。”桑多啦说，“我要替它真诚地感谢你。”

其实，这次央啦不是出差，而是去日喀则，见见她已经交往了快五年的男朋友，虽说几乎每天都有联系，也憧憬着他能尽快调到拉萨，两人有共同的未来，可是，她却明显地感觉两人之间已经有了莫名的距离，不够亲昵，也不够真诚。央啦听到一些闲言碎语，她不够勇敢，实在害怕去猜测这背后隐匿的真正内涵……她希望两人面对面地好好谈谈，珍惜这五年的点点滴滴……

然而，到了那个他工作的城市，见到了他，感受了他明显的冷漠和掩饰，央啦才突然意识到，那件她根本不愿意相信的事情，其实早已经发生，只是问题清晰地摆在了眼前，她才真切地感受到其中的严重性，不得不接受难堪和伤心的现实。

到这一刻，她似乎不得不承认，是自己持续不衰的热情和幻想维持了他对自己的感情，或者说，是维持了表面上、浅薄的、不值一提的感情。

其实，央啦真的不用去走这一趟，因为喜欢的人和事，自己的心灵是可以感觉到的，而且被喜欢也是一样，会有一道光，熠熠闪耀；当然，不爱了，也是一样，即便在两个不同的城市里，也可以感觉到这道光的消失，温暖和舒适会变成冷漠和隔阂……好在，央啦的自尊让她在明白现实以后，平和而安静地离开了。在回拉萨的火车上，她暗自庆幸自己维护得很好的自尊没有被丢弃和伤害。

可是，这只是在外人面前的表现，当到了自己的家里，她还是关上窗帘，关好门，躺在沙发上掩面哭泣，几乎一个晚上就这样重复着：哭泣，睡去，哭泣，睡去，再哭泣，再睡去……她多么希望生活可以重建，不论付出任何代价，只要回到五年前的那个时间，他们不曾相识，更别说恋爱了，那些锥心的蠢事都没有做过；或者说，自己能够变得聪明一些，不至于拿宝贵的五年时间去聆听他的谎言……整整一盒抽纸被用完了，她的眼睛也红肿得吓人……

如此，自然不能去把“公主”接回来，央啦也足不出户地在家里待了三天。冰箱里有一些食物，可她没有吃，是真的吃不下，一点都没有食欲；水倒是喝了，咖啡也喝了……

想着请的假就要结束，明天要去上班，央啦起来洗了一把脸，眼睛还是有点红肿，但终归事情是要想明白的，现实也是要接受的……有句话说得好：人世间，除了生死，都是小事！

既是如此，那就一如既往地生活，纵有很多失望、心痛和怨气，也要一边抚慰，一边理智，一边微笑……

央啦敲开了对面的门："这几天公主给你找了不少麻烦吧？真是太谢谢你了。"

"不用这么客气，两只一起带，好像还更省心。"桑多啦说，"我正好在吃晚饭，单位的包子，我自己做了紫菜汤，若是不嫌弃，那就一起吧？"

"我还真没吃晚饭。"这一刻，央啦突然觉得特别饿，几乎忍受不了的那种。

"包子管够，汤就一碗。"桑多啦说，"你自己按照自己的口味调点蘸水，所有的佐料也都管够。"

晚饭后，他泡了一壶柚子茶。"就加了一点蜂蜜，你尝尝，要觉得不够甜，我就再加一点。"

确实不够甜，但却是央啦喜欢的味道。电视里中央六台《佳片有约》在播《傲慢与偏见》，两人都专心地看着，没有说话。

看着看着，央啦的眼泪就不由自主地往下流，她伸出手去抽纸，纸盒已经被他奉上。

她这才反应过来，是在邻居的家里，眼泪汪汪实在有失体统。"抱歉，我，"她不知道该如何说，"真的很抱歉。"她几乎站了起来："我要回家了。"突然她又反应过来，朝阳台的方向叫唤："公主，公主。"

"你先坐下。"他的语气明显有命令的味道。

她竟然也很听话，乖乖地坐下了。

"我知道你前几天就回来了，没来接公主，说明心情不太好。"他说，"我也没有敲你的门，是因为我觉得你遇到的事情，也许自己单独考虑会更好，人嘛，有坦途大道，就有沟沟坎坎，有快乐，也有很多麻烦事，所以，调整一下就会好的。”

此刻，坐在这位邻居的沙发上，听着他说话，喝着柚子茶，央啦有一种温暖、踏实、自然而然的亲近感。憋了好几天，她突然想要倾诉：“我这次其实没有出差，是去日喀则了，我谈了五年的男朋友在那里工作。”

“然后呢？”他问。

“我看到他的房间里有两只牙刷。”她说，“其中一个放在一个粉红色的牙缸里。”

“明白了。”他没有继续问，而是转了一个话题，“《傲慢与偏见》我已经看过好几次了，有电影，也有连续剧，不过，今天这个版本中的伊丽莎白好像是最漂亮的，演得很自然，当然最重要的是作者把她写得很好，机智、诚实、很勇敢。”

央啦没有说话，不过，也没有掉眼泪，她捧着茶杯，喝了一口。

“正因为伊丽莎白机智、诚实又很勇敢，所以虽然她遇到了大献殷勤的、英俊的、能说会道的维克姆，却很快识破了他的谎言，绕过了他这个大坑，最终遇见了达西先生。”

听着桑多啦的话，央啦没有回复，但此刻她却感觉心情舒畅多了，机智、诚实、漂亮、勇敢如伊丽莎白也会有沟沟坎坎，那以自己如此平常的资质自然也难以躲避，没有什么大不了的，就当自己瞎着眼走了五年的夜路，今朝眼病治好，重见光明，本是一件值得欢欣雀跃的事情，何苦自我折磨，不睡觉不吃饭，白白浪费了几天青春好光阴。

深入骨髓的阿Q精神在这一刻倒是帮了央啦的大忙，加上邻居桑多啦颇有深意的话语，在柚子茶已经变淡，抱着“公主”告辞回家的时候，央啦已经想通了，内心甚是舒畅。

离开的时候，央啦由衷地说：“真的特别谢谢你，你的话让我心里舒服多了。”她继续说：“我觉得男人心胸开阔，所以很少会对自己的将来有所不安，这点上，我真的很佩服你们。”

“每个人都会对自己的将来有所不安，男人也会。你实在太抬举我了。”他突然接着问，“家里有面膜和眼膜吗？”

“有的，你需要吗？”央啦有点不解，反问。

“等会儿睡前敷一下，你的眼睛还是有点肿，”他说，“提前祝你明天上班快乐，乘风破浪吧！”

无论如何，那天回到家的央啦，心里好像没有太多的恐惧和悲哀了，倒是有极强的疲倦感，让她立刻入睡，整夜都无梦。

如此一来，两个拉萨好邻居诞生了，相互帮助，彼此帮衬，两个小吉娃娃更是亲近得不行，天天都要腻歪在一起。不论是两家的主人，还是主人的宠物狗，都极好地诠释了“远亲不如近邻”的道理。

在央啦的意识里，桑多啦是一个有爱心、水电技艺了得的好邻居，他甚至修好了自己那个用了好几年的、经常罢工的洗衣机，那洗衣机她本想换掉，却被他捣鼓好了，现在运行正常。这下又省了几千元，央啦暗暗自喜。

那天，单位的一个同事说自己的洗衣机噪声好大，想要换掉，央啦脱口就说自己的一个好朋友可以修，她想当然地以为不转的洗衣机桑多啦都可以修好，那一点噪声自然不在话下。

结果也很不错，桑多啦真的修好了那个干号的洗衣机，同事欢喜，三人去吃火锅。趁着桑多啦去卫生间的空隙，同事问：“男朋友？”

“不是的，就是邻居，”央啦说，“他乐于助人。”

“单身？”

“是的。”

“那我有个表妹，各方面条件都不错，我们撮合一下，当个红娘吧？”

央啦应承着，却觉得心里有点不舒服，也说不出来具体，就当自己的小情绪了。可是既然已经应承，那就只好有实际行动，开始上门游说。“邻居先生，芳龄几何？”第一步，她先要提醒一下他的年龄。

“鄙人属龙，自己算算。”

“那不小了。”

“什么不小了？”桑多啦反驳说，“正是年富力强。”

“我的意思是到成家立业的年龄了。”

“想当媒婆了?”

“什么媒婆? 是红娘。”

“都一样。”他反问,“怎么收费?”

“鉴于我们俩是拉萨好邻居,”她说,“免费。”

“免费没好货,”他不屑一顾地说,“是想把某个又丑又老的女人推销给我吧?”

“什么又丑又老,我都见过了,又年轻又漂亮。”

“比你如何?”

“有这么比的吗?”

“那就是连你都比不上了,”他说,“那还真是又丑又老。不见,不见。”他一口回绝。

这招不灵,央啦换了一招,把同事和她的表妹请到自己家里,又找了一个借口把桑多啦也叫来了,好歹也算见了面,刚开聊了一小会儿,桑多啦就说有事离开,他面无表情,看不出心思。

小表妹对桑多啦倒是颇为满意,这下子桑多啦的态度就尤为关键。所以,那天央啦就一直在客厅里坐着,连电视也没开,怕听不到对面开门的声音。

终于有动静了,她急切地开门,果然拉萨好邻居回家了。“我等了你好几个小时,你怎么才回来?”央啦的声音有点急切。

“有事吗?”桑多啦面无表情,显然不够热情。

“当然有事。”她说,“今天在我们家见到的那个姑娘是否满意?”

“倒是有一个满意的。”

“不会是对我的同事满意吧?”央啦不免猜测。

“不是你的同事,是另一个。”

“那就好,”央啦长吁一口气,“你可吓着我了,我同事可是已经结婚的,孩子都进幼儿园了。”她乐滋滋地说:“皆大欢喜,小表妹对你也很满意。”

“我满意的不是小表妹，也不是你的同事，”他对她的乐滋滋很生气，“是你。”

他的话让央啦一怔，显然他好像是认真的。“我就这么让你看不上吗？偏要推销什么小表妹，你自己都没有嫁出去呢。”他嚷嚷着。

“我可不用你怜悯。”央啦觉得怜悯也许是这份情感的开端，他看到过自己最为狼狈的样子，所以便有意地、理智地与对方矜持地保持着距离，她绝对不能让自己成为怜悯和同情的对象。说实话，她觉得自己还没有这么惨。

“应该被怜悯的是我。”他说，“请你一定怜悯我，不要给我推销那些我讨厌的姑娘。”

“好心不得好报。”央啦也有点生气了，她转身就走。

“站住。”他命令着。她倒也听话，停住脚步，转身，冷漠地看他，却没有开口。

“我刚才的话是认真的，你怎么想？”他说，“你不用马上回答我，我有耐心等你缓过来。”

“缓过来？”他用的词让央啦气不打一处来。“我现在气顺心平，血压心跳都正常，你千万别担心我缓不过来。”

“说实话，我有点遗憾。”他说，“我本来想挑个合适的时间好好和你说，说得真诚一点，今天确实有点匆忙。”

央啦补充着说：“而且是在楼道里，嚷嚷着说的。”

“那我再找个黄道吉日，重新说一遍。”

“我觉得自己还是需要缓一缓，晚安，我的拉萨好邻居。”央啦确实觉得自己需要缓缓，怦然心动，血压和心跳怎能正常！

“那就后天，后天星期三，黄道吉日！”他在楼道里叫唤。

余生就是老洛了

就按照时间顺序，先讲最初的故事。

那年尼啦芳龄十九，大二学生，功课不错，学生会干部，这倒不是因为她能说会道，性格开朗，而是因为刚入校的时候，学姐们都给出了参加学生会工作的建议，说当过学生会干部是很好的加分项，利于毕业时候的求职。现在工作特别难找，若真能加分，那就积极争取加入学生会。她的努力没有白费，先是加入了文艺部，做了整整一年的各种打杂和文案处理工作，虽说有点杂而烦琐，但做 PPT 的能力和水平倒是直线上升，突飞猛进，也算另有收获吧。这大二了，又加入了志愿者协会，是学生会志愿者协会六个理事之一，终于有了一个有模有样的头衔，但实际还是继续打杂，继续文案处理，各种 PPT 越做越精美，当然最为重要的是毕业的简历上可以“浓墨重彩”地写上一笔，各单位来招聘的人员，看到“志愿者协会理事”的字样，至少也会觉得有点“高大上”，比没有学生会经历的同学更有优势。

其实，经过整整一年文艺部的锻炼，尼啦已经觉得在学习之余做点额外的工作，是一件挺好的事情。因此，如今在志愿者协会她做得很是得心应手，大一的学妹学弟们经常来问她各种问题，她便有一种心灵上的满足。被别人需要和认可，着实是一件快乐的事情！

这一次因为市里要举办锅庄大赛，各地都要派代表队参加，所以承办的部门就和学校联系，要求组织至少 300 人的志愿者，协助开展各种工作。因为大赛等级很高，所以志愿者要开展严格的培训和相关审核，这就极大地增加了志愿者协会的工作量，虽然扩充了成员，但每个人都不得不变成八爪鱼，爪子全部伸出来，接住满满的工作任务，天天加班，所有人不是长黑眼圈就是长痘痘……见面打招呼，都变成:“忙啊?”“忙着。”“继续拼命!”“你也是。”

尼啦本身主要承担各种文案，但一个负责联络的小同伴生病了，挺严重，一般都不输液的校医院竟然破天荒开了两天的输液，人不得不休息，工作却要按时完成。于是，尼啦被派去救急。“我手头的工作还没有完。”尼啦不免有点抱怨，抱怨声有点小，可会长还是听到了。

“现在只能抽你应急了，而且她的工作你也不是完全不熟悉，就拜托了。”一向态度和善的会长这一次表现得更为和善。“你手上的工作只能晚上加班了，等忙过这阵子，我一定让你清闲几天，简单的小事就交给学弟学妹们。”

尼啦只能应承下来，拿着装有名册的文件袋，小跑到楼下，刷了一辆共享单车，根据导航，飞快地奔着……没戴帽子，太阳晒得脸通红通红。

终于，找到了交材料的办公室，一个脸上没有一丝笑容的男人接过了文件袋，只粗略地翻了一下便几乎摔到了尼啦的怀里:“怎么不按照我上次说的要求做呢? 每项工作都有严格的规定，不是你们想怎么做就可以怎么做的。”

“不是按照要求做的吗?”尼啦抱歉地说，“这个事情我真的不太清楚，半道接下的工作。”

“那就派个清楚的人来。”他扫了尼啦一眼，“刚入学的大学生吧?”

尼啦没有回答他的问题，只是说:“请您把要求再告诉我一遍，我回去以后立刻做，明天下午送过来行吗?”

“不行，今天晚上十点之前一定要做好，送到我这里，材料截止时间是十一点。”他又说了具体的要求，然后几乎赶着她走，“快回学校做，给管事的老师汇报，你自己不一定行。我们这里不收半成品。”

这个男人的脸整个轮廓很俊朗，棱角分明，眼睛微陷，确实很帅，可是说的话却很不中听，眼光冷漠，一点人情味都没有……但就目前的形势看，主要还是协会的疏忽，因此，尼啦只能又拿着装有名册的文件袋，小跑到楼下，刷了一辆共享单车，这次不用导航，飞快地奔着……到学校，正好是晚餐的时间，尼啦买了两个包子，飞奔回协会办公室，会长不在，没有人可以汇报，只能自己一个人按照那个没有笑脸且苛刻的男人要求的那样，再做修改……完成的时候，已经九点过了，尼啦又骑上共享单车，在路上飞奔……

跑进办公室的时候，墙上的挂钟正好报时，北京时间十点整。

那个男人看了一眼挂钟，又看着气喘吁吁的尼啦，依然毫无表情地接过文件袋，带着苛刻的心态一页一页翻看着材料，看到最后一页，显然没有挑出什么瑕疵，只好满意地说："做得不错，拷到光盘里了吗？我们还需要电子版。"

"还需要电子版?"尼啦几乎要叫出来了，"我没有拷到光盘里，我这就回学校。"尼啦边说边往外跑。

"站住。"那个男人依旧毫无表情，"你骑自行车来的?"

"是的，共享单车。"

"现在已经十点过了，一个来回，怎么也要一个小时，我们的截止时间是十一点，"他冷酷地说，"你不可能飞个来回吧?"

"我又不是小鸟。"尼啦很不喜欢他嘲讽的口气，"我打车，十一点前尽量赶回来。"

他对尼啦的回答显然很不满意，拿起桌上的一串钥匙，嗖地站了起来，面无表情地往外走，尼啦被他的举动搞糊涂了，一时没反应过来，手足无措地站着。"走啊，"他说，"我开车送你去取，现在这个时候拉萨街上可是最热闹的时候，即便你打到车，也赶不回来，我可不想因为你们学校的工作耽误整个事情的进展。"他边说边快速地下着楼梯，尼啦紧张地跟在后面，像个做了错事的小跟班。

材料拷贝好了，男人说："你就不用再跟着过去了，光盘我们需要留着。"

严肃归严肃，冷漠归冷漠，其实他这个人并没有之前想象中的那么不堪，心眼还是蛮好的。尼啦站在靠窗的位置上，看着他急匆匆地走向车，挺拔的背影印在了她的眼底……从面孔到身材，再到走路的姿势和气质，他完全是个硬汉的形象……电影里可没有满脸堆笑的硬汉，所以，现实生活中也自然不应该有！

这之后，因为锅庄大赛的缘故，他们继续打了好几次交道，他依然板着脸，说话的语气也总是硬邦邦的，但关键时刻，却又总是伸出手帮助。

有一次，他竟然对她笑了一下，尼啦觉得他的笑容“倾国倾城”，可见“物以稀为贵”是绝对的真理！

大赛结束后一个多月，尼啦接到了一个陌生的电话，声音却很熟悉，是他的：“尼啦，这次大赛组委会要表彰在大赛期间工作优异的人员，你们学校有三个名额，其中一个我专门批给了你，学校里应该会尽快通知你，你把材料写好。”

尼啦真有点受宠若惊，不知该说什么，只能反复说着：“谢谢，谢谢，谢谢！”

“这是你应该得的，我这个人一向很挑剔，说话很直，让你受委屈了。”他的语气很诚恳，这样一个严肃的人也有很温和的时刻。尼啦再次深刻地体会到“物以稀为贵”的道理！

这一刻，尼啦的心突然就“怦”地那么一下……汉语真是博大精深，原来“怦然心动”，真的会“怦”地那么一下……

从那一天起，少女有了秘密心事。

可是仅仅就是心事而已，她竟然没有再见到他，表彰大会他也没有出现，整整一个学期，她有点失落。

直到一年以后尼啦已经上大三的某一天，她去听一个关于西藏古墓的讲座，她去得晚了些，小小的教室已经坐满了人，甚至在位置比较好的地上，也有男生席地而坐。尼啦左右细心地找，才在窗帘旁边的地方看到了一个半掩住的凳子，她急忙走过去，旁边凳子上坐着的那位努力地往里面靠了靠，尽量让窗帘不至于影响她的视线。“谢谢！”“不客气。”对话间，他们认出了彼此，尼啦满心欢喜，喜悦之情溢于言表，藏都藏不住，他似乎也是。

讲座结束，他们很自然地一起出了教学楼。“我的车停在那边。”他说。“我的宿舍在那边。”她回答。

彼此要走的路方向相反，于是友好道别。

刚走出不远，突然，尼啦听到有人在唤自己的名字，不用回头她都知道，是他在叫唤自己。怦，怦，怦……她的心跳得好厉害。

“我这里有一本关于西藏古墓的书，写得很有意思，我已经看完了，你若有兴趣，就拿去看。”这一次，他一反常态，神情温柔。

“谢谢啊！”尼啦接过书，尽量保持自己的平静自然。再一次告别，他渐行渐远。尼啦的内心涌起一股淡淡的喜悦，如他这样，一个特别严肃严谨的人能主动把书借给自己，其实已经很难得了。

借书、还书……如此的桥段经常出现在很久以前的那些小说里，这样土气的招式他不会用吧？疑惑中，尼啦打开了书，里面真的有一张便条，上面写着：“借书是假，不过是为自己下一次找你准备一个合理的借口。”

20岁的尼啦就这样突然成了校园里最幸福的女孩子。她喜欢的人也正好喜欢她，真是何其有运气。

在她眼里，他最帅了，唯独对她温柔，懂得最多……她喜欢听他讲话，讲很多典故，深刻又通俗，她还喜欢看他打篮球，那么多年轻健康的身影，没一个比他挺拔……因为爱，尼啦觉得他是世上最出色的男人。

于是他们一起走过了尼啦大三和大四的时光，那真是一段风花雪月的日子，即便是现在回忆，也有甜甜的味道。

转眼之间，大学就要毕业了，各种考试和答辩，各种招聘和面试，她心急，却也无能为力。他倒是不慌不忙：“着急也没用，留拉萨难度很大，除非你不在意是什么单位什么岗位。”

“我当然在乎了，至少要去一个国有企业吧，最好是央企。”她说，“我希望稳定一些。”

“想要稳定，就不要只考虑拉萨，其他地市的公务员和事业单位考上的概率大一些。”

他的话虽说在理，但凉冰冰的，让她寒意沁心。

她多么希望听到他说："别担心，有我。"

可这句话他自始至终都没有说。

拉萨虽然是尼啦最喜欢的城市，而且这个城市里有他，但为了安稳，尼啦最终选择去县里工作，公务员的身份让她更有安全感。她是流着泪离开的，因为这个她最爱的城市里有最爱的他。

县城离拉萨很远，要坐一天的车子，他来看过她几次，她也利用休假和出差去看他。他总是说，等我想想办法，把你调到拉萨，或者至少调到市里，坐火车回拉萨只要三个小时，周末都可以一起过。尼啦没有说话，不知从何时开始，她不再那么信任他了。彼此的话越来越少了，他不再给她讲典故，承诺的话也从来没有实现。即便是休假的时间，同在拉萨，她也不能天天见到他，他很忙，加班、打篮球、同学聚会、同事喝茶……她的心情就在他的忙碌中一点一点地灰暗了，朦胧中，看不见远方。

他的单位选派人员去内地挂职，一年的时间。传闻中，说这是为后期的晋升做一点准备，他主动申请去了，甚至都没跟尼啦商量。其实，只要他说，尼啦是一定会支持的，可他就是没有说，可见在他的心里，没有对两人共同未来的考量，他的人生安排里根本没有她。

从那天开始，尼啦就隐隐约约有点担心，觉得自己是否会错他的意了，他只要自己的一段时间，而自己想要他的一辈子。

离开拉萨的那天，尼啦去送他，送到机场，看着他走过安检，快乐地挥手告别，她突然就崩溃了。回去的路上，她一个人开着车，眼泪不停地流，好几次，都看不清楚前面的道路……一切都幻灭了。

分手很默契，谁都没有再找谁。

这个是尼啦最初的爱情故事。

接着，再按照时间顺序，讲讲余生。

又过了半年，仅仅是半年，没有托什么关系，尼啦调到市里工作。这次真的只用坐三个小时的火车就可以到拉萨了，可她竟然没有想去的愿望，周末收拾收拾房间，买菜做做饭也自有乐趣。

不久，她邂逅了另一个男人，大学时候的学长，当时大家都叫他"老洛”。老倒不老，只是比较普通。他是农村考出来的孩子，家境不好，所以在大学里一直勤工俭学，打扫阶梯教室，在图书馆里整理书架，录项目数据，或者骑着自行车去做家教……他是学校里最忙碌的学生，不过考试成绩倒还不错，不仅通过了计算机等级考试，还拿到了英语六级证书，这个消息让他成了学校里一时最为风光的人物。

当时大家都有一个共同的疑问：他一天到晚忙着勤工俭学，挣生活费，那英语六级是如何考过的？那么多单词，他是如何记住的？好像真有学弟学妹去请教，答案很简单：天天背，不间断。这样的回答等于没有回答，大家还是觉得他有秘密武器。

如果时光倒回，回到大学校园里，那即使邂逅一千次，尼啦都不可能会爱上他。因为在尼啦的眼里，他除了成绩好之外，其余都太普通了。在青春飞扬、才华横溢的少女少男堆里，他就是一粒尘埃。

可是，如今她邂逅的却是一个完全不同的他，不仅工作优异，是单位的笔杆子，篮球打得很好，还喜欢爬山，他的爬山可不是业余的水平，据说已经爬完了好几座 6000 米的高峰，后期计划登 7000 米。

“学校里没见过你打篮球。”尼啦说。

“那时候，我一天忙着打工赚生活费，还要应付考试，哪有时间去打球啊。”他很自豪地说，“大学四年，我几乎没有花过家里的一分钱，过年回家的时候，还可以给父母和弟弟妹妹带回整套的新衣服，当然都是便宜的衣服，但在村子里面，也已经很不错了。”

“学校里没见过你爬山啊。”尼啦说。

“哪有时间去爬山啊，那时候我真的希望自己是只八爪鱼，同时可以做很多事情。”

他的朴实和坦率让她的心里有一种踏实可靠的感觉。这种踏实可靠，十八岁的时候不会觉得难能可贵，反而觉得迂腐老气；但年岁渐长，才发现踏实可靠是最宝贵的品质。

爱意开始像蜜汁一样流淌，并散发芳香。

这一年，尼啦已经 27 岁了，她渴望有一个家。

她晚上加班，他来接送；她感冒发烧，他来送药；周末他们去郊外洗衣服，大件的卡垫他总是一个人洗；职称考试，他买来复习书；她担心考不过，半撒娇半倾诉地说起自己的担忧，他一把拢过她："别担心，有我。"这句话，尼啦已经等待了很多年！

她突然觉得，嫁给他也蛮好的。

余生还很长，安稳可靠不就是最好的余生吗？

余生就是老洛，这真的挺好。

往后余生，富贵贫穷，疾病健康，衰老、白头以及生死。他是她的夫。她是他的妻。

曾经的，那些遗憾的经历，那些无果的缘分，不过是老天在护她周全，许她一个安稳可靠的余生！

我的青梅竹马

郎骑竹马来，绕床弄青梅。同居长干里，两小无嫌猜。

说他们俩是青梅竹马倒是一点都不为过，双方的父母在一个单位工作，前后脚结的婚，又前后脚怀孕，两个孩子在一个产房里一前一后隔着七个小时出生，早上生下的是个男孩，下午生下的是个女孩。因为两个母亲住在同一个病房，他们俩便是除了家人之外，彼此在这个世界上见到的第一个外人了，而且一见面就欢快地笑，仿佛是熟里熟外的旧相识……在他们几乎一起开始的人生旅途中，他们是最早的同行者，一起抱着奶瓶喝奶的时候，两个小手指还要绕在一起；一起咿呀学语，大人听不懂的，他们却似乎心有灵犀；大人要抱着他们各自回家，他们也明显地表示不舍，小七个小时的卓玉经常是直接就哭上了，大哥哥索也要在妈妈的怀里扑腾几下……

长大自然不是一件一蹴而就的事情，于是，卓玉看到索和别人打架，看到他爬树，看到他考试作弊，看到他丢了书包被家长狠揍……而他也自然看到她和别人吵嘴，看到她对别人的洋娃娃爱不释手，看到她要小心眼，把糖果藏起来，看到她躲在学校操场的墙角，抱着考卷痛哭流涕……在考到高中西藏班之前，他们几乎看到了对方不同阶段的所有的成长经历，精彩的、辉煌的、狼狈的、狡诈的、愉快的、痛哭流涕的……所以她对他，他对她，从根本上是了解的，真正的知根知底。因此，在外人面前，他们总是很自然地称呼彼此“我的青梅竹马”，于他们而言，这个词绝对真诚和坦荡，没有任何暧昧的成分。

去西藏班上高中，是他们俩真正意义上的分开。卓玉学习好，考到了江南水乡，一个很适合女孩子长大的地方；而索聪明有余，努力不足，考到了大东北，一片天寒地冻的黑土地，粗犷豪放，倒也适合他的脾性。两人对自己的学校都甚是满意，第一次离开家，满心的憧憬和离开唠叨家长的欢天喜地，让其实还很幼稚的两个孩子既得意又欢乐，连道别都很仓促和随意。

“明天走吗?”他在小区门口遇到手里拿着冰淇淋的她。

“对啊!”她说，“你们后天走吗? 听阿姨说你要和学校的大部队一起走。”

“干吗要大人送，跟着大部队走，正好可以好好认识一下新同学，还可以在火车上玩几天。”

“硬座很累的。”

“说得好像你坐过一样。”他边说边拿过她手里的冰淇淋，很自然地就吃了一口，“这个冰淇淋就算你给我送行了。”

“你不是不喜欢吃冰淇淋吗?”

“这个冰淇淋意义不一样啊，是送行的，代表我们深厚的情谊。”

“好吧!”她说，“正好我买了两个。”她提了提手上的塑料袋说道：“习惯性地买了两个，第二天吃的，可是我明天就要走了呀，正好赏给你。”

“那小的就谢赏了。”他抬手作揖。

“跪安吧!”她转身离开，听到他在身后吼：“如果新的学校里有人欺负你，打电话告诉我，我迟早找机会收拾他。”她听着好开心，突然觉得自己是有靠山的人，安全感满满! 这一刻，她好像忘了，这么多年的同学时光，他虽然确实也替自己出头过，但更多的时候，是她在替他收拾残局：打架挂彩，是她给老师和家长传递虚假的信息；考试作弊，是她既助力又埋怨；招惹上校外的小混混，是她说软话，化干戈为玉帛；囊中羞涩，是她偷偷把自己的零花钱塞给他……但这一刻，她吃着剩下的那个冰淇淋，蹦蹦跳跳地往家里走，活脱脱一个小鹿撞怀的少女。

这之后的高中三年，他们竟然一次面也没有见到，六个假期，她回拉萨的时候，他和父母在内地，而他回拉萨的时候，她却和家人回了老家。

总之，之前总有交集的两个人，突然好像就没有交集了，但电话却从来不曾少，还没有微信的时候，他们就没完没了地发短信，彼此熟悉得就像在一个班里：失利的球赛、邻桌女孩的发卡、老师的超短裙、饿肚子的晚自习、斤斤计较的学习委员……短信就好像人生的缩影，它不可能事无巨细描绘上课吃饭打球写信对话考试等等一整天的故事，但若是真诚，还是能够以小见大呈现出最普通和日常的生活。他们俩隔着上千公里的距离，感受到彼此最具体的生活，这都归功于他们俩彼此的坦诚相见。之前十几年的亲密无间使坦诚相见于他们而言已经是一种习惯和自然。其实，有一个可以无话不谈的朋友，不论是同性，还是异性，都很难得，毕竟真正的知己是少而又少的。

大学的志愿是他们高三一直探讨和争论的话题，很少有意见统一的时候，但还是饶有兴趣地天天谈论。当然最终的结果取决于考试成绩和职业理想，于是，他去读了计算机，她去学了法语，理工男和文科女终于落在了同一个城市——首都北京！

两个学校的新校区都在城市的郊区，远远离开了天安门，恍惚中会觉得自己在河北的某一个县城。

新生报到，她从学校接站的巴士上下来，吃力地想要把行李从车下的行李厢拖出来。“我来，”突然身后有人把她往外拉，“同学，你往外靠一下，行李我帮你拿。”一个穿着志愿者T恤的男生微笑着示意卓玉往后站，他动作利索地拉着行李，显然这两天志愿者实践活动让他受益匪浅。

卓玉的行李似乎最多了，两个大的拉杆箱，还有一个大的背包、一个挎包和一个手提袋。“同学，你的行李最多了，我帮你吧。”热心的志愿者拖出了所有行李，又帮卓玉拿起背包，边往前走边问，“哪个系的？先报到。”

“我学法语。”卓玉回答。

“知道了，跟上我啊！”志愿者边说边往前走，此时，除了挎包和一个行李箱之外，卓玉所有的包都背在了他的身上。

有人带着就是好啊！卓玉很快就办完了手续，拿到了房卡，找到了自己的宿舍，看着大汗淋淋的志愿者，卓玉真诚地道谢。“你留一下我的电话，后面有需要帮忙的，尽管来电话吧！”志愿者说，“我是学西班牙语的张昊。”

志愿者刚离开，卓玉的身后突然传来一个熟悉的声音：“这美女就是不一样，刚进校门，就有如此周到的服务。”声音是索的，卓玉惊喜万分：“你怎么在这里啊？”

“知道你今天来报到嘛，本来还想打打杂，献个殷勤，讨个赏，没想到这外国语学院风气如此之好，志愿者如此热情，本来36度的温度，瞬间提升到40度，你不觉得快要中暑了吗？”

“不主动帮忙，还说这样的闲话。”

“我倒是想主动，可没有机会啊！”索说，“我自己的宿舍还乱七八糟地放着呢，特意搭了好几个站的公交车来打杂，可搭不上手。”他接着说：“把手机给我。”

“干吗？”

“我删了那个志愿者的电话，动机太可疑，免得你中暑。你们俩一个法语，一个西班牙语，说话也彼此听不懂。”索真的就接过了卓玉递上的手机，删了那个号码。“怪不得志愿者是个很抢手的工作，原来是别有洞天，明年我也弄个志愿者的坎肩穿穿。”

“狗嘴吐不出象牙！”卓玉命令着，“先把行李箱放好，背上背包，里面有电脑，然后去吃饭，都快饿晕了。”

三年未见，他们还是熟悉如初，好像从来就没有分开过！

两个学校隔得并不远，公交车都不用转车，坐五站就到了。于是，他们便时常可以见到，久而久之，各自的同学也都知道他们的关系了，宿舍楼下，经常可以听到这样的叫唤：“卓玉（索），你的青梅竹马来了。”

有时候在彼此的学校听讲座或看节目晚了些，索也会送卓玉回学校，自然是坐公交车，学生可没有鼓鼓囊囊的钱包。公交车上，卓玉很自然地给老人让座，然后又理直气壮地要索给她让座，送她到学校门口。她总是问他：“有零钱乘车吗？”他看看钱包，又翻了翻裤兜，自然总是没有的，于是，她就把一枚硬币放在他的手心里，笑嘻嘻地说再见。

索喜欢运动，最喜欢跑步，特别是在傍晚的操场上，金色的夕阳下，一个女孩灵巧甜美的身影就时常在同一个时间出现了，女孩黑色的头发泛着光泽，马尾辫在空中欢快地荡荡悠悠，也让索的心中有点涟漪。

马尾辫女孩直率快乐，总是一脸的崇拜，直接就说：阿索最帅了；阿索笑起来最好看；阿索跑步最性感了，荷尔蒙爆棚；阿索最会讲段子，明明老土得掉牙，可经他那么一讲，就是特别好笑；阿索篮球打得也好，那么多男生，没一个比他好看……

索把女孩子的话一字不落地告诉卓玉。卓玉轻轻一笑："听着这些话，就觉得是个很肤浅的女孩子。"

"她还说，我和她的身高，是最适合拥抱的身高差，拥抱的时候能清晰听到心脏跳动的声音。"

"你们拥抱了？"卓玉警觉地问。

"这倒没有。"索一脸得意地说，"不过和她说话确实让人心里很舒服。"

"我要见她。"

"可以啊！我请你吃晚餐，然后请你去操场跑步，然后你就可以见到我的那个小迷妹了。"

"我要吃你们学校门口的必胜客。"

"也行，先借我二百。"

"那还是吃你们食堂，拉面，不用加肉。"

那天黄昏的操场上，卓玉真的见到了那个索的小迷妹，灵巧甜美，一见索就笑开了花，连马尾辫也好像在跳舞。"阿索的青梅竹马，我之前就见过你！我叫你阿姐吧！"她左一声阿姐右一声阿姐，叫得卓玉浑身痒痒的，索倒是一脸得意。

返校的公交车上，卓玉问："那个肤浅的小姑娘哪里人士？"

"有点像福建，或是广西的。"索说，"我也不太确定。"

"阿索、阿姐，"卓玉说，"搞得自己像刘三姐一样，刘三姐颧骨有这么高吗?”

“不知道。”索确实没有看过刘三姐的电影,他对此很不感兴趣。

沉默片刻,卓玉又突然问:“干吗叫我阿姐,我看起来比她老很多吗?”

“不是老,是成熟一点。”

卓玉扭过头,盯着车窗玻璃,恶狠狠地瞪着,散发着全世界谁也别来惹我的气息。终于到站,两人下车,到了校门口,卓玉径直往里走,索有点急了:“又不是我喊你阿姐,怎么生我的气。”

卓玉还是不搭理,继续往校门里走。

“我没有零钱坐车。”

“我也没有。”

“可是你总是有的。”索说,“你好好找找,包里应该有。”

“找你的小迷妹要。”卓玉边说边头也不回地走了。

索穿着T恤和短裤,口袋里除了校园卡真的没有一个铜子,那时候还没有微信,更别说微信支付,他只好跑步回校,50分钟的路程,让他悟出一个真理:关键的时刻,小迷妹还真没有什么实用的价值。

于是,从第二天开始,索就刻意地躲着那个“阿索、阿索”叫唤的小迷妹,他的躲避很快就有了回报,小迷妹停止了跑步,不再出现在他的左右,后来索就再也没有见过,是校园太大了,还是缘分使然?

卓玉对这个结果甚是满意,她不无惋惜地说:“说话声音倒是蛮好听,就是颧骨太高了。”

“有什么说法吗?”

“你不觉得颧骨太高显得有些刻薄吗?”

“我不觉得。”话已出口,索看到了卓玉不快的表情,赶紧改口,“不过,细细看,倒是有点刻薄的样子。”

“细细看?”卓玉说,“有必要如此细看吗?”

“没必要,真没必要。”

那天晚上,索依然把卓玉送到了校门口。临分别,卓玉习惯地问他:“有零钱乘车吗?”他看看钱包,又翻了翻裤兜,自然又是没有的,于是,她就把一枚硬币放在他的手心里，笑嘻嘻地说再见。彼此转身的一刹那，卓玉突然觉得索五官端正，轮廓棱角分明，大眼宽额，确实如小迷妹说的那样，有点帅气，她很疑惑自己之前怎么没有这样的感觉，也许一张脸，从出生看到20岁，再俊朗再棱角分明再荷尔蒙爆棚，也看习惯了，没有特别的吸引力。

当然，若是换个场景，有一次很偶然的邂逅，萍水相逢会让彼此有更多的好奇，然后好奇转化为吸引力，那真是有万种可能和万种美好。卓玉总是记得某个作家的一句话：真正的恋爱其实在青梅竹马间是行不通的，一点好奇和冲动也没有，恋爱一定要萍水相逢，才能擦出璀璨的火花。

卓玉很偶然就遇见了马先生。两人确是萍水相逢。

大学足球联赛，卓玉是个专业水平还算不错的准球迷，因此她自然参加了自己学校的啦啦队，还承担了一些后勤工作。真巧，最终的决赛队竟然是卓玉和索两个校队，而且索还是他们校队的主力，点球制胜，索踢进了关键的一球，他成了他们队的功臣，却成了卓玉眼里的叛徒和大坏蛋。

索兴奋得不得了，忙着参加庆功会，自然没有理会卓玉的无理取闹。卓玉也竟然错过了回学校的班车，坐公交车要倒好几次车，生着气的卓玉狠下心，准备打车回校，这大概会要一整张红色的人民币。

突然，一辆轿车停在了卓玉的身边，车窗摇下来，露出一个中年男人的脸："你好，需要搭车吗？"

卓玉有点警惕地看了看，摇了摇头。

"外国语学院的吧？"中年男人说，"球赛的时候看到你好几次了，我也正好去那个方向，完全顺路，况且这个时段，车子可不好搭了。"

"可是，我……"卓玉还是有点犹豫。

"上车吧，真顺路。"

卓玉和马先生就这样邂逅了，他主动要了她的联系方式，主动打了很多次电话，卓玉实在拒绝不了，就在学校附近的餐厅里一起吃过一次饭，仅此而已。

但卓玉心里还是对这个中年男人有了一点好奇。她之前接触到的人，除了老师之外，都是同龄人，任性、率真、幼稚、冲动……可这个中年人却完全不同，儒雅而有城府，时间已经把他打磨成正当最好年纪的男人，温文尔雅，阅历丰富。他对她说，打拼很辛苦，但终究有回报，车子房子都有，缺的是一个一见钟情的姑娘，而她，穿着运动服扎着马尾辫的样子，就给了他这种感觉，开车路过不是刻意安排，纯属巧合，便更加觉得是缘分使然。

中年男人的暗示和直接应该都很对涉世未深的小姑娘的胃口，他们展示出的华丽锦袍确实比莽撞少年的T恤更有感悟的价值，而表现出的城府、神秘和睿智，让他们多少有点梁朝伟的气质。对于卓玉而言，这个男人就像是野外生长了许多年的果实，成熟之际，送到萍水相逢的她的面前。

果实很是诱人，但发自心底的感觉却还是有点拒绝，而拒绝的理由有点可笑，竟然是索。卓玉一再提醒自己：我们俩又不是恋人，真不是恋人，之前自己排斥那个小迷妹也真心是出于为索考虑，决然没有私心。那自己为什么要因为索拒绝马先生呢？

索不知道有个马先生，但他知道卓玉的生日，拉着她去吃门口的麻辣烫，还得意地拿出一瓶幸运星，说是他自己叠的。

成熟精明的马先生也自然会知道卓玉的生日，提着两盒礼物，出现在了麻辣烫的门口。

于是他们俩就这样见面了。

“这是我的青梅竹马。”卓玉习惯这样称呼了。

马先生一怔，但很快稳稳地说：“这位同学我上次在球赛中见过，很好的前锋。”他继续说：“我也喜欢踢球，有空的时候也练练场子。”说着，他顺势把礼物递给卓玉：“生日快乐，小小的礼物，希望你喜欢。”

卓玉手里拿着那瓶幸运星，一时也不知道是否应该接着，便很自然地看向索，内心深处她需要索的支持和鼓励。索看出了事情的缘由，他没有中年男人的城府，竟然脱口而出：“你自己看着办吧。”

卓玉惶惶中有点手足无措，一时半会儿竟然无语。

而在这一刻，索突然转身就走了，卓玉的心往下沉，她知道只要他没有立刻回头，那她就一定会接马先生的礼物。

佛祖保佑，奇迹竟然发生了。索走了两步，又立刻回过身，说道："你喜欢的午餐肉都快煮烂了，要不请这位先生一起吃？"

"不，我已经吃过了。"马先生说，"就是特意过来送个小礼物，过生日嘛，一点心意。"

"可是，我已经有礼物了，"卓玉抬了一下捧着的幸运星，"我觉得这个礼物比较适合我。"

马先生是个明白人，就此道别。

吃着麻辣烫，索先是不语，而后问："那个大叔哪里人士？"

"有点像西北的，"卓玉说，"我也不太确定。"

"叫我同学，"索说，"搞得自己像老师一样，一点老师的气质都没有。"他不无惋惜地说："礼物看起来倒是蛮不错，就是额头有点窄。"

"有什么说法吗？"

"你不觉得额头窄显得不太踏实可靠吗？"

"细细看，你的额头倒是很宽阔啊！"

"所以我踏实可靠啊！"

"没感觉到。"

"那就慢慢感觉，反正不在乎这一时半会儿。"索说，"这下好了，我的小迷妹，你的大叔，都面相不好，我们俩青梅竹马，两小无猜，且颧骨不高，额头宽阔，正好匹配。"

"能换个好听点的词吗？"

"好听的词能填饱肚子吗？"索嚷嚷着，"午餐肉都烫烂了，快吃，我还要赶末班车回去，记得给我一个硬币，口袋里空空的！"

好运连连撞满怀

去年本命年！

因此，去年伊始，央啦就换上了成套的红色内衣，连包包和卡夹也换成了红色的，鲜红的颜色，以至于在十米开外，她拿出卡夹，也能闪耀了周围的群众。不过，对央啦这样一个只是有点漂亮的平头小老百姓而言，群众的火眼金睛，怎么也不会瞄准到她的身上。

这通文字有点离题，央啦可不在意火眼金睛的群众，她在意的是自己，都说本命年总有点不顺的事情发生，她便祈祷是小的不顺，而不是大的……老天爷好像听到了她的祈祷，因此，她的小不顺开始了：先是嘴角长了好几个小泡，变大了，便连成一片，成了一个很影响美观的不稳定的大红疤，吃东西或是大笑时没有注意，就有血渗出来，还疼……半个多月以后，大红疤慢慢消失了，也可以大口畅快地吃东西了，耳垂后却总是很奇怪地痒，多抠几次，就感觉有一片皮肤在掉皮，还伴随着微疼，根本不能戴耳环，什么材质的都不行。去了一趟医院，排了四次队，花了整整一个上午的时间，终于拿到了一小管涂膏，本来想着定会药到病除，无奈用了药倒是有越发严重的迹象，索性什么也不搽了，当然也不戴耳环了，如此一番操作，那片掉皮且奇痒的皮肤却是慢慢好了起来……虽说还是不能戴耳环，一戴又痒，但这样的装饰品，不戴就不戴了吧，换个角度考虑，不用花钱买这种小玩意儿，节约下的碎银虽说不能大贵，也可以小小地富一下。

耳垂后奇痒，不能戴耳环的时候，央啦在抖音里看到了一句话：你在介意自己的鞋不好看的时候，其实有些人连脚也没有。央啦顿时觉得自己因为不能戴耳环而不愉快，着实太矫情了。于是，她哼着歌，快乐地把散落着的小耳环都放在小盒里，收回柜子里，梳妆台面一下子干净整齐了很多。可见，很多事情，若能换个角度考虑，便能化苦为乐，人生无常，何乐不为呢？

这接下来的小不顺就是工作上的事情了。被人误解，被人打小报告，辛苦的工作成了别人的成果，问题是对方还没有感激之情，完全低估了央啦的智商……这样的事情反复发生，反复很多次，以至于连央啦自己也觉得自己倒霉很正常！再后来，本来应该是她去的培训，换成了一个马屁精，本来她稳稳到手的评优，却换成了另一个马屁精……

生活中的很多问题经常是突然到来的。某个下午，央啦完成了一篇很短小的讲话稿，因为正好要用在某一个比赛的开幕式，所以央啦用了“熠熠生辉”这个词，她的本意是希望选手不论如何都发挥好自己的水平，光彩夺目，整个赛事自然熠熠生辉。领导看到了“熠熠”这个词，顺嘴就问：“这个词如何读？”

“yìyì。”央啦回答。

“还是问一下好，免得读错字。”

“这个词读错了，台下的人大概率是不会知道您读错了。”

“为什么？”

“这不是一个很常用的词，”央啦说，“不过，如果有人把‘别墅’读成‘别野’，把‘夙愿’读成‘凤愿’，那就一定会贻笑大方的。”

本来这只是一段很普通的对话，可是不巧，一个曾经犯过如此错误、被大家私下里取笑的大领导正好路过，听到了关于“夙愿”读成“凤愿”的话，脸色立刻青里透红，权力的魔杖自然会给她很好的机会，规章制度一扫脑后，央啦开始被明目张胆地套上无数的小鞋，她受了很多委屈，觉得自己好像掉到了一个分外漆黑的陷阱，那些倒霉，以及厄运，一旦遭遇，便难以逃……这样的遭遇让央啦想起《简·爱》中把简·爱送到劳渥德义塾的里德太太，表面上有多体面，实际上就有多贪淫邪恶！一个把“夙愿”读成“凤愿”的人，胸无点墨，却以很有争议的说法握住权力的魔杖，然后张牙舞爪，何其可笑！

可是细细思量，坏日子并没有我们所想象得那么可怕和糟糕。只要我们足够乐观和坚强，那最坏的日子就一定会过去的……央啦有了自己避祸的方式，那就是离邪恶的人远远的，只要她不看见自己，那自己的安全指数就会很高，也会因此多了几个喝咖啡看闲书的惬意午后。

后面，还有更大的不顺。就是暗恋的对象，那个长腿欧巴竟然有了一个如花似玉的正牌女友，两人如胶似漆，到处撒狗粮秀恩爱。央啦真是气得满口吐血，明面上却装得无动于衷，只是把口红的亮度提高了两个色度……当然，还算庆幸，没有人知道她的暗恋。之前她看到的尽是他的优点，有了女朋友之后，央啦看到的就尽是他的缺点了。虽说腿长，但太瘦，像两节移动的麻竿；虽说鼻梁高，但鼻头圆圆的，冬天特容易红，像马戏团的小丑；虽说身材高挑挺拔，但不壮实，缺少阳刚之气，且穿衣多费几尺布，这物质丰富的时代，也不能总浪费；虽说声音瓷实，有点京味，但细细一想，这装模作样的京味，不但显得虚荣，还很矫情……总之，对方身上之前的那些明亮闪耀的地方，此时都完全变了样，处处透着不堪的样子……几个月之后，央啦突然很庆幸自己的暗恋没有机会表白，否则如此不堪，表白之后定是无止无尽的后悔，还得找机会优雅脱身，真是躲过一劫，唯有谢菩萨护我周全。

没有恋爱又如何？毕竟“全世界都在谈恋爱”只不过是一种可笑的错觉，绝大多数人生命中大部分时间都处于无恋爱可谈的状态。据专家研究，不谈恋爱的人体力和脑力都会得到最大限度的开发，身心健康。没有恋爱谈，就有时间天天去健身房，可以走路上下班，自律又健康，甚至跑马拉松，参加铁人三项，练八块腹肌，拳头比石头还硬，若是回到《射雕英雄传》的时代，妥妥的武林总教头。没有恋爱谈，就有大把的时间学习，考博士，考雅思，申请专利，做科学实验，出厚厚的书，才有更多精力来思考对人类发展真正有意义的问题，于是，一个大家就这样诞生了，在攀登诺贝尔奖的高山上，又迈出了坚实的一步……当然，再不济，也要通过职称英语和职称政治考试，然后，天下文章一大抄，几个论文自然不在话下，恭喜恭喜，职称“更上一层楼”了。职务也可依此类推，对情商的考验会更多一些，好在有别的东西可以弥补情商的不足，比如完全舍弃自身脸面的阿谀奉承和成捆打包的碎银。

逆境中，我们总觉得命运是不公平的，好事都让别人抢走了，自己仿佛是一个倒霉蛋。其实，公平不公平的感觉在于看它的角度，像调换电视频道一样，调换一下自己的认识角度，角度对了，我们往往能从苦难中感到重生般的喜悦。

央啦很严肃地考虑了不谈恋爱的人在体力和脑力两方面的发展问题，再结合自身的实际情况，她认为自己在体力方面发展会更可靠些。而且，在这节骨眼上，一个朋友要到内地去读研，健身卡就丢到了央啦的怀里，不接都不行，只好做个顺水人情：“好吧，我勉为其难就替你去健健身了，不能便宜老板，只能便宜我了。”

“得了便宜还卖乖！”朋友吼着，“去哪里吃饯行的大餐，快说！”

“甜茶馆，”央啦回复，“什么大餐内地都有，既然送行，甜茶和藏面管够，这个内地没有，物以稀为贵。”央啦的话还没有说完，她的胳膊已经被拽了起来：“什么物以稀为贵，我要吃洲际自助餐，快上美团，还可以帮你省几两碎银。”

“洲际自助餐！”央啦嚷嚷着，“有没有同情心啊？我的房贷车贷你负责啊？”她继续说：“我的洗衣机也不太好用了，罢工在即，又是碎银几两。”

“洗衣机的事情最好办了，健身房里邂逅个理工男，不但修你的洗衣机，我的电脑和微波炉也交给他了。”

“你怎么不去自己邂逅啊？”

“我去皇城邂逅，邂逅个文艺男，长头发的那种，诗人。”

“那还是理工男靠谱些。”央啦说，“鉴于你替我考虑得如此周全，那就洲际自助餐吧，老天保佑，今天狠狠打折！”

这下好了，暗恋的人已经心有所属，朋友去读研，央啦无所事事，看着桌上的健身卡，下定决心，要过自律又健康的生活，练出时下最时髦的欧美身材，天天发抖音，气死某个长腿欧巴。

如此想的时候，央啦都笑出声来了，幸福感油然而生。可笑的阿Q精神胜过了最强大的心理医生。

在欧美身材的强大指引下，央啦开始了第一天的苦练。女教练自然身材了得，央啦看得垂涎欲滴，那些男学员自然更是不用说了，眼睛都不眨一下，好色在健身房里实在有点明目张胆了……有对比，有压力，才有动力。央啦开始挥汗如雨！

"你好，你订外卖了吗？"正努力地练着，突然一个陌生的声音从身后传来，央啦奇怪地转过头，汗水从发丝里往下淌。问话的男人也穿着训练服，而且竟然和自己的颜色一样，都是棕黄色的。

"没有啊！"央啦边回答边擦汗。

"那太好了。"那个说话的人似乎喜形于色。

"什么意思？"央啦警惕地反问。

"我的外卖已经到了，可我现在没有时间吃饭，你不介意的话，这份饭就帮我吃了吧？"那个人继续说，"干净的，刚拿到手，还热乎着。"

"那，好吧！"央啦说，"多少钱？我转给你。"

"好的，先加微信吧？"那个人显得乐不可支。

央啦不免疑惑，但既然答应了，也不好意思反悔，而且也确实感到有些饿了。扫码，加好友，然后央啦问："多少钱？"

"提钱多俗气，我主要是不想糟蹋这外卖，虽然不贵，但浪费粮食可耻啊！"

"这钱还是应该给你的。"央啦说，"浪费粮食可耻，浪费钱也可耻啊！"

"我还是觉得提钱很俗气，要不，明天你来健身的时候，给我带两瓶水，西藏的水最好。"

这倒是个很奇怪的提议，不过，世界之大无奇不有，反正自己记得明天带两瓶水就可以了。央啦在心底提醒自己：两瓶水，西藏的水；两瓶水，西藏的水；两瓶水，西藏的水。默念三遍，央啦希望自己好好地记住，免得给别人贪便宜的感觉。

这份外卖倒是很丰盛，麦当劳的，有汉堡、薯条、鸡块、可乐，央啦吃得撑撑的，不但之前两个小时消耗的卡路里成倍地回来了，而且后面计划的两个小时练习也不想做了，这莫名其妙的“便宜”其实是个恶毒的诱惑。

第二天下午，还没有下班央啦就收到一条微信：两瓶水，西藏的水。央啦知道是昨天的那个人，就两瓶水至于吗？即便忘了，下楼去买不就行了。这时候，央啦突然有点记不起那个人的样子了，身材不高，鼻梁不挺，声音微沙，总之没有任何特别之处，很普通的一个人，更确切地说，就是不帅，一点都不帅。

央啦到健身房的时候那个人还没有来。她换好衣服有点懒散地看着锻炼的人，这时欧美身材的女教练婀娜地走来，男女学员的眼睛齐刷刷地跟着她移动，女的羡慕嫉妒，男的自然是垂涎欲滴，央啦看看自己壮实的大腿，压力和动力一起喷发，吃得苦中苦，才有欧美好身材。央啦开始挥汗如雨！

正锻炼得来劲，昨天的那个声音从身后传来：“你好，我的西藏水你带来了吗？”

“带来了。”央啦只能停下锻炼，取出水递了过去。

“需要我帮忙吗？我已经来了好几个月了，你是新来的吧？”

“不需要，谢谢！”央啦暗想，老学员如何，一块腹肌都没有，还想摆资格，健身房里，腹肌和欧美臀才是资格，时间算个……好吧，那是一个很不雅观的字，在此省略。

半个小时没到，央啦刚进入锻炼的状态，昨天的那个声音又从身后传来：“你好，你订外卖了吗？”

“没有啊！”出于礼貌，央啦只能停下锻炼。

“那太好了。”那个说话的人喜形于色，“我的外卖已经到了。”

“你又没有时间吃饭了？”央啦警惕地反问。

“不是，我订了两份。”

“你朋友没有时间吃饭了？”央啦接着说，“我今天不想吃麦当劳，昨天不是才吃过吗？”

“我订了炒菜，”他有些犹豫地说，“不是给朋友订的，是给你订的。”

他有些腼腆的表情让央啦明白了一个事实，自己被搭讪了！

可是，他完全不是自己喜欢的类型，这个样子，典型的理工男。这一刻央啦的耳朵里突然出现了朋友的声音："洗衣机的事情最好办了，健身房里邂逅个理工男，不但修你的洗衣机，我的电脑和微波炉也交给他了。"

"那我这次一定把钱转给你，多少啊？"

"要不还是明天来健身的时候，带两瓶水给我吧。"

"可是，俗话说，吃别人的嘴短。"

"那我拿你的，不就手短？还是扯平了。"

于是，两个来健身房锻炼的人，却坐下胡吃海喝，高油高热量的食物撑了满胃，自然没有精神再去挥汗如雨，只能打道回府，边计算着卡路里，边喝山楂水消食。

第二天早上，央啦对这两天失败的健身做了一个综合分析，虽说自己有惰性，也贪嘴，但最大的败笔就是那个理工男，会不会修洗衣机暂且搁置争议，可他自己几个月都没有练出一块腹肌，却还想要拉着有远大理想的美女一起蹚浑水，真是狡诈之心昭然若揭。

央啦打定主意不蹚这浑水，下午去健身时一定要义正词严地拒绝一切诱惑。

可是，这天那个理工男订了美味的寿司和日式煎饺，她半推半就，终究没能抵住诱惑，又坐下胡吃海喝一顿，心底还不住地安慰自己，日餐的卡路里低，也许能和今天的锻炼打个平手。

这样的健身房聚餐继续下去。这个理工男锻炼不咋地，吃东西倒是有一套，一贯美味可口……直到有一天，央啦收到一条微信：今天吃自助餐，不去健身房了吧？

央啦想都没想：好嘞！

于是，从某一天开始，他们都不去健身房了，在餐厅吃饭自然舒适很多，选择也多，话题也多，彼此的认识也慢慢清晰。央啦开始看到了理工男的优点：虽说身材不高大，但很壮实，感觉很可靠；虽说鼻梁不挺，但也不塌，不用提防鹰钩鼻的阴险；虽说声音微沙，但有男性的味道，最重要的是会吃还会做，仅此一点就完全可以弥补不是长腿欧巴的不足。

于是，某天，央啦给读研的朋友发了短信：健身房里邂逅理工男，我的洗衣机，你的电脑和微波炉都不用新买，可省下碎银几两。

回复是七个竖着拇指的点赞。

好消息之后是坏消息，央啦继续发微信：可是欧美臀遥遥无期。

回复：鱼翅和熊掌不能兼得，别成事不足，败事有余！

央啦快乐地接受了理工男的表白，当然还是在餐厅里，这次是西餐。

第二天，央啦完全没有抱希望的职称竟然评审通过！

这掐指一算，原来本命年已过，新年新气象，大吉大利，好运连连撞满怀！

那些风花雪月的日子
我和《西藏文学》一起走过

（代后记）

第一次看到《西藏文学》是什么时候？我真的记不清了。

大概是我上中学之后，1985 年前后，那时候好像根本就没有假期补课的说法，除了一点作业，整个假期都是疯玩的状态……没有手机、没有游戏、没有网吧、没有各色餐厅、没有色彩斑斓的零食……可也没有补课、没有让人长痘的奶茶、没有看都看不完的抖音、没有来路不明的外卖……所以，整个假期都过得很单纯，做作业、做点家务、和大院里的孩子们玩。最晚黄昏的时候就要回家，然后会看看杂七杂八的故事书，听大人们聊天，电视剧只记得《射雕英雄传》和《霍元甲》，盼星星盼月亮地等，可每次好像只有两集，看完后心里翻江倒海，越发觉得学数学背英语单词是很没有意思的事情，拜师学武功才是人生最大的意义……于是，自己梳着乱七八糟的“黄蓉头”，扎着色彩斑斓的发绳，喜滋滋傻乎乎地在大院里招摇……这份天真烂漫，现在看来，真是又傻又单纯，也可爱至极吧！

于我而言，假期还有一个快乐的事情，那就是在母亲方便的时候带我去西藏大学的图书馆。那个时候藏大的图书馆应该是整个西藏设施最好、藏书最多的图书馆，没有之一。她在图书馆二楼的流通部工作，而我最喜欢待着的地方是一楼的阅览室，很多杂志，《大众电影》和《故事会》是我最初的最爱，有漂亮的明星图片，也有可以给小伙伴转述的小故事。因此小伙伴中我知道的明星趣闻最多，还可以讲很多小故事，一时真是风光无限，可惜长大以后没有充分发挥自己的特长，做一名娱记。我是千里马，可惜没有碰到伯乐，也印证了一句古话：千里马常有，而伯乐不常有。

再然后，岁数渐长，喜欢看的杂志也慢慢发生了变化，《文摘》《知音》和《西藏文学》更多地出现在了我假期的读本中。当然平时也读，母亲会借回家中，她鼓励我阅读，只要在看书，我就一点家务都不用分担了，所以，我自然也喜欢读书，这种阅读比扫地或是洗菜更能带给我快乐和愉悦！

因此，为了不扫地、不洗碗，我总是手拿一本书，真读，或是佯装读。总之，在母亲大人“万般皆下品，唯有读书高”的精神指导下，我陆陆续续真读，或是佯装读了不少有用或没用的书。这两年，经常可以在抖音里看到这样一句话：“你现在的气质里，藏着你走过的路、读过的书和爱过的人。”我就时常想，如果我一直始终如一地看《大众电影》，是否就会有明星的气质，至少表面上有？

《文摘》和《知音》都是当时顶流的好杂志，可《西藏文学》和我们近在咫尺啊！俗话说“远亲不如近邻”，那时候在我的心中，再顶流的《文摘》和《知音》，也不如身处一个城市里的《西藏文学》，况且那时候拉萨不大，从我八廓街的家里，若是真要去看看《西藏文学》的编辑部，也不是很为难的事情。如此的追星行为我自然是没有做，但心底充满着对编辑和作家的敬畏之情。于是，从小树立的那些当医生、当老师的人生理想中，又多了一个当编辑，或作家的梦想！那时候的孩子们，受到很多理想主义教育，个个都树立了很多伟大的理想，男孩子立志当兵，女孩子要做教师和医生，都是光鲜亮丽的职业，虽说“行行出状元”，但小时候就立志当清洁工的恐怕还真没有，当然这样奇葩的理想现在就更没有了。

很多年以后，我的这个梦想似乎实现了一小部分，我成了一个业余的、产量极低的小作者，即便只是这一小部分的梦想的实现，我也很感恩，感恩母亲让我读书积累的教育、感恩第一次把我作品变成铅字的《西藏文学》、感恩编辑老师、感恩写评论的老师、感恩读过自己文章的人、感恩他们的厚爱……小时候的梦想很大，正因为太大，所以不可能都实现。知足者常乐，我相信老天爷定会考量细致，护我周全！

因为母亲在图书馆工作的缘故，我几乎翻了每期的《西藏文学》，看得懂就看下去，看不懂就膜拜地看，越看不懂，好像就越敬畏，那时候我相信自己慢慢会变得高深，读懂这些晦涩文字的深刻内涵，这真是一种很奇怪的想法。直到我大学毕业，工作之后，我才发现，之前看不懂的那些文章，我依然还是看不懂，这样看不懂的状态持续着，我便不再苛求自己，看不懂就看不懂吧！所以现在，我倒不强求了，那些晦涩的、被抬得高高的文字和书，我若看不懂，也就安心地接受，不贬低自己，不自卑。这个世界上的书太多，即便我只能看懂其中的百分之一，那也够我看上好几辈子了。

如此一想，心中甚是宽慰！

人生，总是需要一些美好而温暖的东西来照亮前进的道路，即便光线不甚明亮，但也有指引的伟大意义，体会到精神生活的乐趣和快感，让最普通的日子散发出花朵和水果的芳香。对自己而言，这点确实至关重要！

不容置疑，在我上中学的那些日子里，《西藏文学》给了我最初、最深刻、最具体的文学的滋养。一个涉世浅薄的少女，借着《西藏文学》的这束光，看到了鲜艳的花儿、绿色的山脉、枝头的小鸟、斑斓的翅膀、微笑的云朵、唠嗑的老人、语无伦次的表白、无限期待的未来……这所有的一切滋养着一个年轻的心灵。我常想，艺术应该是最滋养人心灵的，而这其中，文学虽然滋养的方式不如音乐或舞蹈来得更直接，但却是滋养最深刻最长久的……

我记得去南京上大学的第一年冬季，那是我第一次没有在家里过年，母亲寄给我一大包干肉、和好酥油的糌粑、一个漂亮的发卡、两本《西藏文学》。那个漫长的假期，我吃着家乡的食物，读着家乡的杂志，常常因为想念家人而泪流满面。也是在那个假期，我开始自己动笔写下一点文字，只是一些短小的随笔，却着实宽慰了我孤独的心灵。

这样的随笔我竟然逐渐积累到整整一个笔记本，后来，其中的一篇发表在学校校报的一个角落里，也许没有人会留意，但我却爱不释手，看了一遍又一遍，背得滚瓜烂熟，珍藏了很多年，直到几年前的一次搬家，后期慢慢收拾的时候，却怎么也找不到了……也许，这就是生活，某段时间，你如珍如宝、爱护备至的东西，在多年后的某一个瞬间突然消失不见，你有点惋惜，但只是一点而已，因为你的生命里已经又装进了很多其他的东西，或宝贵或稀有，或偏爱或难得，总之，是你的格局变大变宽了，不再较真，这就是成长吧！

在上大学的那些日子里，母亲经常会给我寄几本《西藏文学》，但远不如在中学时读得那样全。可是物以稀为贵，正是因为少，我便总是多读几遍，校园里偌大的图书馆里那些名著好像都不如手边的《西藏文学》，读了又读……当然，并不是《西藏文学》比《基督山伯爵》和《呼啸山庄》好，只是因为我偏爱，所以我自己觉得好，觉得由衷地喜欢，便自然爱不释手。

偏爱真的是很奇妙的东西，比单单的爱要奇妙一万倍。难怪现在的小妹妹们总喜欢说，要偏爱，不要单单的爱。第一次听到这句话，我觉得现在的小妹妹们真是矫情，但动笔写这篇文章的时候，我真的觉得偏爱特别宝贵和难得。因为那份偏爱，我觉得《西藏文学》足可以媲美《基督山伯爵》；而你因为偏爱，可以觉得那个脸颊上满是雀斑的姑娘肤色白皙，可爱至极，明亮的大眼睛简直可以说出话来。

喜欢到极致，爱到极致，就是偏爱。

那段日子里，我确实偏爱着《西藏文学》。

所以，随笔好像不太能表达自己的心情和感觉了。我决定写一个长点的东西，那时候还没有短篇和长篇的概念，就觉得要和《西藏文学》里的那些文章一样长。当然没有电脑，就是在白纸上写，情绪激昂地写了好多天，厚厚的一沓格子稿纸写满了，终于收笔。当时在我的眼里，这沓稿纸里写的东西可以和《呼啸山庄》媲美，这大概就是既可笑又伟大的偏爱吧！

当然，没敢把这沓稿纸寄给《西藏文学》，偏爱归偏爱，我还是很有自知之明，想着至少要修改三遍，才能让自己的文章有资格投。这个修改三遍的说法，记得是从一个大咖的随笔里看到的，贵为大咖，却更有精益求精的精神，不改三遍是绝对不会交给编辑部或是出版社的。需要重点关注的是，这每次修改的时间至少要隔三个月，才会每次都有不同的体会和感悟，避免某些瑕疵被自己的激情所蒙蔽。大咖如此，我一个资质平凡的晚辈自然要照猫画虎，把第一稿锁在抽屉里，还在日历上做了标注，计划三个月后再修改修改！

可我有点急性子，怎么也等待不了三个月，就暗自计划每一个月修改一次。那时候的修改可真是个劳力活，在原稿上用笔修改标注，然后再誊写到新的稿纸上，很累人很费时。

累，却由衷地快乐着！

我乐此不疲，每天都像一个快乐的农夫一样，在稿纸上不停地耕耘。专业课自然是关注少了，好在我上课时特别认真，所以每次考试成绩倒是不错。很是沾沾自喜，觉得自己精力充沛，可以同时做好几件事情，默默表扬自己，有钱的时候，用美味的零食，没钱的时候，用温柔的语言。无论如何，那段时间我真的快乐而满足。

修改三次之后，我对自己的稿子特别地满意，觉得怎么读都很喜欢，真真可以媲美《基督山伯爵》和《呼啸山庄》……于是，我激情满怀地把稿件寄往《西藏文学》编辑部，还附上了一封情真意切的信。随后，开始了夜以继日的等待……

等待，原本是一件挺痛苦的事情，但那次的等待，我却心情愉悦，有了在校报上投稿即中的经验之后，我几乎确定自己的稿件可以入编辑老师的法眼，可以印成铅字文，出现在很多人的书桌上，被很多人喜欢。

梦想一定要有，而且要大一些，万一实现了呢！

如此愉悦地等待了小半年之后，我确实等到了编辑部的回复，不过，却是退稿，用词当然很是婉转，但还是像生锈的钉子一样深深地扎在了我的心里，很痛的，生锈的钉子就疼得更厉害些。

希望有多大，那一刻，我的狼狈和伤心就有多刻骨铭心。

没有哭，没有眼泪，却不免消沉，几天没有去图书馆，在宿舍里洗东西，把所有需要洗的和不需要洗的衣服、床单被褥都洗了一遍，我成了宿舍里的劳模，没有奖章的那种，数次得到口头表扬。

几天后，劳模无事可干，不得已重操旧业，继续开始教室、图书馆、饭堂三点一线的学生生活。心情已经完全平复,我安慰鼓励自己:如果《西藏文学》的文章这样容易发表,那它就不会是整个西藏唯一一个纯文学的省级刊物了,它就是一个西藏高质量纯文学作品的标杆,要把自己的名字印上去,那是要努力,努力,再努力的。

失败一次又有何妨?我决定继续努力。暂时不能写东西,而是要阅读积累。

努力不努力都是做给自己看的,往往你的努力只有你自己知道,但是这一点却至关重要,它会潜移默化地影响你,激励你,支持你,然后,在不知不觉中,你会慢慢成为更好的自己。不和光鲜亮丽的别人比,只和之前的自己比,再微小的进步也意味着你已经走在了变得更好的路上,所以,要加油!

于我而言,阅读已经是一个习惯了,所以继续阅读并没有增加我的负担,我一如既往地享受着阅读的快乐和幸福。不论是否真实,我很喜欢现在抖音里流行的那句话:"你现在的气质里,藏着你走过的路、读过的书和爱过的人。"前几天听一个朋友说,这句话其实最早出现在经典电影《卡萨布兰卡》里,如此看来,这句话确实值得信赖。经典的电影自然会留下经典的场景、对话和演员。

我们的校园里有一个湖心亭公园,不大,但亭阁、廊甬、花桥、流水自有小家碧玉的清丽。沿着小湖的周边,种着摇曳的柳树,铺开着层层的月季和玫瑰,单个看很是不起眼,若是满簇满簇地、五颜六色地开着,便有着让人惊艳的美了……我很喜欢在静谧的下午课时间,享受湖心亭公园微风吹拂,花海缥缈,柳枝摇曳的舒适……相中了一个树荫下的宝地,不靠着路边,太阳光不直射,大株的月季微微遮挡,即便有人从栅栏的旁边走过,也不大会瞧见脱了鞋子、跷着二郎腿的自己,这里是最好的读书之地……那年的我芳龄十七,如今人到中年,回忆起当初读书的时刻,也还是喜悦满怀。

再提笔,已经是毕业以后了。很是幸运,分到拉萨工作。工作还算清闲,我就想起了自己曾经的梦想,这个梦想依然温暖和督促着我。

我写下了自己第一篇真正意义上的小说《小镇故事》。单看标题，好像还没有脱离学生作文的状态，文字不精致，段落也似乎很随意，但我真的很用心了。依然没有电脑，每个字我都一笔一笔用心在写，写得很快乐，当然也有点辛苦。

我特别相信一句老话：兴趣是最好的老师！因为有兴趣，所以我快乐地阅读；因为有兴趣，我一遍一遍在稿纸上誊写文章；因为有兴趣，我握笔的手酸疼，但心里很是快乐；因为有兴趣，我鼓足勇气再次投稿……

这一次我好像少了一点少女时的冲动，犹豫了许久才小心翼翼地把稿件寄给《西藏文学》编辑部，内心忐忑不安，度日如年，等候着又一次的退稿信。

可是，完全出乎意料！

我等到了一封用稿通知，还要求我尽快前往编辑部，有事商议。

于是，我第一次走进了《西藏文学》编辑部，一个特别有气质的女老师在等我。我一见她，心里就蹦出了一句话——“腹有诗书气自华”。若是现在见到如此气质如兰的小姐姐，我定会说时下很流行的那句话：你现在的气质里，藏着你走过的路、读过的书和爱过的人。

这位气质如兰的小姐姐，就是我当时的责编高叶梅老师，她是蒙古族人。

我真的很幸运，遇到了一个特别有责任感的、漂亮的责编。她细致地给我这样一个从没有上过文学课的理科生上了一堂特别精彩的文学课，用词精致，语调清丽，眼神柔和，举止优雅。一个上午的时间很快就过去了，我记住了自己文章中需要修改的东西，更对她的气质如兰印象深刻。

后来我常想，一个老师的气质其实是一件很重要的事情，特别是上了初中以后，孩子们开始懂得欣赏美丽的东西，自然会对漂亮的老师产生亲切感，自然会更愿意去聆听，更愿意去表现。当然，姹紫嫣红不是真正的美丽，我也说不清楚，大概就是一种由外到内，再由内到外的发自心灵的愉悦感吧！如此表述显然不够清晰，那就用个最常用的成语吧，赏心悦目！

高老师问我："手中可还有别的文章?"

我说："有一个，但还没有写完，写得也应该不好。"

"多久能够完成?"高老师补充着说，"两个星期之内可以吗?"

"可以的。"

"那好，两个星期之后，你把这篇修改的文章和另一篇一起送过来。"高老师一再嘱咐我，"你不要刻意去用华丽的词语，只用你自己觉得合适和自然的。我一直觉得文章贵在自然和顺，才会有行云流水的感觉，读着轻松舒畅。"高老师的这些话让我印象深刻，也极大地影响了我，所以后来在写文章的时候，我尽量用最初浮现在脑海里的词语，虽然不免缺少时尚和精致感，土里土气，但我觉得读起来更舒畅，更接地气，没有高高地飘在云海中。

于是，当年的《西藏文学》第一期发表了我的两篇文章——《小镇故事》和《一个老尼的自诉》，应该是我真正意义上的处女作。现在再去翻读，文字不精美，故事很普通，段落也松垮，但无论如何对一个作者来说，处女作自有处女作的骄傲和矫情，虽然幼稚，但于我来说有着极为特殊的意义。这两篇文章带给我无与伦比的快乐和幸福。

同期发表的，还有唐近中老师写的评论《寻找生活》：二十二三岁的年纪，社会化过程开始进入困难期，学习学习生活，追寻一下生活的意义，这原本就是天经地义的事……格央似乎大彻大悟了，人世间的善恶是非在那佛性的光耀下又算得了什么……看来，格央还太年轻，太容易简单化生活了……生活就是这样的复杂，这就看我们有没有能力去担待……生活到底意味着什么……但愿格央能遇到它。

这样一个初学写作者，还有老师写评论文章，我真的好激动好幸福，连着几天都夜不能寐！好在那时候真的很年轻，即便熬了几天的夜，也没有黑眼圈，没有浑身上下的难受疲乏。

我记得那是 1996 年的开春。那一年我超级幸福！

承蒙《西藏文学》的厚爱，1997 年我的作品获得了首届"西藏新世纪文学奖"，我于 1998 年获得全国少数民族文学创作研究"新人奖"，2003 年获得全国第二届“春天文学奖”提名奖。完全意料之外的惊喜砸得我晕头转向，我甚至觉得这一切都很不真实，内心自卑又自怜，实在愧不敢当，唯有恭谢大家抬爱！

其实，我不过是一个胸无大志的小女子，觉得阅读和写字是人生的快乐，所以幻想着自己的文字能印成铅字，出现在《西藏文学》上，有人阅读，有人觉得好，仅仅如此而已，没有想要拿到奖项。真是天上掉馅饼了，那年我的运气超级好，馅饼正好砸在我的怀里，最重要的是，这个馅饼的味道还真不错，我不免流连忘返、乐不思蜀、飘飘欲仙了。

后来，我陆续在《西藏文学》上发表了不少文章，谦逊质朴的加央西热老师给了我最多最大的帮助，他送给我的《西藏最后的驮队》一直都珍藏在我的书柜里，读了好几遍，特别地喜欢，从不舍得外借。只是，这样一个善良的老师却英年早逝。人生无常，无限叹惜！

借助《西藏文学》这个平台，2003 年北京人民文学出版社出版了我的小说、散文合集《西藏的女儿》；2004 年西藏人民出版社出版文化散文集《雪域的女儿》；2005 年陕西太白文艺出版社出版长篇小说《让爱慢慢永恒》；2015 年西藏人民出版社出版小说、散文集《拉萨，我在这里路过爱》。

最初的阅读和写作，真的只是因为喜欢，从未有获奖和出书的考量，后来的几个奖、几本书都是纯粹的意外。陆陆续续，我竟然也写了百万字的文章，单从数字上看好像是个很大的数字，可再结合着时间来看，从 1996 年第一篇文章发表到现在也有 26 个年头了，如此计算，平均下来，我着实是个既懒惰又无才的小作者，似乎早已才尽！

但无论如何，《西藏文学》对我来说都有着特殊的意义。文字写得少了，但阅读《西藏文学》的习惯一直没有改变，能坚持到现在，足见我对它的偏爱。喜欢到极致，爱到极致，就是偏爱。往后的岁月里，我想自己会一直偏爱着《西藏文学》，不是刻意地偏爱，是真情流露！

不论以后是否能写出好的文字，我都会一直写，肯定不会高产，低产却能坚持着，我已经很是满足快乐了。我一直觉得，写作让我的内心变得更丰富，它固然是一种自己真实生活的积累和再创作过程，但更应该是一种心灵的呼唤和感悟，是心灵对生活的思考与倾诉。

我把写作当成自己最美好的一个爱好，这样一个爱好，怎么说都比爱好打麻将和喝酒强吧！单从字面上看，就觉得“高大上”。如此一想，心中甚是喜悦，更准确地说，是窃喜！

很高兴写这样一篇文章，回忆自己和《西藏文学》一起走过的风花雪月的日子，从少年走到中年，心中对文字的爱好还是一如既往。可见，真正的偏爱是能长长久久、历久弥新地存在的。

《西藏文学》，值得我一生偏爱！

突然想起一句很慷慨激昂的诗句：雄关漫道真如铁，而今迈步从头越。不论这句诗是否真的应景，在这“从头越”的特殊时刻，祝愿《西藏文学》墨香飘逸，众目期盼，新征程，辉煌起航；祝愿所有爱好阅读和写作的人文字之乐不改，笔有灵犀，字里行间花朵盛开，所行都化坦途，多喜乐，长安宁！